Steven James
Das tote Mädchen

Foto: © Emily Hand

DER AUTOR

Steven James ist preisgekrönter Bestsellerautor von mehreren Thrillern. *Das tote Mädchen* ist sein erstes Buch für Jugendliche. Er lebt am Fuß der Blue Ridge Mountains im östlichen Tennessee.

Mehr zu cbt auch auf Instagram @hey_reader

Steven James

Das tote Mädchen

Aus dem Amerikanischen
von Andreas Brandhorst

cbt

Der Verlag weist ausdrücklich darauf hin, dass im Text enthaltene externe Links vom Verlag nur bis zum Zeitpunkt der Buchveröffentlichung eingesehen werden konnten.
Auf spätere Veränderungen hat der Verlag keinerlei Einfluss. Eine Haftung des Verlags ist daher ausgeschlossen.

Dieses Buch ist auch als E-Book erhältlich.

Für Susanna und Meg

MIX
Papier aus verantwortungsvollen Quellen
FSC® C014496
FSC www.fsc.org

Verlagsgruppe Random House FSC® N001967

2. Auflage
Erstmals als cbt Taschenbuch Februar 2017

Die Originalausgabe erschien unter dem Titel »BLUR« bei Skyscrape, New York

Aus dem Englischen von Andreas Brandhorst
Umschlaggestaltung: *zeichenpool, München unter Verwendung eines Motivs von
© quadratiges.de/Andrea Hübner
jb · Herstellung: kw
Satz: KompetenzCenter, Mönchengladbach
Druck und Bindung: GGP Media GmbH, Pößneck
ISBN: 978-3-570-31007-6
Printed in Germany

www.cbt-buecher.de

»Die Menschen sind so notwendig verrückt, dass Nicht-verrückt-Sein nur hieße, verrückt sein nach einer anderen Art von Verrücktheit.«

Blaise Pascal, Philosoph und Mathematiker im 17. Jahrhundert

Prolog

Daniel hob eine Decke vertikal über sein Bett. Stacy stand neben seinem Schreibtisch, mit dem Rücken zur Wand. Er bemerkte, dass sie ungeduldig mit den Fingern an ihr Bein klopfte.

»Also …«, sagte er. »Stell dir vor, dass alles auf deiner Seite der Decke die Realität ist. Die Dinge, die du sehen, schmecken und fühlen kannst. Ich meine das, was tatsächlich existiert. Alles auf meiner Seite der Decke ist …«

»Nur eingebildet«, beendete Stacy den Satz für ihn. »Es existiert nur in deinem Kopf.«

»Ja. Nach dem, was ich in der vergangenen Woche herausgefunden habe, ist die Decke – die Barriere – in den Köpfen der meisten Menschen ziemlich dick. Dadurch wissen sie die ganze Zeit über, auf welcher Seite sie stehen.«

Daniel spürte Stacys Blick. Sie beobachtete ihn aufmerksam, vielleicht sogar wachsam.

»Eine Barriere, die uns dabei hilft zu unterscheiden, was real ist und was nicht.«

»Genau. Und jetzt stell dir die Decke als einen Duschvorhang vor, als etwas Durchsichtiges. Aber alles auf der anderen Seite bleibt verschwommen. Man weiß, dass es die andere Seite gibt …«

»Aber man kann auch zwischen den beiden Seiten unterscheiden.« Stacy klang erleichtert. »Man sieht den Unterschied.«

»Ja.«

»Und so geht es dir?«

Daniel zögerte. »Nein. Nicht ganz.« Er ließ die Decke fallen.

»Die Barriere ist weg?«

»Ja.«

»Vollkommen weg?« Stacy wich noch ein Stück weiter von Daniel zurück.

Er nickte. Ein Moment verstrich.

Ein sehr angespannter Moment.

»Macht dir das jetzt Angst?«, fragte er.

Stacy ging nicht auf die Frage ein und sagte stattdessen: »Aber kannst du fühlen, dass dies real ist? Dass ich hier und jetzt vor dir stehe?«

»Ja«, erwiderte er.

Aber er war nicht sicher. Es gab überhaupt keine Gewissheiten mehr in seinem Leben.

Er fürchtete, den Verstand zu verlieren.

1

Eine Woche vorher

Zum ersten Verschwimmen der Realität kam es bei Emily Jacksons Beerdigung.

Um 15:54 Uhr, dreißig Minuten bevor es geschah, starrte Daniel Byers aus dem Fenster des Wagens und beobachtete die Schatten der Kiefern und Birken, als sein Vater über die Landstraße im Norden von Wisconsin fuhr. Vor ihnen wehte der Wind einige Herbstblätter über die Straße. Der Himmel war stahlblau.

Es hatte schon zweimal geschneit, obwohl es noch September war. Natürlich war nur wenig davon liegen geblieben, in schattigen Stellen im Wald, die der Sonnenschein nicht erreichte, aber bald würde mehr Schnee kommen. In diesem Teil von Wisconsin konnte der Winter ziemlich hart sein.

»Sind wir bald da?«, fragte Daniel leise.

Sein Vater antwortete nicht.

»Dad?«

»Die Kirche befindet sich direkt hinter dem Highway 14. Noch eine Viertelstunde.«

Draußen schienen die Blätter und Zweige der Bäume ein komplexes Muster zu bilden, das ein Wechselspiel aus Licht und Schatten schuf.

»Was machen deine Kopfschmerzen?«, fragte sein Vater. »Sind sie weg?«

Daniel wollte ihn nicht beunruhigen. »Es ist alles in Ordnung«, log er.

Mach dich bereit. Du wirst gleich die Leiche sehen.

Plötzlich war ihm kalt und er drehte die Heizung auf. Es schien nicht zu helfen.

13 Minuten vor dem Verschwimmen

Sein Vater fuhr langsamer, als sie sich dem Parkplatz der Kirche an der Beldon Road näherten.

»Keine Sorge«, wandte er sich an Daniel. »Wir bleiben nicht lange.«

Daniel wusste nicht, was er sagen sollte. Wie wurde man damit fertig, dass ein Mädchen, das dieselbe Highschool besucht hatte und dem er noch vor wenigen Tagen im Flur begegnet war, plötzlich nicht mehr lebte?

Daniels Vater steuerte den Wagen auf den Parkplatz. »Hast du gehört, Dan?«

»Ja.«

»Wir bleiben nicht lange.«

»Gut.«

Es fühlte sich ein bisschen seltsam an, eine Kirche zu besuchen. Daniel und sein Vater waren nur zweimal in der Kirche gewesen, seit Daniels Mutter sie vor einem halben Jahr verlassen hatte: einmal zu Ostern und dann in der darauffolgenden Woche, als sollten die Kirchgänge zu einer neuen Angewohnheit werden. Aber ihnen hatte der Schwung gefehlt, damit weiterzumachen.

In unmittelbarer Nähe des Gebäudes waren keine Parkplätze mehr frei, deshalb parkte Daniels Vater weiter hinten und stellte den Motor ab. Nach einigen stillen Sekunden sagte er: »Wir sind da.«

Sie blieben beide sitzen.

Schließlich klopfte Daniels Vater aufs Lenkrad und sagte: »Also gut.«

Er öffnete die Tür.

»Ich habe sie kaum gekannt, Dad«, sagte Daniel.

Sein Vater zögerte.

»Ich weiß.« Er saß noch immer im Wagen, mit einem Fuß draußen auf dem Boden. »Aber es ist wichtig, dass wir hier sind.«

Daniel hatte nie mit Emily Jackson gesprochen und nicht einmal ihren Namen gewusst, bis die Sache bekannt geworden war. Immerhin war sie zwei Jahrgangsstufen unter ihm gewesen – kein Wunder also, dass er sie kaum gekannt hatte. Trotzdem tat es ihm leid, dass sie ertrunken war, es tat ihm *wirklich* leid. Und gleichzeitig fühlte er sich schuldig, weil er nicht noch mehr Trauer empfand.

Emily Jackson.

Ein Mädchen, das man leicht übersah.

Daniel hatte gesehen, was geschah, wenn sie in die Kantine gekommen war und sich an einen Tisch gesetzt hatte. Den anderen Schülern schien plötzlich etwas einzufallen, das sie dringend erledigen mussten – einer nach dem anderen stand auf und ging. Oder wenn mehrere Jungen und Mädchen im Flur standen und sich unterhielten … Kaum sahen sie Emily, rückten sie näher zusammen, als wollten sie verhindern, dass sie sich zu ihnen gesellte.

Und dann ging sie an ihnen vorbei. Allein.

Daniel glaubte nicht, dass die anderen sie mit Absicht auf diese Weise behandelt hatten. Manchmal waren die Kids einfach so.

Daniel hatte Emily nie mit jemand anderem gesehen, immer nur allein.

Und jetzt war sie tot.

Ein Mädchen, das alle gemieden hatten, als es noch am Leben gewesen war.

Doch jetzt standen viele Autos auf dem Parkplatz.

Jetzt kamen alle, um Emily noch einmal zu sehen.

Jetzt, da sie tot war.

11 Minuten vor dem Verschwimmen

Sie überquerten den Parkplatz und näherten sich der Kirche. Daniels Blick erfasste die Dinge in den Autos, an denen sie vorbeikamen: Fast-Food-Tüten und Wasserflaschen im Fußraum, Hundehaare auf den Rücksitzen, Spielsachen für kleine Kinder und Rucksäcke. Aus irgendeinem Grund fiel ihm jede Einzelheit auf, mehr als sonst. Mehr als jemals zuvor.

Ein älterer Mann mit stoppeligem weißem Haar kam aus der Kirche und nickte Daniels Vater zu. »Sheriff.«

Daniel erkannte ihn: Mr Kettner, der Sprecher bei ihren Football-Heimspielen.

»Es tut mir sehr leid«, sagte er und sah Daniel an. »Ich weiß, dass du mit ihr zur Schule gegangen bist.«

Erneut fehlten Daniel die Worte. »Danke«, sagte er.

Mr Kettner zögerte kurz, als wollte er noch etwas hinzufügen, wandte sich dann an Daniels Vater. »Gut, dass Sie gekommen sind.«

»Wir haben es für wichtig gehalten.«

Mr Kettner seufzte leise. »Eine echte Tragödie. Das, was mit ihr passiert ist.«

»Ja.«

Das Gespräch war nur kurz gewesen, schien aber bereits zu lange zu dauern, und offenbar wussten beide nicht, wie sie es beenden sollten.

»Na schön«, sagte Mr Kettner. »Bis später, Sheriff.«

»Ja, bis später.«

»Daniel.« Mr Kettner nickte ihm zu.

»Auf Wiedersehen, Mr Kettner.«

Als der ältere Mann fortging, betonte Daniels Vater noch einmal: »Wir müssen nicht lange bleiben.«

Danke, dachte Daniel.

»Ja«, sagte er.

Dann gingen sie die Treppe der Kirche hoch.

2

Ein Dutzend Männer und Frauen standen in drei Gruppen im Eingangsbereich der Kirche, und als Daniel an ihnen vorbeiging, hörte er sie miteinander reden.

»Sie sieht gut aus.«

»Ja, stimmt.«

»Und die Blumen sind hübsch.«

»Sie hätte sich sehr gefreut, dich hier zu sehen.«

Es erschien Daniel ziemlich seltsam, solche Worte zu hören. Emily konnte nicht gut aussehen, nicht nachdem sie zwei Tage auf dem Grund des Lake Algonquin gelegen hatte. Und welche Rolle spielte es, ob die Blumen hübsch waren? Begriffen die Leute denn nicht, dass das Mädchen neben den Blumen tot war, für immer und ewig? Und warum sollte sich Emily freuen, jemanden zu sehen, den sie kaum kannte? Immerhin hatte niemand auf sie geachtet, als sie noch am Leben gewesen war.

Das gilt auch für dich. Du hast nie mit ihr gesprochen, nicht ein einziges Mal.

Wieder regten sich Schuldgefühle in Daniel.

Er verließ den Eingangsbereich und ging weiter in die Kirche hinein.

Im Altarraum standen zahlreiche Freunde und Mitschüler, begleitet von ihren Eltern.

Viele von ihnen wirkten betroffen, manche verängstigt, einige sogar gelangweilt, wie zum Beispiel Brad Talbot. Sie alle schienen hier fehl am Platz zu sein: die Jungs mit den Krawatten, die sie von ihren Vätern geliehen hatten, die Mädchen in ihren tristen dunklen Kleidern, in denen sie älter aussahen.

Die Luft roch nach Kiefernholz und alten Büchern.

Jemand spielte Klavier.

Hoch oben schwebte Staub durch den Sonnenschein, der durch die schmalen, hohen Fenster glänzte. Alles fühlte sich irgendwie unwirklich an.

Daniels Freunde, selbst die athletischen Typen von der Footballmannschaft … An diesem Ort sahen sie nicht stark und unverwüstlich aus, sondern irgendwie klein und zerbrechlich. Einige Mädchen weinten, und auch so mancher Junge hatte Tränen in den Augen, obwohl sie es zu verbergen versuchten. Viele von ihnen sahen ihn an, wie auf dem Spielfeld, wenn sie darauf warteten, dass er den nächsten Angriff begann.

Es erfüllte ihn mit Unbehagen.

Dort draußen, auf dem Spielfeld, wusste er, worauf es ankam. Hier kam er sich verloren vor, fehl am Platz, genau wie die anderen.

Er wich ihren Blicken aus.

Daniels Kopfschmerzen wurden schlimmer. Mit dem Daumen rieb er sich die Schläfe, doch es half nicht.

Sein Vater entschuldigte sich höflich und ging in den hinteren Teil der Kirche, um dort mit Mr McKinney zu sprechen, einem Lehrer an der Beldon High. Daniel blieb zurück.

Alles um ihn herum war gedämpft. Selbst die Klaviermusik aus dem vorderen Teil der Kirche klang hohl und schwächer als sonst.

Daniel sah den Sarg neben dem Klavier.

Du hast sie nie beachtet.

Nein, du hast sie nur nicht gekannt. Das ist etwas anderes.

Er versuchte, den Gedanken abzuschütteln, und schaute nach links, wo er weniger Personen vermutete. Bei der letzten Kirchenbank stand Stacy Clern, die erst vor kurzer Zeit auf die Beldon High gekommen war, neben einer Frau, von der Daniel vermutete, dass es ihre Mutter war.

Stacy war hübsch, aber nicht schön. Dunkelbraunes Haar. Freundliche Augen. Und im Gegensatz zu den oberflächlichen, dummen Mädchen, die er offenbar wie Fliegen anzog, schien Stacy die Art von bescheidener Bodenständigkeit zu verkörpern, die er sich wünschte.

Seit er sie zum ersten Mal in der Schule gesehen hatte, dachte er daran, sie anzusprechen und einzuladen, aber bisher war es ihm nicht gelungen, genug Mut dafür zu finden. Beim Football oder Basketball kannte er keine Unsicherheit, doch wenn er neben einem Mädchen wie Stacy stand, war sein Hals plötzlich wie zugeschnürt, und er bekam keinen Ton heraus.

Daniel konnte nicht erkennen, ob Stacy geweint hatte, aber sie schien sehr traurig zu sein. Er wollte zu ihr gehen und mit ihr reden, fürchtete jedoch, dass es ihm plötzlich die Sprache verschlagen oder er nur dummes Zeug stottern würde.

Er beschränkte sich darauf, ihr zuzunicken, und Stacy belohnte ihn dafür ebenfalls mit einem kleinen Nicken.

Eine Schlange hatte sich gebildet und führte zu Emilys Sarg.

Alle bewegten sich wie in Zeitlupe, wie lebende Schatten, die sich zusammendrängten und dann wieder voneinander lösten. Es wurde nicht mehr gesprochen, nur noch geflüstert.

Du hättest mit ihr reden sollen.

Irgendwie war es sowohl verrückt als auch völlig normal, sich schuldig zu fühlen, weil er nie mit Emily gesprochen hatte. Aus irgendeinem Grund hielt er es für notwendig, das jetzt nachzuholen, sie ein letztes Mal zu sehen. Vielleicht wollte etwas in ihm auf diese Weise dafür büßen, sie nicht besser gekannt zu haben. Wenn er ihr die letzte Ehre erwies, was auch immer das bedeutete … Vielleicht verschwanden dann die Schuldgefühle.

Daniel stellte sich an.

3

8 Minuten

Sechzehn Personen standen vor Daniel Byers, und er wartete direkt hinter dem Typen, der die Mannschaftsfotos machte. Ein Mädchen aus seiner Klasse, Nicole Marten, reichte ihm eine Kirchenbroschüre. Das Make-up an ihren Augen war verschmiert.

»Danke«, sagte er.

»Es ist so traurig, oder?« Daniel kannte Nicole seit sechs Jahren. Sie waren gute Freunde, doch mehr hatte sich aus ihrer Freundschaft nie entwickelt. »Ich meine, wie konnte so etwas nur *passieren*?«

»Ja«, erwiderte er. »Ich weiß es nicht.«

Nicole wischte eine Träne fort, lehnte sich plötzlich an Daniels Schulter und umarmte ihn. Es verunsicherte ihn, aber er wich nicht zurück. Für einen Moment legte er den Arm um sie. Dann trat sie einen Schritt zurück, rieb sich noch einmal die Augen, schenkte ihm ein schwaches Lächeln und verteilte weitere Kirchenblätter.

Daniel bemerkte, dass Stacy in seine Richtung blickte.

Es war nicht unbedingt der richtige Moment gewesen, sich von einem anderen Mädchen umarmen zu lassen. Insbesondere von einem, das so beliebt war wie Nicole.

Er mied Stacys Blick und sah auf die Kirchenbroschüre, die er von Nicole bekommen hatte.

Vorn standen Emilys Name und ihr Geburtsdatum.

Und das Datum ihres Todes.

Sie hatte vierzehn Jahre, vier Monate und zwanzig Tage gelebt.

Sofort rechnete Daniel, ohne es bewusst zur Kenntnis zu nehmen: Er hatte bereits 845 Tage länger gelebt als Emily.

Er öffnete die Broschüre nicht. Ihm lag nichts daran, Worte zu lesen, die vierzehn Jahre, vier Monate und zwanzig Tage Leben in einem Absatz zusammenfassten. Es schien einfach nicht fair zu sein.

Die Warteschlange schrumpfte, als die Personen ganz vorn am Sarg vorbeigingen und zu den Trauergästen traten, die in der Nähe des Klaviers einen Halbkreis bildeten. Vermutlich befand sich Emilys Familie unter ihnen.

845 Tage.

Die Vorstellung, dass der Tod das Ende bedeutete, das absolute, unwiderrufliche Ende aller Träume, Hoffnungen, Gedanken und Erinnerungen, eines jeden Lächelns und einer jeden Träne ... Wie beunruhigend und verstörend.

Jugendliche sollten nicht über so etwas nachdenken müssen.

845 Tage.

Blumen schmückten den Sarg. Nur die linke Seite war geöffnet.

Die Schlange der Wartenden wurde kürzer.

Jemand hatte fünfzehn gerahmte Fotos von Emily auf einen nahen Tisch gestellt.

Zwei von ihnen zeigten sie als Kind bei Geburtstagspartys. Auf einem ging sie allein über einen Strand. Ein anderes zeigte sie in einer Hütte, zusammen mit einem älteren Mann, vielleicht ihrem Großvater. Auf dem größten Foto – ein Bild, das offenbar von einem professionellen Fotografen angefertigt worden war – kniete sie neben einem Golden Retriever. Auf den Fotos jüngeren Datums trug sie eine silberne Halskette, an der ein herzförmiges Medaillon hing.

Und auf allen Bildern lächelte Emily, was Daniel überraschte – in der Schule hatte er sie nie lächeln sehen.

Zwei Personen sahen sich die Tote an und gingen dann weiter. Als Daniel nach vorn trat, kam ein sehr traurig aussehender Mann vorbei und klopfte ihm auf die Schulter.

»Bist du ein Freund von Emily gewesen?«, fragte der Mann, den Daniel nicht kannte.

Eigentlich nicht. Ich habe sie kaum gekannt.

»Äh, ja, in gewisser Weise.«

Der Mann nickte und klopfte ihm noch einmal auf die Schulter. »Danke, dass du gekommen bist. Es bedeutet uns viel.« Dann ging er zu den anderen Leuten beim Klavier. Daniel vermutete, dass es sich um einen nahen Verwandten handelte, vielleicht sogar Emilys Vater. Plötzlich fühlte es sich noch schlimmer an, dass er sie nicht gekannt hatte, als hätte es diesem Mann mehr bedeutet, wenn er ein guter Freund von Emily gewesen wäre.

Daniel dachte daran, zu ihm zu gehen und zu sagen: »Wissen Sie was? Emily war eins der nettesten Mädchen, die ich kenne.«

Aber stattdessen wartete er in der Schlange.

Die jetzt rasch kürzer wurde. Nur noch acht Personen vor ihm.

Wenn doch endlich die Kopfschmerzen aufhören würden.

Ein weiterer Schritt, und er dachte daran, wenn Emily eine andere Highschool besucht oder in einem anderen Ort gewohnt hätte, fünfzig oder hundert Meilen entfernt ... In dem Fall hätte er überhaupt nichts von ihrem Tod erfahren. Dann wäre er jetzt beim Footballtraining, das wegen der Beerdigung abgesagt worden war. Ständig starben Menschen, doch der Tod gewann erst Bedeutung, wenn er etwas im eigenen Leben berührte.

Noch vier Personen.

Schließlich sah er Emily Jacksons Gesicht.

4

1 Minute

Eigentlich sah er nur die obere Hälfte ihres Gesichts: die Augen, die Stirn, eine Strähne des blonden Haars. Irgendwie war es den Bestattern gelungen, sie so aussehen zulassen, als hätte sie nicht die ganze Zeit im Wasser gelegen. Trotzdem, ihr Gesicht wirkte nicht normal.

Die Augen waren geschlossen. Schminke verbarg die Akne auf der Stirn. Bisher hatte Daniel noch nie darüber nachgedacht, aber es gab Menschen, die sich ihren Lebensunterhalt damit verdienten, Tote zu schminken.

So bezahlten sie ihre Rechnungen.

Daniel schob den Gedanken beiseite.

Nur noch drei Personen zwischen ihm und der Leiche.

Er spürte, wie sein Herz schneller schlug. Nervosität erfasste ihn, fast so etwas wie Furcht.

Dann sah er den Rest des Gesichts.

Manche Leute sagten, Tote sähen aus wie Schlafende, aber auf Emily traf das nicht zu. Sie sah tot aus, und damit hatte es sich.

Noch zwei Personen.

Und nur noch eine.

Schließlich stand Daniel vor dem Sarg und starrte auf das bleiche Gesicht der toten Emily Jackson hinab.

Das Verschwimmen
Ihre Lippen waren wie die Augen geschlossen, die schmalen Hände auf der Brust gefaltet.

Sie sah kleiner aus, als Daniel sie in Erinnerung hatte, kleiner und zerbrechlicher.

Für einen makabren Moment verspürte er den Wunsch, ihre Hand zu berühren und das Mädchen zu trösten, das nie den Abschlussball der Highschool erleben, nie zum College gehen, nie heiraten und eine Familie haben würde.

Wie fühlt sich die Haut eines Toten an?

Die Frage verschwand in einem Strudel aus Furcht und Abscheu.

Du hast ihr keine Beachtung geschenkt.

Sie sah vertraut aus, und auch völlig fremd.

Wie still sie dalag, wie reglos.

Und dann öffnete Emily Jackson die Augen.

5

Daniel schnappte nach Luft, taumelte zurück und stieß gegen die Person hinter ihm. Er drehte sich um und sah eine ältere Frau, die einen besorgten Blick auf ihn richtete. »Entschuldigung«, brachte er hervor. »Haben Sie das gesehen?« Seine Stimme klang brüchig.

»Was?«

»Sie.« Daniel deutete auf Emily. Er wollte noch mehr sagen, aber die Worte blieben ihm im Hals stecken.

Die Frau beugte sich zur Seite und ihr Blick glitt zum Sarg. Aber sie verhielt sich ganz normal, und als sie Daniel erneut ansah, zeigte ihr Gesicht nicht nur Sorge, sondern auch Argwohn.

Mit klopfendem Herzen zwang sich Daniel, noch einmal in den Sarg zu sehen.

Es lief ihm eiskalt über den Rücken.

Emily lag noch immer dort, hatte aber den Kopf gedreht und starrte ihn mit geisterhaft weißen, farblosen Augen an. Ihre Lippen teilten sich und trübes Wasser rann aus ihrem Mund.

Sie ist tot, sie ist tot, sie ist tot. Das geschieht nicht. Es kann nicht geschehen.

Er zwickte sich in den Arm, so fest, dass es wehtat, aber Emily starrte ihn weiterhin an.

Erneut bewegten sich ihre Lippen, und er hörte, wie sie leise seinen Namen sagte: »Daniel.«

Das ist nicht real.

In Emilys Haar erschien Tang aus dem See. Ihre Kleidung war plötzlich nass, und die weiß geschminkte Haut nahm den blaugrauen Ton des Todes an – so musste Emily ausgesehen haben, als die beiden Angler sie gefunden hatten. Sie sprach noch einmal, mit einem nassen Gurgeln in der Stimme. Bei jedem Wort kam Wasser aus ihrem Mund. »Trevor war in dem Wagen.«

Schmerz zuckte durch Daniels Kopf.

Der Moment überwältigte ihn. Er war wie erstarrt, konnte sich nicht mehr rühren.

»Trevor hätte nicht in dem Wagen sein sollen«, sagte Emily. Mit einer plötzlichen Bewegung richtete sie sich auf. »Such meine Brille.« Sie streckte ihm die Hand entgegen, ergriff seinen Unterarm und drückte fest zu. »Bitte, Daniel.« Schmutziges Wasser quoll aus ihrem offenen Mund.

Er löste sich aus ihrem Griff und wich zurück. Der Kopfschmerz war zu einem lauten Hämmern geworden und die ganze Welt schien zu verschwimmen, ihre Farben zu verlieren und dunkel zu werden. Emily sank in ihren Sarg zurück, alles fing an sich zu drehen, und Daniel fand sich auf dem Boden wieder. Menschen beugten sich über ihn und fragten, was passiert sei und wie es ihm gehe.

Die durch sein Bewusstsein kriechende Finsternis verwandelte sich in eine scharfe Klinge aus Licht, die alles durchschnitt.

»Sie lebt«, sagte er, so laut er konnte. Doch es schien nicht sehr laut zu sein. »Emily ist noch am Leben.«

An mehr erinnerte sich Daniel nicht – die Dunkelheit umhüllte ihn ganz.

6

Er erwachte verwirrt, die Gedanken in einem Nebel aus Benommenheit. Offenbar lag er auf einer der harten Sitzbänke im Vorraum. Sein Vater und einige Erwachsene, die er nicht erkannte, blickten auf ihn herab.

Die Lampen an der Decke strahlten zu hell. Daniel blinzelte und drehte den Kopf zur Seite.

»Dan?« Die Stimme seines Vaters klang besorgt und erleichtert gleichermaßen. »Ist alles in Ordnung mit dir?«

Daniel blinzelte erneut. Die Erinnerungen kehrten zurück: wie er die Kirche betrat, sich dem Sarg näherte, Emily sah …

Sie hat mit dir gesprochen. Sie hat deinen Namen genannt.

»Ist alles in Ordnung mit dir?«, fragte sein Vater noch einmal.

»Ja.« Er nickte. »Äh, ist sie …«

»Wer?«

»Emily. Ist sie …« Mann, das würde ziemlich seltsam klingen. »Ist sie wirklich tot?«

Sein Vater nickte ernst. »Lass uns zu Hause darüber reden, ja?«

»Sie ist also …?«

»Ja.«

Emily in ihrem Sarg, das Wasser, das aus ihrem Mund geströmt war, der gurgelnde Klang ihrer Stimme, der feste Griff ihrer Hand an seinem Unterarm ... Alles hatte so *echt* gewirkt.

Aber wie konnte so etwas geschehen sein, wenn sie tot war?

Die Antwort lautete: Er musste es sich eingebildet haben. Emily war ertrunken, und Tote öffneten nicht ihre Augen, sie setzten sich nicht plötzlich in ihrem Sarg auf und sprachen mit einem, und ganz sicher streckten sie nicht die Hand aus und fassten einen am Arm.

Deine Fantasie hat dir einen Streich gespielt, das ist alles.

Und doch ... Ihre Stimme war ihm so real vorgekommen wie jetzt die seines Vaters.

Er fühlte sich noch immer benommen, als er sich aufsetzte. Zwei Personen, die neben seinem Vater standen, traten zurück, und einige Sekunden später folgten die anderen ihrem Beispiel, bis nur noch Daniels Vater dastand.

»Du bist ohnmächtig geworden«, sagte er, als rechnete er damit, dass Daniel danach fragen würde. Er konnte nicht ahnen, dass sein Sohn an etwas ganz anderes dachte.

»Ich bin noch nie ohnmächtig geworden.«

»Lag es an den Kopfschmerzen?«

»Keine Ahnung.«

Sein Vater half ihm auf die Beine und unter den besorgten Blicken einiger Mitschüler verließen sie die Kirche.

»Vermutlich war es der Schock«, sagte Daniels Vater. »Der Schock darüber, sie so zu sehen.«

»Vielleicht.«

Während der Fahrt nach Hause versuchte Daniel, das abzuschütteln, was ihm so echt und real erschienen war. Emily konnte ihm nicht gesagt haben, dass Trevor im Wagen gewesen war, und sie konnte ihn auch nicht gebeten haben, ihre Brille zu suchen.

Aber wenn er darüber nachdachte ... Eins der Fotos auf dem Tisch neben dem Sarg hatte sie mit einer Brille gezeigt und in der Schule hatte sie ebenfalls eine getragen.

Daniel wusste nicht, ob man im Sarg liegenden Toten die Brille aufsetzte. Die Vorstellung erschien ihm seltsam, aber vielleicht machte man so etwas, wenn die Verstorbenen ständig eine Brille getragen hatten, damit sie im Tod so normal wie möglich aussahen.

Doch in diesem Fall hätte niemand Emilys Brille finden können. Immerhin war sie ertrunken, und bestimmt hatte sie die Brille verloren, als sie von der Strömung zu der Stelle getragen worden war, wo man sie gefunden hatte.

Zu Hause angekommen zog sich Daniel in sein Zimmer zurück.

Er hatte nie gewusst, was er von Geistern und dergleichen halten sollte. Einerseits stellte das Übernatürliche oder Paranormale – wie auch immer man es nennen wollte – etwas dar, das er nicht ohne Weiteres akzeptieren konnte. Er glaubte an die Wissenschaft und daran, dass sie letztendlich auch eine Erklärung für das Unerklärliche finden würde.

Andererseits gab es viele Menschen, die tatsächlich seltsame Dinge sahen und erlebten: Sie hatten Visionen, hörten unheimliche Geräusche in der Nacht und beobachteten, wie sich Türen und Fenster von ganz allein schlossen.

Bis zu diesem Tag hatte sich Daniel kaum vorstellen können, wie sich so etwas anfühlte.

Aber was er in der Kirche gesehen hatte ... War das wirklich Emilys Geist gewesen?

Eine andere Erklärung fiel ihm nicht ein.

Daniel nahm die Krawatte ab – seine einzige – und hängte sie in den Schrank.

Wenn er tatsächlich Emilys Geist gesehen hatte – warum dann die Bitte, die Brille zu suchen? Daniel kannte zahlreiche Horrorfilme und hatte auch Geistergeschichten gehört, insbesondere von seinem Freund Kyle.

Nach dem, was die Leute sagten, waren Geister – wenn sie wirklich existierten – meist harmlos und halfen den Lebenden. Es kam auch vor, dass sie nach Gerechtigkeit suchten, nach einem Platz, wo sie Frieden finden konnten, oder nach einer Möglichkeit, den Limbus zu verlassen und endlich ganz ins Jenseits zu wechseln. Angeblich gab es aber auch Geister, die nach Rache strebten oder durch und durch böse waren.

Kyles Geschichten drehten sich oft um rachsüchtige Phantome oder Poltergeister, denen es darum ging, die Lebenden zu erschrecken oder ihnen zu schaden.

Oder sie zu töten.

Manchmal versuchten sie, jemanden umzubringen.

Daniel sagte sich, dass all diese Geschichten erfunden waren, dass im wahren, wirklichen Leben keine Geister existierten.

Aber als er das Hemd auszog, erschauerte er plötzlich und starrte auf seinen Arm.

Rote Striemen in Form einer Hand zeigten sich genau dort, wo ihn das tote Mädchen am Unterarm gepackt hatte.

7

Daniel schlief nicht gut.

Er fand keine Ruhe und sah immer wieder, wie sich Emily in ihrem Sarg aufrichtete und zu ihm sprach. Etwas in ihm wollte glauben, dass er sich alles nur eingebildet hatte, aber die roten Striemen an seinem Unterarm wiesen auf etwas anderes hin, auf etwas, das er nicht verstand.

Trevor war in dem Wagen. Trevor hätte nicht in dem Wagen sein sollen.

Such meine Brille.

Bitte, Daniel.

Im Traum nannte Emily immer wieder seinen Namen.

Bitte, Daniel.

Daniel …

Er erinnerte sich an die Fotos auf dem Tisch, und er sah Emily, wie sie sich von einem Bild zum nächsten bewegte und dabei veränderte: in der Hütte, auf dem Strand, neben dem Hund … Kleine Zwischenszenen zeigten ihm, wie sie durch die Flure der Schule ging.

Als er schließlich aufstand, hatte er das Gefühl, kaum geschlafen zu haben.

Die Abdrücke an seinem Unterarm waren noch immer deutlich zu sehen.

Er verbarg sie unter den Ärmeln eines Sweatshirts.

Daniel wusste nicht, wie er sie beim Training verstecken sollte. Vielleicht mithilfe der Armwärmer – solange niemand etwas im Umkleideraum bemerkte.

Sein Vater war wie üblich in der Küche und scrollte auf seinem iPad durch die Nachrichten, während er Kaffee trank. Das Lokalblatt hatte er bereits gelesen; es lag zusammengefaltet neben dem leeren Cornflakes-Teller. Er trug seine Uniform, mit Funkgerät, Taschenlampe, Handschellen und dem Revolver. Bereit für den Tag.

»Geht es dir heute Morgen besser, Dan?«

»Ja, danke.« Daniel hielt unbewusst den verletzten Arm von seinem Vater weg.

Lieber Himmel, wenn ihn diese Art von Befangenheit auch in die Schule begleitete, so stand ihm ein langer unangenehmer Tag bevor.

»Wann kommst du heute Abend vom Training?«

»Wir sehen uns nach dem Training noch Aufnahmen von den Pioneers an. Es könnte also halb sieben oder so werden. Um acht kommt Kyle. Wir wollen uns auf die Prüfung in Geschichte vorbereiten.«

Sein Vater trank den Rest Kaffee. »Soll ich auf dem Heimweg was zu essen holen?«

»Ich mache uns ein paar Fajitas.« Seit Daniels Mutter nicht mehr da war, wechselten sie sich beim Kochen ab, und seine Spezialität waren Tortillas. Sein Vater mochte sie und erhob deshalb keine Einwände dagegen.

»In Ordnung.« Er stand auf und klopfte Daniel auf die Schulter. »Ich weiß, dass du diese Woche ziemlich viel um die Ohren hast, Kumpel. Manches davon ist schwer zu verdauen. Kopf hoch.«

»Ich komme schon klar.«

Es lief ziemlich gut zwischen ihnen seit dem letzten Frühjahr, als Daniels Mutter einfach gegangen war.

Die Trennung von ihr setzte Daniels Vater zu. Er lächelte nicht mehr so viel wie früher und er arbeitete mehr. Er war ein guter Vater und immer da, wenn Daniel ihn brauchte. Aber manchmal belastete seine Traurigkeit sie beide, und Daniel wusste nicht, wie er ihm helfen konnte.

Noch waren Daniels Eltern nicht geschieden. Gelegentlich rief seine Mutter an und sagte, dass sie ihn vermisste und an seinem Leben teilhaben wollte, aber bisher war sie noch nicht aus den Twin Cities in Minnesota, wo sie bei ihrer Schwester lebte, nach Beldon zurückgekehrt, und deshalb bedeuteten ihm ihre Worte nicht viel. Es war allen klar, dass sie nicht zurückkehren würde, zumindest nicht für immer.

Draußen war alles mit einer dünnen Schicht Raureif überzogen. Daniel musste die Windschutzscheibe seines Wagens freikratzen, bevor er losfuhr.

Auf dem Weg zur Schule versuchte er, alle Gedanken an Emilys Tod und die Szene in der Kirche aus seinem Kopf zu verbannen, doch das fiel ihm schwer. Es musste mehr gewesen sein als eine Halluzination. Er hatte Emilys Geist gesehen und ihn sprechen gehört; die Striemen an seinem Unterarm waren der Beweis.

Aber was sollte er in diesem Zusammenhang unternehmen, abgesehen davon, die Druckstellen am Arm zu verbergen und zu versuchen, alles zu vergessen?

Das war die Frage.

Und er wusste keine Antwort darauf.

Aber eins stand fest: Sosehr er sich auch bemühte – er hatte etwas erlebt, das sich nicht so einfach aus seinem Gedächtnis vertreiben ließ.

Daniel parkte an der üblichen Stelle, am Rand des Platzes, in der Nähe des kleinen Kiefernwaldes, wo er morgens manchmal Rotwild sah, besonders im Winter, wenn es bei seinem Eintreffen noch fast dunkel war. Das Footballstadion befand sich auf der linken Seite, unweit eines Kornfelds, das ans Schulgelände grenzte.

Er nahm seinen Rucksack, schlang sich den Riemen über die Schulter und ging zum Gebäude.

Die Highschool von Beldon war relativ groß, wenn man die Einwohnerzahl der Stadt berücksichtigte. Etwa vor einem Jahrzehnt hatte sich jemand gedacht, dass es billiger war, Schüler aus den umliegenden Gebieten nach Beldon kommen zu lassen, als in den anderen Orten kleinere Highschools zu bauen. Dabei war es geblieben, mit dem Ergebnis, dass Daniels Jahrgang, obwohl der kleinste von allen, aus mehr als zweihundert Schülern bestand. Mit anderen Worten: An der Beldon High gab es so viele Schüler, dass einige von ihnen durch die Maschen schlüpfen konnten.

So wie Emily.

Daniels Freund Kyle Goessel parkte gerade seinen zwanzig Jahre alten mitternachtsschwarzen Mustang.

Kyle stieg aus und warf die Tür zu. »Was geht ab, Dan?«

»Hallo.«

»Alles in Ordnung mit dir? Ich hab gehört, was in der Kirche passiert ist.«

»Ja, alles okay.« Sie gingen Seite an Seite zum Schulgebäude, und Daniel fragte: »Du bist also nicht da gewesen?«

»Ich bin dort aufgekreuzt, als du schon weg warst.«

Seit Kyle und seine Familie vor fünf Jahren nach Beldon gekommen waren, verband sie eine enge Freundschaft, trotz der vielen Unterschiede zwischen ihnen.

Daniel interessierte sich mehr für Sport und Kyle vor allem für seine elektrische Gitarre und Comics. Nach der Schule arbeitete er bei Rizzo's, einer beliebten Pizzeria.

Kyle mochte Englisch, Daniel Mathe.

Daniel stand auf klassischen Rock, Kyle auf Indie-Bands.

An diesem Morgen war Kyles schulterlanges dunkelblondes Haar noch ein wenig feucht von der Dusche. Mit einer Hand strich er es zurück.

Kyle war größer als Daniel, aber schlaksig und ein bisschen unkoordiniert – bis er lief. Eine seltsame Sache. Wenn er durch die Flure der Highschool ging, schienen sich seine Gliedmaßen mit unterschiedlicher Geschwindigkeit zu bewegen, aber wenn er lief, war alles glatt und geschmeidig. Er konnte richtig gut rennen, und die Trainer hatten ihm mehrmals vorgeschlagen, an den Crossläufen oder den Wettbewerben im Stadion teilzunehmen. Doch er hatte immer abgelehnt, aus Gründen, die er größtenteils für sich behielt.

In gewisser Weise ähnelte er dem einen Typen in ihrer Klasse, Jacob Lawhead, der stotterte, wenn er sprach, dessen Stottern beim Singen aber vollkommen verschwand.

Manche sagten, dass alles im Kopf geschah, doch was spielte das letztendlich für eine Rolle? Dadurch wurde es nicht weniger real. Wann immer jemand sagte, dass etwas nur im Kopf stattfand, sollte besser das Wörtchen »nur« weggelassen werden, denn was im Kopf passierte, betraf auch den Körper. Anders ging es gar nicht.

Jemand musste den falschen Knopf der Fernbedienung gedrückt haben, denn plötzlich ging die Alarmanlage eines Autos los. »Wie großartig, dass jemand so etwas erfunden hat«, brummte Kyle. »Wirklich eine tolle Idee. Ich meine, wie viele Autodiebstähle sind mit solchen Alarmanlagen verhindert worden? Bestimmt Hunderttausende.«

Sie traten durch den Eingang und in den Flur, der an den Büros vorbei in den wissenschaftlichen Flügel des Hauptgebäudes führte.

Kyle hielt sein Handy in der Hand und startete die Taschenrechner-App.

»Nicht heute Morgen, Kyle.«

»Nur eine Aufgabe.«

»Ich bin wirklich nicht in der Stimmung …«

Kyle tippte bereits. »1489 mal 783 geteilt durch 4,4.«

»264.974,318«, antwortete Daniel sofort.

Kyle schüttelte den Kopf. »Mann, ich habe keine Ahnung, wie du das anstellst.«

»Es ist so wie bei deinem Gitarrenspiel.«

»Wie kannst du das damit vergleichen?«

»Du liest die Musik und übersetzt sie, ohne nachzudenken. Du weißt genau, was du tun musst, welche Saite wann zu spielen ist, der ganze Kram. Wenn ich mir ein Notenblatt ansehe, habe ich keine Ahnung, was all die Zeichen bedeuten. Vermutlich könnte ich mit der Zeit herausfinden, welche Note für welchen Ton steht, so wie du schließlich eine mathematische Formel entziffern kannst. Aber es wäre große Mühe für mich. Dir hingegen fällt es ganz leicht.«

»So wie dir die Mathematik.«

»Ja.«

Kyle steckte das Handy ein. »He, ich muss noch was aus meinem Spind holen. Komm mit.«

Sie gingen durch den Flur, vorbei an all den Schülern, die zu ihren Spinden oder Klassenzimmern eilten.

Noch fünf Minuten bis zum Läuten.

Nicole Martin kam ihnen auf dem Weg zum Englisch-Unterricht entgegen. »Hi, Kyle. Hallo, Daniel.«

»Hallo«, erwiderten sie.

Als sie weg war, warf Kyle Daniel einen bedeutungsvollen Blick zu.

»Was ist?«

»Mann, sie steht auf *dich*. Du solltest sie zum Homecoming-Ball einladen.«

Daniel sah ihn groß an. Ihm war nie in den Sinn

gekommen, dass Nicole ihn vielleicht auf diese Weise mochte. »Sie steht auf mich?«

Kyle schüttelte den Kopf. »Du bist vielleicht der Sportstar der Schule, aber wenn's um Mädchen geht, hast du null Ahnung. Ist nicht böse gemeint.«

»Schon gut.« Sie erreichten den Spind. Daniel stützte sich mit einer Hand an der Wand ab. »Ich dachte daran, die Neue einzuladen, Stacy.«

»Ja.« Kyle kramte in seinen Sachen. »Das erzählst du mir immer wieder. Wann stellst du sie mir vor?«

Wenn ein neues Mädchen an die Schule kam, sprachen normalerweise alle über sie, aber bei Stacy war das aus irgendeinem Grund nicht der Fall. Vielleicht, dachte Daniel, lag es daran, dass Emilys Tod zu sehr im Mittelpunkt stand.

»Bald.«

»Der Ball ist …«, begann Kyle.

»Am Samstag. Ja, ich weiß.«

»Du lässt es ziemlich knapp werden, Amigo. Ich meine, wenn du jemanden einladen willst.«

»Gehst du mit Mia?«

Kyle nickte. Er war seit Anfang des Sommers mit Mia zusammen – seine bisher längste Beziehung. »Ja.«

Er schloss seinen Spind und wandte sich Daniel zu. »Lass Nicole nicht ganz außer Acht. Sie ist cool. Und von Mia habe ich gehört, dass sie bisher noch kein Date hat.« Als sie sich auf dem Weg zum Englisch-Unterricht machten, zeigte Kyle auf einen Spind am Ende des Flurs. »Der gehörte Emily.«

»Woher weißt du das?«

»Ich hab sie manchmal gesehen, wenn sie hier ihre Sachen holte. Angeblich ist der Spind schon leer geräumt.« Kyle zögerte. »Ich frage mich, was sie darin gefunden haben.«

Der Gedanke daran, was sich vielleicht in Emilys Spind befunden hatte, brachte Erinnerungen an die Kirche zurück. Daniel schob sie beiseite.

Die Stelle an seinem Unterarm, wo ihn Emilys Hand berührt hatte, begann zu jucken, aber Daniel widerstand der Versuchung, sich dort zu kratzen. Zusammen mit Kyle schloss er sich einer Gruppe von Schülern an und kurz darauf betraten sie das Klassenzimmer für den Englisch-Unterricht.

Es war stiller als sonst, vermutlich deshalb, weil alle noch versuchten, mit Emilys Tod fertigzuwerden.

Einige Mitschüler fragten Daniel, ob mit ihm alles in Ordnung sei, aber abgesehen davon sprach zum Glück niemand über die Ereignisse in der Kirche.

Nachdem Emilys Leiche gefunden worden war, hatte die Schulverwaltung Psychologen beauftragt, die den Schülern dabei helfen sollten, den Schock zu überwinden.

Es war alles so schnell gegangen. Daniels Vater hatte gesagt, dass die Beerdigung normalerweise nicht so rasch nach dem Auffinden der Leiche stattfand, aber in diesem besonderen Fall wollte es die Familie offenbar so schnell wie möglich hinter sich bringen.

In Beldon gab es nicht genug Therapeuten für die Schule und deshalb hatte die Direktion Superior und Ashland um Hilfe gebeten. Die meisten Schüler, die Daniel kannte, sprachen nicht gern mit den Psychologen, aber offensichtlich gab es doch mehr Bedarf an therapeutischem Beistand. Schwer zu sagen.

Die Therapeuten verteilten ihre Telefonnummern und E-Mail-Adressen und versprachen, immer zur Verfügung zu stehen, falls sich jemand mit ihnen in Verbindung setzen wollte. Und das war's auch schon. Sie hatten den Eindruck erweckt, tatsächlich voller Anteilnahme zu sein, aber Daniel wusste nicht, ob das alles etwas nützte.

Zeit heilte vielleicht die Wunden, doch seit der Sache mit seiner Mutter wusste Daniel: Manchmal führte Zeit nur dazu, dass sich der Schmerz noch tiefer in einen fraß, wie eine infizierte Wunde, die nichts von Heilung wissen wollte.

Ihre Englischlehrerin, Miss Flynn, schaute auf die Uhr an der Wand und hantierte mit den Unterlagen auf ihrem Pult. Sie war Single, Mitte zwanzig und trug Röcke, die für andere Lehrerinnen an der Schule tabu waren.

Sie hatte es weniger mit den klassischen Stoffen und mehr mit Geschichten über den Tod, über das Unheimliche und Makabre. Ihre Schüler hielten das für ein wenig seltsam, aber es machte den Unterricht interessant.

Am ersten Tag in der Schule hatte sie ihren Schülern gesagt, wenn die Trainer »Coach« genannt wurden, wollte sie mit »Teach« für Teacher, Lehrer, angesprochen werden. Dabei war es geblieben.

Kyle beugte sich zu Daniel. »Wollen wir wetten, dass sie uns eine Geschichte darüber gibt, wie man Kummer bewältigt? Etwas in der Art?«

»Das denke ich auch.«

Für einen Moment schaute er zu Nicole, als sie ihre Bücher hervorholte. Dann wandte er rasch den Blick ab, bevor sie merkte, dass er sie beobachtet hatte.

Die restlichen Schüler nahmen ihre Plätze ein, es läutete, und Miss Flynn stand auf, um mit dem Unterricht zu beginnen.

8

»Heute sehen wir uns eine Geschichte von Richard Brautigan an, eines Beatnik-Schriftstellers aus den 1960er-Jahren.«

Oh, das war eine Überraschung. Ein Hippie-Autor von vor fünfzig Jahren – nicht unbedingt die normale literarische Kost, die Teach in ihrem Unterricht sonst präsentierte.

Sie setzte sich wieder an ihr Pult und schlug die Beine übereinander, auf eine Art und Weise, die die Jungs in der Klasse vielleicht dazu bringen sollte, den Blick nach vorn zu richten.

»Die Geschichte heißt ›Greyhound-Tragödie‹ und stammt aus Brautigans Buch ›Die Rache des Rasens‹. Sie beginnt folgendermaßen: ›Sie wollte, dass aus ihrem Leben eine Illustriertentragödie würde wie in den Filmzeitschriften, wie der Tod des jungen Stars, mit langen Reihen weinender Leute und einer Leiche, die schöner war als ein großes Gemälde, aber sie schaffte es einfach nicht, aus der kleinen Stadt in Oregon wegzugehen, in der sie geboren und aufgewachsen war, und nach Hollywood zu gehen und zu sterben.‹«

Lange Reihen aus Trauergästen bei einer Beerdigung.

Die Leiche einer jungen Frau.

Das klang unangenehm vertraut.

Plötzlich erschien es gar nicht mehr so seltsam, dass Miss Flynn diese Geschichte für ihre heutige Stunde ausgewählt hatte.

Sie legte eine kurze Pause ein, als wollte sie ihren Schülern Gelegenheit geben, das Bild von der Beerdigung zu verinnerlichen, und dann las sie weiter über die junge Frau, die ein Hollywood-Sternchen werden wollte. In ihrem Heimatort erwartete sie ein Leben als Ehefrau eines Autoverkäufers. Ein Leben, das Sicherheit versprach, ihr aber nicht sehr erstrebenswert erschien. Schließlich kam es zu einer richtig traurigen Szene, in der sie vor einer Busstation stand und den Mut aufzubringen versuchte, ihrem Traum zu folgen. Doch sie brachte es nicht fertig und ging, ohne ein Ticket zu kaufen.

Miss Flynn las: »Sie weinte den ganzen Weg bis nach Hause an diesem warmen, sanften Abend in Oregon, und jedes Mal, wenn ihre Füße den Boden berührten, wollte sie sterben.« Es lief darauf hinaus, dass sie den Autoverkäufer heiratete und versuchte, ihren Traum zu vergessen. Die Geschichte endete: »Aber jetzt, einunddreißig Jahre später, errötet sie noch immer, wenn sie an der Busstation vorbeikommt.«

Niemand sprach. Kaum jemand bewegte sich.

Sie errötet noch immer, wenn sie an der Busstation vorbeikommt.

Nach einunddreißig Jahren.

»Träume und Tod kommen zu uns allen«, sagte Miss Flynn ruhig. »Was wir mit dem einen machen, bevor uns das andere holt, daraus ergibt sich der Unterschied. Ich möchte, dass Sie bis Freitag zwei Blogeinträge schreiben. Sie müssen nicht online gepostet werden oder etwas in der Art, aber ich möchte, dass Sie über die Dinge schreiben, die Sie bis zum Tod erreichen wollen, damit Sie nicht erröten, wenn Sie in einunddreißig Jahren an der verschlossen gebliebenen Tür Ihrer Träume vorbeikommen.«

Tod und Träume.

Und letzte Reue.

Für einen Moment fragte sich Daniel, woraus Emilys Träume bestanden hatten.

Vielleicht darin, von uns akzeptiert zu werden.

Vielleicht ...

Eins der Mädchen ganz vorn hob die Hand. »Teach, werden wir jetzt allen Ernstes aufgrund unserer Träume benotet?«

»Ich habe nicht vor, Noten für diese Arbeit zu vergeben.«

Ein erleichtertes Seufzen ging durch den Raum. Jemand hinter Daniel flüsterte: »Warum sollen wir dann darüber schreiben?«

»Wie war das, Mr Talbot?«

Er räusperte sich. »Ich habe mich nur gefragt, warum wir so etwas schreiben sollen, wenn es für unsere Noten keine Rolle spielt.«

»Ich gebe Ihnen eine Note, wenn ich glaube, dass Sie besonders gute Arbeit geleistet haben. Was die Länge betrifft ... Das überlasse ich Ihnen. Sie sollen sich vor allem klar ausdrücken, anstatt zu schwafeln, nur um auf eine bestimmte Anzahl von Worten zu kommen. Bitte denken Sie daran: Es geht hier um kreatives Schreiben. Und noch etwas: Ich werde Sie bitten, am Freitag einen Ihrer Blogeinträge der Klasse vorzulesen.«

Oh, perfekt.

Es machte Daniel nichts aus, wenn ihn tausend Menschen auf dem Footballfeld oder beim Basketball beobachteten, aber er hätte sich lieber irgendwo verkrochen, als vor der ganzen Klasse etwas vorzulesen, das er geschrieben hatte.

Nicole richtete einen wissenden Blick auf ihn, als könnte sie seine Gedanken lesen und als wüsste sie, wie viel Unbehagen ihm diese Aufgabe bereitete.

Miss Flynn verteilte Fotokopien einer weiteren Geschichte. »Sehen wir uns jetzt ›The World War I. Los Angeles Airplane‹ an, die letzte Story in Mr Brautigans Buch.«

Wie sich herausstellte, ging es in dieser Geschichte ebenfalls um den Tod, oder um das Leben – es hing davon ab, aus welchem Blickwinkel man das Ende sah.

Der Rest des Morgens verlief einigermaßen normal. Die meisten vermieden es, über Emily zu sprechen, aber manchmal fanden doch leise Gespräche über ihren Tod statt, und hier und dort flossen Tränen. Gerüchte machten die Runde. Angeblich hatte es am Windy Point in der Vergangenheit schon andere Todesfälle gegeben. Spukte es dort? Verbarg sich in dem See vielleicht ein Ungeheuer, das einen packte und ins Wasser zog, wenn man dem Ufer zu nahe kam?

Windy Point war die höchste Klippe in der Gegend. Kein Berg, nicht in dem Sinne, aber ein großer Felsen, der mehr als dreißig Meter über den Lake Algonquin ragte.

Daniel sagte sich, dass es nur Geschichten waren, die sich die Leute erzählten, um ein bisschen Sinn in etwas völlig Unsinnigem zu erkennen.

Emily war einem Unfall zum Opfer gefallen.

Mehr steckte nicht dahinter.

Vielleicht. Aber was mit deinem Arm passiert ist, war kein Unfall.

Nach dem Mittagessen gingen Daniel und Kyle durch den Flur, als sie eine Gruppe bemerkten, die sich vor dem Eingang der Turnhalle gebildet hatte. Ein großer, mit rauchiger Stimme sprechender Junge bildete ihren Mittelpunkt.

Daniel erkannte ihn.

Ty Bell lachte nicht viel, und wenn er lachte, dann nicht über die Dinge, die andere Leute lustig fanden. Es schien eher sein eigenartig distanziertes Lachen zu sein, das bestimmten Momenten eine gewisse Komik gab. Anders ausgedrückt: Er lachte wie jemand, der wusste, dass das Leben jeden Humor verloren hatte und nichts mehr lustig war.

Er war im letzten Jahr auf der Highschool, ein Senior, hatte aber spät begonnen und ein Jahr verloren. Inzwischen war ein hartgesottener Neunzehnjähriger aus ihm geworden, der schon einige Konfrontationen mit Daniel und auch dessen Vater hinter sich hatte.

Man munkelte, dass Ty mit einem Schnappmesser zur

Schule kam. Ein Grund mehr für die meisten, ihn und seine drei Freunde zu meiden – wenn man sie »Freunde« nennen konnte. Sie waren eher wie Lakaien, trugen seine Bücher, öffneten die Türen für ihn und kauften ihm Zigaretten.

Daniel glaubte, dass sie seine Nähe suchten, weil sie sich dadurch gefährlicher fühlten, oder vielleicht sicherer. Aber das waren nur Spekulationen, denn er kannte sie nicht gut genug.

Allein stellten sie kaum eine Bedrohung dar, aber Ty war eine tickende Zeitbombe. In seiner Nähe schienen selbst die Lehrer Unbehagen zu empfinden. Vielleicht hielten sie ihn für jemanden, der vollkommen durchdrehen, am nächsten Tag mit einer Schrotflinte erscheinen und wild lachend um sich schießen konnte.

Schüler umringten ihn und einige von ihnen stachelten ihn an. Zwei Mädchen forderten ihn und seine Freunde auf, »den Jungen in Ruhe zu lassen«, aber niemand schritt ein. Bei vier gegen einen sah es immer ziemlich mies aus, insbesondere wenn Ty Bell einer der vier war. Um wen auch immer es ging, Daniel wollte nicht in seiner Haut stecken.

Er bahnte sich einen Weg durchs Gedränge.

Als er die Mitte der Gruppe erreichte, stellte er fest, dass Ty und seine Kumpel jemanden in einen Spind gedrückt hatten. Einer der Jungen blockierte das Schloss mit einem Stift.

Daniel hörte, wie der im Spind Eingesperrte versuchte, das Schloss zu öffnen, aber mit dem Stift darin war das nicht möglich.

Ty grinste und schüttelte eine Limodose. Offenbar wollte er ihren Inhalt durch die oberen Lüftungsschlitze spritzen.

»Weg mit der Dose, Ty.«

Er sah Daniel aus seinen schiefergrauen Augen an. »Oh, wen haben wir denn da? Johnny Footballstar kommt zur Rettung.« Tys Kumpel schienen das für komisch zu halten und lachten.

»Du wirst das da nicht in den Spind schütten.«

Ty schüttelte die Dose noch einmal und hielt sie an die Lüftungsschlitze. »Ach? Willst du mich daran hindern?«

»Ja.«

Es folgte eine kurze Pause, als Ty darüber nachdachte. Seine Freunde rückten näher, aber Daniels kühler Blick blieb auf Ty gerichtet. Er spürte, wie Kyle an seine Seite trat.

»Und hier kommt der Rockstar unserer Schule«, höhnte Ty. »Ich habe alles über dich und Emily gehört.«

»Beeindruckend«, sagte Kyle. »Zwei vollständige Sätze hintereinander. Ich bin stolz auf dich. Der Nachhilfeunterricht zahlt sich aus.«

In Tys Augen blitzte es zornig.

»Weg von dem Spind«, sagte Daniel.

Was war das eben mit Kyle und Emily? Was in aller Welt hat Ty gemeint, als er sagte, er hätte alles darüber gehört?

Ty schüttelte die Dose erneut, richtete sie plötzlich auf Daniel und öffnete sie. Limo spritzte Daniel ins Gesicht, auf Hals und Hemd.

Ty grinste und ließ den Blick über die anderen Schüler schweifen, wie auf der Suche nach Anerkennung, doch nur seine drei Kumpel lachten. Vielleicht hätten einige der anderen zumindest gelächelt, wenn es nicht um Daniel gegangen wäre, den Star-Quarterback der Schule.

Daniel wischte sich die Limonade vom Hemd. »Ich habe dir gesagt, dass du das lassen sollst.«

Tys Gesicht wurde noch etwas grimmiger. »Wenn du dich auf eine Schlägerei einlässt, kannst du am Freitag nicht spielen, oder? Dann verpasst du das große Homecoming-Spiel, stimmt's? Wie würde dir das gefallen, Dannyboy?«

Daniel hatte sich seit Jahren nicht mehr geprügelt. Er erinnerte sich an das letzte Mal, während eines Urlaubs mit seinen Eltern an der Ostküste – eines Abends am Meer hatten ihn drei Jungen bedrängt.

Er hatte sie gewarnt, aber sie ließen nicht locker. Ein blaues Auge und zwei blutige Fingerknöchel waren das Ergebnis dieser Konfrontation gewesen, doch dafür hatte er den anderen Jungs einen Denkzettel verpasst.

Aber Ty hatte recht mit seinem Hinweis auf das Homecoming-Spiel am Freitagabend – wenn er sich prügelte, würde er nicht spielen dürfen.

Plötzlich holte Ty zu einem Schlag aus, und Daniel reagierte instinktiv – er duckte sich. Dadurch verlor Ty das Gleichgewicht und taumelte nach vorn, was Daniel Gelegenheit zu einem Aufwärtshaken gab. Doch er beherrschte sich, packte nur Tys Arm und drehte ihn auf den Rücken. Als der sich zu befreien versuchte, drehte er den Arm noch etwas weiter nach hinten.

Daniel kannte sich nicht mit Kampfsport und dergleichen aus, aber sein Vater hatte ihm gezeigt, wie man jemanden bewegungsunfähig machte, wenn es sein musste. Das war einer der Vorteile, Sohn eines Mannes zu sein, der seit fast zwanzig Jahren im Polizeidienst arbeitete.

»Öffne den Spind«, sagte Daniel. »Wen auch immer du darin eingesperrt hast, lass ihn raus.«

»Nein, ich ... Au!«

»Lehrer!«, rief jemand. Sofort löste sich die Menge auf.

Daniel ließ Ty los und stieß ihn weg von den Spinden.

Ty schüttelte wütend den Arm, als er und seine drei Kumpel durch den Flur zurückwichen. »Das wirst du bitter bereuen, Byers.«

Daniel zog rasch den Stift aus dem Schloss und öffnete den Spind, als Ty und seine Freude zwischen den anderen Schülern verschwanden.

Er öffnete die Spindtür und sah auf den ersten Blick, warum Ty ausgerechnet diesen Jungen ausgewählt hatte. Er trug unmodische Kleidung, hatte jede Menge Pickel im Gesicht, war klein und sah nicht sehr kräftig aus. Burschen wie Ty waren im Grunde genommen Feiglinge. Sie suchten sich immer Opfer aus, die kleiner und schwächer waren als sie. Daniel hatte den Jungen einige Male in der Schule gesehen, aber erst seit kurzer Zeit. Vermutlich war er neu.

Plötzlich fiel ihm ein, dass er ihn auch in der Kirche gesehen hatte.

Zwar versuchte der Junge, es zu verbergen, aber

Daniel konnte trotzdem erkennen, dass er geweint hatte. »Wie heißt du?«

»Ronnie.«

»Alles in Ordnung, Ronnie?«

»Ja.« Er bemühte sich um ein Lächeln, was aber nicht darüber hinwegtäuschte, dass er zitterte. Verlegen blinzelte er eine Träne fort.

»Was geht hier vor?«, rief Mr McKinney.

»Wenn sie dir noch einmal blöd kommen, gibst du mir Bescheid, klar?«, sagte Kyle leise zu Ronnie.

Ronnie nickte und eine Sekunde später war Mr McKinney da. »Ich will wissen, was hier vorgeht.«

»Nichts«, antwortete Kyle. »Wir helfen Ronnie nur dabei, mit der Schule vertraut zu werden.«

»Stimmt das, Mr Jackson?«

»Ja, Sir«, sagte Ronnie.

Sein Nachname lautet Jackson? Ist er vielleicht mit Emily verwandt?

Mr McKinney richtete einen forschenden Blick auf sie. Daniel und Kyle hatten ihn in ihrem ersten Jahr an der Highschool als Algebra-Lehrer gehabt. Einmal hatte er Daniel als einen der besten Schüler der letzten zehn Jahre gelobt und ihn eingeladen, Mitglied in seinem Mathe-Klub zu werden. Daniel hatte die Einladung nicht angenommen, doch sie waren immer gut miteinander ausgekommen. Außerdem: In den vergangenen Jahren waren Kyle und Daniel zwar mehrmals in Schwierigkeiten geraten, aber nie wegen irgendeiner ernsten Angelegenheit, und nie, weil sie jemanden schikaniert hatten.

Mr McKinney sah ernst auf seine Uhr. »Ich glaube, Sie sollten besser Ihre Unterrichtsräume aufsuchen.«

Als sie außer Hörweite waren, wandte sich Daniel an Ronnie und fragte: »Bist du mit Emily Jackson verwandt?«

»Sie ist meine Schwester.« Er wischte sich eine Träne von der Wange. »Meine Zwillingsschwester. Besser gesagt: Sie war es. Bis jemand sie umgebracht hat.«

»Umgebracht?«, fragte Kyle, der ebenso überrascht war wie Daniel.

»Sie war eine gute Schwimmerin. Sie kann auf keinen Fall in den See gefallen und einfach so ertrunken sein. Jemand muss sie unter Wasser gedrückt haben.«

9

»Sie könnte von der Klippe gestürzt sein, von Windy Point«, sagte Daniel.

»Oder jemand hat sie heruntergestoßen«, erwiderte Ronnie.

»Glaubst du wirklich, dass sie umgebracht worden ist?«

Diesmal zögerte er kurz. »Wie sonst könnte es passiert sein?«

Die Erklärung schien ganz einfach: Emily fiel in den See; das Wasser war so kalt, dass sie es nicht schaffte, zum Ufer zu schwimmen; die Strömung zog sie in die Tiefe.

Aber Daniel verzichtete darauf, Ronnie das zu sagen, weil er befürchtete, dessen Gefühle zu verletzen. Stattdessen brachte er etwas anderes zur Sprache, und zwar seine Verwunderung darüber, warum dieser Junge in der Schule war, trotz der Beerdigung seiner Zwillingsschwester gestern. »Solltest du nicht zu Hause sein?«

»Ich wollte zur Schule.« Er sprach leise. Seine Stimme schien aus der Ferne zu kommen. »Um bei meinen Freunden zu sein.«

Daniel fragte sich, wie viele Freunde Ronnie wohl

hatte. »Ja, das ergibt einen Sinn«, sagte er, um Anteilnahme zu zeigen.

Gleichzeitig versuchte er zu verstehen. Es schien ihm ein zu großer Zufall zu sein, dass Emily gestorben war und Ty und seine Freunde ihren Bruder nur einen Tag nach ihrer Beerdigung schikanierten.

Wahrscheinlich haben sie einfach nur seine Situation ausgenutzt, dass er nach dem Tod seiner Zwillingsschwester noch angreifbarer war.

Es machte Daniel so wütend, dass er die Fäuste ballte. Vielleicht wäre es doch besser gewesen, Ty eine zu verpassen.

Ronnie ging, und Kyle meinte, er müsse sich ebenfalls auf den Weg machen. Doch vorher fragte ihn Daniel: »Was hat Ty gemeint, als er sagte, dass er alles über dich und Emily gehört hätte?«

»Keine Ahnung.«

»Du hast sie also nicht näher gekannt oder so?«

Kyle schüttelte den Kopf. »Nein.«

»Aber warum hat Ty dann ...«

»Ich habe doch gerade gesagt, dass ich keine Ahnung habe.«

Daniel zögerte. »Na schön.«

»Bis heute Abend. Um acht. Bei dir zu Hause.«

»Ja.«

Kyle ging zu seinem Unterricht und Daniel auf die Toilette, um sich dort die Limo aus dem Gesicht zu waschen.

Dabei fragte er sich, warum Kyle bei der Antwort auf die Frage nach Emily so abweisend geklungen hatte. Das sah ihm gar nicht ähnlich. Seine Reaktion ließ eigentlich nur einen Schluss zu: Es gab etwas, das er verheimlichte.

Dieser Gedanke bereitete ihm Sorge. Daniel trocknete sich ab und betrat kurze Zeit später leise den Physikraum, um nicht zu stören, handelte sich für seine Verspätung aber trotzdem einen Verweis ein.

Danach verging der Tag schnell, doch bohrende Fragen begleiteten ihn, wohin er auch ging.

War es wirklich möglich, dass jemand Emily umgebracht hatte?

Warum war sie ihm als Geist erschienen?

Hatte Ty nur versucht, Kyle mit dem Hinweis auf ihn und Emily zu verunsichern, oder steckte mehr dahinter?

Nach der Schule, als sich Daniel im Umkleideraum für das Footballtraining umzog, stellte er überrascht fest, dass die roten Striemen von seinem Unterarm verschwunden waren. Nicht ein einziger kleiner Fleck zeigte sich. Die Male, die gebrannt und gejuckt hatten … Sie existierten nicht mehr.

Vielleicht haben sie nie existiert. Vielleicht hast du dir alles nur eingebildet, den Geist ebenso wie seine Hand an deinem Arm.

Er rieb sich die Schläfe.

Was auch immer geschah – er hatte das Gefühl, dass sein normales Leben nach und nach aus den Fugen geriet und etwas Dunkles und Verwirrendes die Kontrolle zu übernehmen drohte.

Das Training lief nicht besonders gut. Es gab Probleme mit dem Timing und niemand schien sich richtig konzentrieren zu können. Aber die Trainer schrieben es offenbar der jüngsten Tragödie an der Schule zu und nahmen es deshalb nicht so genau.

Anschließend trafen sich Daniel und seine Wide Receiver mit ihrem Offense-Coach und dem Head Coach, um eine Aufzeichnung des Spiels der Coulee Pioneers gegen die Spring Hill Panthers am vergangenen Wochenende anzuschauen. Trotz der vielen Gedanken, die ihm durch den Kopf gingen, versuchte Daniel, seine volle Aufmerksamkeit auf die Bilder vom Spiel zu richten.

In der Defense der Pioneers entstanden immer wieder Lücken. »Wir sollten es am Freitag mit einer Read Option versuchen«, sagte Daniel, der die Überlegungen der Trainer erriet.

»Ja«, sagte der Offense-Coach Jostens. Er war Ende zwanzig, schlank und fit, hatte früher einmal für UW-La Crosse gespielt und war seit vier Jahren Assistenztrainer von Beldon. Er unterrichtete keine Klassen, und Daniel wusste nicht, ob er noch einen anderen Job hatte, um seinen Lebensunterhalt zu bestreiten.

Coach Jostens hielt die Aufzeichnung an und deutete auf den besten Tackle der Pioneers, einen großen Burschen, der um die hundertdreißig Kilo zu wiegen schien. »Ihre Angriffslinie ist verdammt gut. Dieser Typ hat's in sich, aber du kannst es mit ihm aufnehmen, Daniel. Achte auf die Defense und sei schnell. Wir können diese Jungs überrollen.«

Nach der Besprechung rief Head Coach Warner Daniel in sein Büro und richtete dort einen strengen Blick auf ihn. »Nimm Platz, Daniel.«

Er setzte sich.

Mit seiner modischen Brille, dem aufmerksamen Blick und den perfekten Manieren wirkte Coach Warner eher wie ein Manager und nicht wie ein Sportlehrer und abgebrühter Footballtrainer.

Aber der äußere Eindruck kann täuschen.

»Ich habe gehört, dass es heute Morgen zwischen dir und Ty Bell zu einem Zwischenfall gekommen ist. Kannst du mir was dazu sagen?«

»Ich habe nur versucht, dem Jungen aus dem Spind zu helfen. Er ist neu an der Schule.«

»Hast du dich mit Ty geprügelt?«

»Nein.«

»Mir ist etwas anderes zu Ohren gekommen.«

»Er holte zu einem Schlag aus, und ich habe ihn festgehalten und verhindert, dass die Sache eskalierte. Das ist alles.«

Daniel hoffte, dass diese Worte genügten, um den Trainer zu beruhigen.

»Du solltest vorsichtig sein, Daniel. Bell bedeutet Ärger, und er wird dich mit runterziehen, wenn er Gelegenheit dazu bekommt. An diesem Wochenende kommen zwei Talentscouts, einer von der University of Minnesota und der andere von der Ohio State. Haben sich die beiden Universitäten schon mit dir in Verbindung gesetzt?«

»Bisher nur per Brief.«

Daniels schulische Leistungen waren gut, insbesondere in Mathematik und den Naturwissenschaften, dennoch konnte er bestenfalls auf ein kleines akademisches Stipendium hoffen. Das Gehalt seines Vaters war nicht besonders hoch – wer viel Geld verdienen will, sollte sich besser nicht für den Posten eines Kleinstadtsheriffs entscheiden.

Zwar hatte ihn sein Vater nicht direkt darauf hingewiesen, aber Daniel wusste: Wenn er studieren wollte, ohne nebenbei arbeiten oder einen größeren Kredit aufnehmen zu müssen, brauchte er ein Sport-Stipendium.

Mit anderen Worten: Es hing viel von diesem Jahr ab.

Von diesem Spiel.

Erst recht dann, wenn Talentscouts von zwei wichtigen Universitäten zuschauen würden.

»Sie wollen nach dem Spiel mit dir reden«, sagte Coach Warner. »Ich kann nichts garantieren, aber allein der Umstand, dass sie zu uns kommen, ist ein gutes Zeichen.« Er hob die Hand und kratzte sich am Kopf. »Lass dich von nichts durcheinanderbringen. Geh einfach aufs Spielfeld und gib dein Bestes. Du weißt, worauf es dabei ankommt. Alles klar?«

»Ja.«

»Und halte dich von Bell fern.«

»Mache ich, Coach. Danke.«

Als Daniel seine Sachen holte, begegnete er im Flur Randall Cox, einem der Wide Receiver. »Hallo, Dan.«

»Hallo.«

»Hast du von dieser neuen Coulee-Sache gehört? Der Pizza-Sache?«

»Nein. Was ist los?«

»Ihre Defense hat versprochen, jedem eine Pizza auszugeben, der einen Treffer landet, bei dem einer unserer Jungs auf einer Bahre vom Platz getragen wird.«

»Machst du Witze?«

»Meine Kusine geht dort drüben zur Schule. Sie hat mir davon erzählt.«

»Wundervoll.«

Daniel wusste natürlich, wer mit »einer unserer Jungs« gemeint war. Der Gegner würde es vor allem auf den Quarterback und die Wide Receiver abgesehen haben.

Randall sah zur Wanduhr. »Ich muss los. Bis morgen.«

»Ja, bis morgen.«

Zu Hause bereitete Daniel Fajitas für seinen Vater und sich selbst zu, aß etwas davon und wartete dann im Wohnzimmer auf Kyle und dass sein Vater von der Arbeit heimkam. Er vertrieb sich die Zeit, indem er mit seinem Laptop ins Internet ging und Artikel über Emily Jackson abrief.

Er fand ihre Seite bei Facebook und stellte überrascht fest, dass ihr Account nicht geschützt war – er konnte sich alle ihre Postings und Bilder ansehen.

Vielleicht hatte sie die Privatsphären-Einstellungen noch vor ihrem Tod selbst deaktiviert, oder ihre Eltern hatten das getan, damit alle Anteil am Leben ihrer verstorbenen Tochter nehmen konnten.

Einige Jungs und viele Mädchen hatten Kommentare hinterlassen, in denen es hieß, wie sehr sie Emily vermissten, wie nett sie gewesen war und wie traurig alle über ihren Tod waren. Es erschien Daniel seltsam, solche Worte zu lesen. Früher hatte man Blumen auf ein Grab gelegt, dachte er. Im 21. Jahrhundert schickte man sein Beileid übers Internet.

Es gefiel ihm nicht sonderlich, die Kommentare zu lesen, denn sie weckten Erinnerungen an die Kirche und daran, dass all die anderen Schüler, die Emily zunächst nicht beachtet hatten, erst zu ihr gekommen waren, als es zu spät gewesen war.

Emily gab Ronnie als ihren Bruder an.

Daniel las, wer ihre Freunde waren, und sah sich dann die Status-Updates an, was nicht lange dauerte, denn beide Kategorien enthielten nur wenige Einträge.

Es gab auch nicht viele Kommentare oder Likes zu ihren Posts.

Emily hatte vor allem Fotos gepostet, und das half Daniel dabei, ein Gefühl für ihr Leben zu bekommen.

Eins der Bilder weckte seine besondere Aufmerksamkeit. Es zeigte sie mit ihrem Golden Retriever.

Sie hatte es selbst gemacht, den Hund umarmt und das Handy so gehalten, dass sie beide zu sehen waren. Hinter ihr erstreckte sich ein See und am Horizont sah man Wald. Die Bildunterschrift lautete: »Trevor und ich am Windy Point.«

Daniel starrte auf die Worte und hatte plötzlich einen Knoten in der Magengrube.

Trevor.

So hieß der Hund.

In der Kirche hatte ihm Emilys Geist gesagt, dass Trevor im Wagen gewesen war: »Trevor hätte nicht in dem Wagen sein sollen.«

Daniel hatte vorher nichts von einem Hund namens Trevor gewusst. Er war auch nicht mit Emily befreundet gewesen – wie hätte er vom Namen ihres Golden

Retrievers wissen sollen? Wenn es kein Geist gewesen war, der ihm in der Kirche diesen Namen genannt hatte, wenn er sich immer noch weigerte, an die Existenz eines solchen Geistes zu glauben … Welche andere Erklärung gab es dann?

Hinzu kam: Emily schien mindestens einmal allein am Windy Point gewesen zu sein.

Stürzte sie in den See? Sprang sie? Stieß sie jemand von der Klippe?

Ronnie hatte gesagt, seine Schwester sei umgebracht worden.

Vielleicht hatte er recht.

10

Ein Fall von Hausfriedensbruch hielt Daniels Vater auf, weshalb er erst nach 19:00 Uhr nach Hause kam. Er machte sich die Fajitas warm und aß sie, ohne viele Worte mit seinem Sohn zu wechseln.

Abends nach der Arbeit nahm er sich meistens ein wenig Zeit für sich und sie sprachen nicht viel miteinander. Doch die Stille, die bei solchen Gelegenheiten zwischen ihnen herrschte, war nicht angespannt oder belastend. Es war eher das ruhige, lockere Schweigen, das Vater und Sohn entwickelten, wenn sie viel gemeinsam durchgemacht hatten und sich anschließend noch mehr respektierten als vorher.

Kyle kam um kurz vor acht. Zwar hatte er daheim zu Abend gegessen, aber er ließ es sich nicht nehmen, eine Portion Fajitas in der Mikrowelle zu erhitzen und sie mit nach oben zu nehmen.

Basketball- und Footballpokale standen in den Regalen von Daniels Zimmer und auch auf dem Kleiderschrank. Da sein Vater nichts davon hielt, wenn Daniel die Wände mit Bildern von Bikini-Schönheiten aus der *Sports Illustrated* vollhängte, beschränkte er sich auf seine Footballstars. Man sah auf den ersten Blick, dass es das Zimmer eines Jungen war, der Sport liebte.

Kyle legte seinen Rucksack auf den Schreibtisch, aß seine Fajitas, sank dann aufs Bett, warf Daniels Nerf-Football in die Luft und fing ihn wieder auf. »Hast du sie inzwischen angerufen?«

»Wen?«

»Stacy, du Dummkopf. Die Neue. Hast du sie zum Ball am Samstag eingeladen?«

»Ich kenne ihre Telefonnummer gar nicht.«

»Eine lahme Ausrede.«

»Wieso?«

»Googel sie. Was auch immer. Facebook. Sieh nach, ob sie einen Account hat. Dort könntest du eine Nachricht für sie hinterlassen.«

»Nein. Ich weiß nicht. Jemanden auf diese Weise einzuladen ... Es erscheint mir feige, ihr einfach nur eine kurze Textnachricht zu schreiben.«

Kyle sah ihn ungläubig an. »Du weißt schon, dass wir inzwischen im 21. Jahrhundert leben?«

»Ich möchte es ihr persönlich sagen, oder wenigstens am Telefon. Sonst würde es sich einfach nicht richtig anfühlen.«

»Na ja, ich könnte Mia anrufen und fragen, ob sie ihre Nummer hat.«

»Ich weiß nicht. Lass nur. Nicht gerade jetzt.«

Kyle zuckte die Schultern. »Wie du meinst.« Er warf den Football noch einige Male hoch. »Hast du schon deine Blogeinträge für Teach geschrieben?«

»Arbeite noch dran. Und du?«

»Ich spiele mit der einen oder anderen Idee. Was hast du bisher?«

Daniel drehte seinen Laptop, damit Kyle die leere Seite des Textverarbeitungsprogramms sehen konnte.

»Aha.«

»Ja.«

»Schreib einfach deine Gedanken auf.«

»Dir fällt so etwas leichter. Ich bin nicht so gut mit Worten.«

Kyle hielt den Football fest. »Hast du ein Tagebuch? Was ist mit dem, das dir deine Mutter letztes Jahr geschenkt hat?«

»Ein Tagebuch? Du meinst, ich soll per Hand schreiben, anstatt zu tippen?«

»Genau.«

»Wer steckt jetzt im vergangenen Jahrhundert fest?«

»Und wenn schon.«

Warum es einfacher sein sollte, den Blogeintrag per Hand zu schreiben, blieb Daniel ein Rätsel, aber wenn Kyle es für eine gute Idee hielt, war es zumindest einen Versuch wert.

Er öffnete eine Schublade des Schreibtisches und holte das Tagebuch hervor, das einige Einträge über seine Mutter enthielt. Die wollte er jetzt aber nicht sehen, weshalb er schnell zu einer leeren Stelle blätterte.

»Und nun ...«, sagte Kyle. »Erzähl mir, wovon du träumst.«

So ausgedrückt brachte die Frage sofort Erinnerungen an die beunruhigenden Träume der vergangenen Nacht. Daniel wusste, was Kyle meinte, und gab sich alle Mühe, nur an die Träume von seiner Zukunft zu denken. Doch die jüngsten Ereignisse wollten sich nicht einfach so beiseitedrängen lassen. »In letzter Zeit fällt es mir ein wenig schwer, mich zu konzentrieren. Meine Gedanken scheinen ein eigenes Leben zu führen.«

»Ein eigenes Leben? Wie meinst du das?«

»Sie kriechen ungeordnet dahin, jeder von ihnen auf der Suche nach etwas, von dem ich nichts weiß. Aber das ist kein Traum, es hat also nichts mit dem Blog zu tun.«

Kyle hob einen Finger. »Moment mal. Das ist gar nicht schlecht. Gedanken, die ungeordnet umherkriechen, auf der Suche nach etwas. Schreib's auf.«

Daniel schrieb es auf.

»Du solltest bei diesem Bild bleiben und es vielleicht noch erweitern. Wie wär's, wenn deine Gedanken nicht nur kriechen, sondern auch fliegen, in ungeordneter Formation … Was fällt dir dazu ein? Im Zusammenhang mit Fliegen?«

»Geier.«

»Geier?«

»Ja. Sie picken nach dem faulenden Fleisch.«

»Die Geier picken nach dem faulenden Fleisch deiner Gedanken?«

»Sie picken das faulende Fleisch vom Kadaver meiner Träume«, sagte Daniel.

Kyle sah ihn seltsam an. »Das ist dir gerade so eingefallen?«

»Ja.«

Woher kommen die Worte? Was geschieht mit mir?

»Schreib es auf, Kumpel. Du bist auf dem richtigen Weg.«

So ging es fünfzehn Minuten weiter – Daniel nannte

Ideen, und Kyle half ihm, ihnen Form und Struktur zu geben. Es erinnerte ihn ein bisschen an die Art und Weise, wie er Kyle bei Mathe half. Er gab ihm nicht die fertigen Antworten, sondern ermöglichte es ihm, die Gleichungen besser zu verstehen und die Antworten dadurch selbst zu finden.

»Lies vor, was du bisher hast«, sagte Kyle schließlich. »Ich möchte sehen, wo wir sind.«

»Augenblick.« Daniel schrieb Sätze, verband die bisherigen Ideen und strich einige Wörter, die ihm nicht gefielen. Dann las er vor:

Der Junge erinnerte sich an eine gar nicht lange zurückliegende Zeit, als seine Gedanken noch ihm gehörten, als sie sich so anordneten, wie er wollte, nur erfüllt von gewöhnlicher Spontaneität und gelegentlich besucht von Ideen, die jedoch keine Unordnung in ihre Formation brachten.

Zu jener Zeit konnte er, wie die meisten Menschen, seine Gedanken zusammenhalten, sie auf etwas konzentrieren, und darin lag ein Gefühl von Sicherheit und Richtigkeit.

»Warum in der dritten Person?«, fragte Kyle.

»Keine Ahnung. Es ergab sich einfach so.«

»Klingt nicht schlecht. Lies weiter.«

Aber jetzt sind seine Gedanken wie Vögel im Flug, und sie fliegen zu Orten, die er weder sieht noch versteht. Manchmal verwandeln sie sich in Geier.

In dunkle Vögel, die das faulige Fleisch seiner dunklen Träume fressen. Die daran picken, bis nur die Knochen übrig bleiben.

Weiße Knochen, sauber in der Sonne. Knochen, in denen einst seine geordneten Gedanken lebten.

Kyle starrte ihn an. »So hast du noch nie geschrieben.«

Das stimmt.

»Ich will das auf keinen Fall der ganzen Klasse vorlesen. Die anderen würden glauben, dass ich übergeschnappt bin. Ich meine, dunkle Träume, gefressen von Geiern? Klingt ziemlich deprimierend. Und außerdem geht es dabei nicht um die Dinge, die ich vor meinem Tod zu erreichen hoffe.«

»Ich glaube, Teach wäre mit einem solchen Text zufrieden. Er weist auf deinen Wunsch hin, dass die Geier deine Gedanken in Ruhe lassen. Das kommt sicher bei ihr an.« Kyle warf Daniel den Football zu. »Und abgesehen davon … Ich kenne zumindest einen deiner Träume, aber darüber willst du vermutlich nicht schreiben.«

»Welchen Traum meinst du?« Daniel warf den Football zurück.

Kyle ging zum Schreibtisch, nahm Daniels Handy und reichte es ihm.

»Was soll das?«

»Ruf Stacy an.«

»Jetzt hör mal, selbst wenn ich sie anrufen wollte …«

»Und das willst du tatsächlich.«

»Na schön, ja, aber wie gesagt, ich habe ihre Nummer nicht.«

Kyle zog sein eigenes Handy aus der Tasche und rief Mia an, bevor Daniel ihn daran hindern konnte.

Daniel schüttelte den Kopf und hörte die eine Seite des Gesprächs mit an. »Ja, nein …«, sagte Kyle. »Ich weiß … Warte mal.« Er fragte Daniel nach Stacys Nachnamen.

»Clern.«

»Clern«, teilte er Mia mit. »Keine Ahnung … Im Ernst. Cool. Bis später.«

Ende des Gesprächs.

»Was hat sie gesagt?«, fragte Daniel.

»Sie hat ihre Nummer nicht, will sich aber erkundigen.« Kyle steckte sein Handy wieder ein. »Also, Sackgasse Nummer eins. Aber dadurch wird alles noch interessanter. Ich nehme mir Facebook vor, und du googelst sie, wie bereits besprochen. Mal sehen, ob wir irgendwo einen Hinweis darauf finden, wie man sich mit Stacy in Verbindung setzen kann.«

»Ich möchte das eigentlich nicht …«

»Doch, du möchtest es.« Kyle hatte bereits seinen Laptop offen. »Du hast nur Angst.«

»Angst? Nein, Unsinn.«

»Du hast ganz klar Schiss, Mann.«

»Ich bin nur … ein wenig besorgt.«

»Schiss, kein Zweifel.« Kyle schrieb etwas und blickte auf den Bildschirm. »Hm. Nichts Konkretes. Es gibt massenhaft Stacys, aber nichts über unsere. Wie sieht's bei dir aus?«

Daniels Finger huschten über die Tasten. »Nichts.«

»Weißt du, woher sie stammt? Ihr Name könnte noch

immer bei einem anderen Ort oder einer anderen Schule aufgelistet sein.«

Daniel schüttelte den Kopf. »Keine Ahnung, woher sie stammt. Ich … ich habe noch nie mit ihr gesprochen.«

Kyle blinzelte. »Du hast noch nie mit ihr gesprochen?«

»Einige Male bin ich nahe dran gewesen, aber es hat nie geklappt.«

»Mann, du bist richtig verschossen, was?«

»Verschossen?«

»Verknallt, verliebt, vernarrt, so was in der Art.« Kyle blickte wieder auf den Schirm seines Laptops. »Wie dem auch sei, das ist seltsam. Ich kann kaum glauben, dass Stacy keine Facebook-Seite hat.«

»So ungewöhnlich ist das nicht. Viele melden sich von Facebook ab, weil dort plötzlich ihre Eltern und Großeltern auftauchen.«

»Ja, ich weiß.«

»Vielleicht hat sie an einer anderen Schule etwas erlebt, von dem sie nicht möchte, dass es an unserer Schule bekannt wird. Möglicherweise hat sie ihren Facebook-Account deshalb gelöscht. So was kommt vor.«

»Du meinst, sie könnte wegen irgendetwas verlegen oder verletzt gewesen sein?«

»Ja.«

»Oder sie hat vielleicht etwas zu verbergen.«

Daniel richtete einen forschenden Blick auf Kyle. »Was sollte sie zu verbergen haben?«

»Was weiß ich. Ich nenne einfach nur die Möglichkeiten.«

Eine Zeit lang schwiegen sie.

Schließlich holte Kyle sein Geschichtsbuch hervor. »Mann, wenn ich bei der Prüfung in Geschichte gut abschneiden will, muss ich den Teil meines Gehirns, den ich schon seit einer ganzen Weile nicht mehr benutzt habe, gründlich abstauben.«

»Fangen wir damit an.«

Die nächste Stunde verbrachten sie damit, die Kapitelzusammenfassungen und Kontrollfragen durchzugehen.

Wenn Daniel in Gesellschaft lernte, kam manchmal nicht viel dabei heraus, weil es an Konzentration und Ernsthaftigkeit mangelte. Aber obwohl Kyle so tat, als spielte die Schule keine große Rolle für ihn: Er nahm das Lernen ernst, und Daniel konnte immer sicher sein, dass er mit ihm mehr zustande brachte als mit seinen anderen Freunden.

Während sie sich auf die Prüfung vorbereiteten, dachte Daniel immer wieder daran, ob er Kyle von seinem Erlebnis in der Kirche und den Malen an seinem Unterarm erzählen sollte.

Er hatte ihm bereits anvertraut, dass Geier an den Knochen seiner toten Träume fraßen, doch die Sache mit Emily stand auf einem ganz anderen Blatt

Schließlich entschied er, darüber zu schweigen. Er wollte nicht riskieren, dass ihn sein bester Freund für verrückt hielt.

Vielleicht würde er ihm alles erzählen, wenn er den richtigen Zeitpunkt für gekommen hielt, aber noch war es nicht so weit.

Als sie fertig waren, aßen sie Chips mit Salsa, und

Kyle fragte mit vollem Mund: »Ziemlich krass, wie Ty heute mit Emilys Bruder umgesprungen ist, oder?«

»Bei Ty überrascht mich nichts.« Daniel fragte sich noch immer, was Ty mit seiner Bemerkung über Kyle und Emily gemeint hatte, aber nach der ersten abwehrenden Reaktion wollte er Kyle nicht erneut darauf ansprechen.

Kyle schluckte, nahm einen besonders groß geratenen Chip und schöpfte damit noch mehr Salsa.

»Das ist viel Soße.«

»Ich neige gelegentlich zu Exzessen.«

»Ach?«

»Ich habe so meine Momente. Da fällt mir ein: Man hat tatsächlich Emilys Spind durchsucht, wie ich es vermutet habe.«

»Wer hat ihn durchsucht?«

»Jemand von der Schulverwaltung, nehme ich an. Oder ihre Eltern. Oder die Bullen. Angeblich hat man ein Notizbuch gefunden, in dem sie noch an ihrem Todestag etwas aufgeschrieben hat. Vielleicht waren es ihre letzten Worte.« Er verschlang den großen Salsa-Chip. »Gibt einem zu denken.«

Daniel war sofort neugierig und hätte gern gewusst, was in dem Notizbuch geschrieben stand.

Kyle sah auf die Uhr. »Ich muss schleunigst nach Hause, wenn ich nicht will, dass mir meine Mutter das Fell über die Ohren zieht.« Er nahm seine Sachen. »Wir sehen uns morgen.«

»Alles klar.«

Nachdem Kyle gegangen war, trat Daniel zum Fenster und beobachtete, wie er wegfuhr.

Ein Teil von ihm bedauerte, ihm nichts von der Emily erzählt zu haben, die sich in ihrem Sarg aufgerichtet und nach seinem Arm gegriffen hatte. Ein anderer Teil wollte, dass er es für sich behielt.

Einstweilen.

Vielleicht für immer.

Wenn so etwas nicht noch einmal geschah, wenn er von weiteren unheimlichen Erlebnissen verschont blieb, konnte er bald alles vergessen. Dann würde das Leben wieder in gewohnten Bahnen verlaufen.

Daniel versuchte, Ruhe zu finden und zu schlafen.

Doch als er mit geschlossenen Augen dalag, kehrte ein beunruhigender Gedanke zurück. Selbst wenn er sich den Geist in der Kirche und die Striemen an seinem Unterarm nur eingebildet hatte – wie konnte er gewusst haben, dass Emilys Hund Trevor hieß?

11

Donnerstag.

Die Zeit flog dahin.

Die Prüfung in Geschichte schien gut zu laufen. Dann Spanisch. Freistunde. Mathe.

Daniel plauderte ein wenig mit Nicole, auf eine Wie-geht's-wie-steht's-Art-und-Weise, aber er dachte auch daran, was Kyle ihm erzählt hatte, dass sie noch nicht für den Ball am Samstag verabredet war und ihn mochte.

Da am nächsten Tag ein Spiel stattfinden würde, blieb das Footballtraining sehr leicht. Wenigstens lief es heute besser. Die Abstimmung zwischen den einzelnen Spielern funktionierte; alle waren bei der Sache.

Nach dem Training ließ sich Daniel mehr Zeit als sonst im Umkleideraum und ging als einer der letzten zum Parkplatz.

Er hatte seinen Wagen fast erreicht, als Stacy aus dem nahen Wald kam.

»Hallo«, sagte sie.

»Hallo.«

Sie schlang beide Arme um ihre Bücher. »Ich weiß nicht, ob wir einander schon vorgestellt worden sind. Ich bin Stacy.«

Sie hat auf dich gewartet. Sie wollte mit dir reden!

»Ich bin Baniel Dyers – Daniel. Ich meine, ich heiße Daniel Byers.«

Mann, was bist du doch für ein Idiot!

Stacy lächelte matt. »Ich weiß, wer du bist.«

»Ich kenne dich auch.«

»Wirklich?«

»Ja.«

»Woher?«

»Ich hab dich öfter in der Schule gesehen.«

»Oh.«

Eine lange Pause.

»Tja.«

»Tja«, erwiderte Daniel lahm. »Freut mich, dich kennenzulernen. Offiziell, meine ich.«

»Ganz meinerseits.« Daniel rechnete fast damit, dass Stacy die Hand ausstreckte, aber stattdessen blickte sie für einige Sekunden zu Boden. Dann sah sie ihn wieder an. »Du hast gut gespielt gegen Spring Hill.«

»Du hast das Spiel gesehen?«

Stacy rollte kurz mit den Augen. »Natürlich hab ich's gesehen.«

»Nicht alle kommen zu den Spielen.«

»Ich schon.«

»Ich auch.«

Himmel, damit gewinnst du den Preis für die dümmste aller dummen Bemerkungen.

»Natürlich, du spielst ja«, erwiderte Stacy.

Am liebsten hätte sich Daniel irgendwo verkrochen, aber als Stacy erneut sprach, klang ihre Stimme sachlich.

In ihren Worten gab es nichts, das ihn noch verlegener machte.

»Äh, ich wollte dir nur viel Glück bei dem Spiel wünschen. Ich meine, bei dem Spiel morgen.«

»Danke.«

Stacy wartete.

Lade sie zum Ball am Samstag ein. Bitte sie wenigstens um ihre Telefonnummer.

»Äh …« Daniel trat vom einen Bein aufs andere. »Ich habe mich gefragt …«

»Ja?«

»Was das Spiel betrifft …«

Nein, nicht das Spiel, den Ball …

»Ja?«

Er atmete tief durch. »Nun, ich …«

Na los!

»Äh … Vielleicht sehen wir uns dort. Beim Spiel.«

»Oh«, sagte Stacy. »Sicher. Noch einmal, viel Glück.«

»Danke.«

Frag sie nach ihrer Telefonnummer.

Aber er fragte nicht.

Und dann verabschiedete sie sich und er suchte nach einer Antwort.

»Bis dann, Stacy.«

»Bis dann, Baniel«, sagte sie scherzend.

Als sie fortging, öffnete Daniel den Mund, um sie zurückzurufen, aber kein Laut kam heraus.

Und dann war sie weg.

Aber wenigstens hatte er mit ihr gesprochen.

Man kann ein Mädchen nicht gleich beim ersten Mal

zum Ball einladen oder nach der Telefonnummer fragen, oder?

Doch, dass kann man, du Idiot!

Er stieg in seinen Wagen und stützte die Stirn ans Lenkrad.

Mann, du hast wie ein Vollpfosten geklungen!

Rede morgen mit ihr. Du kannst sie noch immer einladen.

Der Ball fand am Samstagabend statt; das gab ihm noch einen Tag Zeit.

Bevor er den Motor startete, las er eine SMS, in der Kyle fragte, was er heute Abend vorhatte. Daniel antwortete, dass er seine Hausaufgaben machen und dann früh zu Bett gehen wollte, um für das wichtige Spiel am nächsten Tag fit zu sein.

Die Begegnung mit Stacy ließ er unerwähnt. Kyle sollte nicht erfahren, wie dämlich er sich beim Gespräch mit ihr angestellt hatte.

Daniel Byers, der nicht wusste, wie man mit einem Mädchen sprach. Klang das nicht verrückt?

Es mag verrückt klingen, aber es ist die Wahrheit.

An jenem Abend in seinem Zimmer dauerte es eine Weile, bis er Worte für den zweiten Blogeintrag fand, den er am nächsten Tag vor Teachs Klasse vorlesen würde.

Ohne Kyles Hilfe kam er sich vor wie jemand, der in einem Boot mitten auf dem Ozean saß, ohne zu wissen, in welche Richtung er sich wenden sollte, um Land zu erreichen.

Schließlich schrieb er etwas, über seine Hoffnung, dass die Geier schließlich verschwanden, aber es war nicht annähernd so gut wie der Text, den er dem Brainstorming mit Kyle verdankte.

Dann ging er zu Bett, doch die Gedanken an Stacy hielten ihn wach.

Rede morgen in der Schule mit ihr, oder wenigstens vor dem Spiel.

Aber bevor er einschlief, merkte er, wie seine Gedanken auch in Richtung Nicole glitten.

12

Am nächsten Tag hielt er vor dem Unterricht nach Stacy Ausschau und sah sie für einen Moment in einer Gruppe am Ende des Flurs. Als er in der Englisch-Klasse beobachtete, wie sich Nicole setzte, fühlte er sich innerlich hin- und hergerissen. Die Wahrheit lautete: Er war an ihnen beiden interessiert, aber auf unterschiedliche Weise.

Nicole kannte er schon seit Jahren, bei ihr gab es so etwas wie eine gemeinsame Vergangenheit. Stacy war neu und hatte etwas Geheimnisvolles und Verlockendes, das einen großen Reiz auf ihn ausübte.

Wenn man ihn vor einigen Tagen gefragt hätte, wäre er sicher gewesen, dass er mit Stacy zum Ball gehen wollte – bis Kyle ihm gesagt hatte, dass Nicole ihn mochte. Das und der Umstand, dass Stacy nach dem Training gewartet hatte, um mit ihm zu sprechen, machte alles sehr verwirrend.

Miss Flynn begann mit ihrem Unterricht und rief Schüler auf, damit sie ihre Blogeinträge über Träume und Tod vorlasen.

Als Nicole an die Reihe kam, sagte sie zu Miss Flynn: »Ich habe meinen Text als ein Gebet geschrieben.«

»Als Gebet?«

»Ja.«

Die Beldon High war eine öffentliche Schule, was bedeutete: Man konnte in ihr Gottes Namen für Flüche verwenden, kein Problem, aber nicht für ein Gebet. Selbst Daniel, der nicht übermäßig religiös war, fand das seltsam.

»Nun …« Miss Flynn wirkte ein wenig verunsichert. »Nur zu. Hören wir es uns an.«

Nicole las:

»Gott, ich dachte, Du solltest wissen, dass gestern ein Dämon vor meiner Tür erschien. Er brachte mir meine Schattenkleidung zurück. Sie muss an einem Ort zurückgeblieben sein, den ich letzte Woche besucht habe, und der Dämon war so nett, sie mir zurückzubringen.

Um sicher zu sein, dass sie nicht eingelaufen sind, habe ich die Sachen anprobiert und festgestellt, dass sie so gut passen wie vorher.

Ich sage Dir dies, weil ich die Kleidung bemerkt habe, die Du mir aufs Bett gelegt hast. Und ich bin neugierig: Hast Du vielleicht vor, meine ganze Garderobe umzustylen?

Um ehrlich zu sein: Ich bin ganz zufrieden mit den Sachen, die ich habe.

Bitte lass mich wissen, was Du vorhast, damit ich entscheiden kann, ob ich das leuchtende Kleid anziehen soll, das in meinem Zimmer auf mich wartet.«

Als Nicole alles vorgelesen hatte, herrschte Stille in der Klasse. Schließlich fragte Miss Flynn: »Und inwiefern ist das Ihr Traum, Nicole?«

»Mein Traum besteht darin, die richtige Kleidung zu tragen, wenn es am wichtigsten ist.«

»Wenn Sie sterben.«

»Ja.«

Alle sahen Miss Flynn an und warteten auf ihre Reaktion. »Ich glaube, das ist ein bewundernswerter Traum«, sagte sie schließlich. Dann rief sie den nächsten Schüler auf.

Und den nächsten.

Daniel war von seinem zweiten Blogeintrag nicht unbedingt begeistert, aber der Gedanke, den ersten vorzulesen, bereitete ihm Unbehagen. Während Miss Flynn ihre Runde durchs Klassenzimmer machte, fragte er sich immer wieder, welchen der beiden Texte er vorlesen sollte.

Brad Talbot las seinen Blogeintrag, der sich als bisher kürzester erwies: »Ich träume davon, reich und berühmt zu sein.«

Miss Flynn wartete. »Und?«

»Das ist alles.«

»Oh, danke dafür, dass Sie unsere Zeit nicht mit überflüssigem Blabla vergeuden.«

»Kein Problem, Teach.«

»Sie hätten sich um etwas mehr Kreativität bemühen können, aber ich weiß Ihre Ehrlichkeit zu schätzen.«

Dann kam Kyle an die Reihe. Er nannte seinen Text »Wind und Regen« und irgendwie waren seine Worte sowohl hoffnungsvoll als auch reumütig.

»Korn um Korn rieselt der Sand
durch meine Momente und rutscht

über den fragilen Hang meiner Tage.
Und ich frage mich, während ich
in die Tiefe falle:
Wer wird das Wetter ändern,
damit noch einmal heller Sonnenschein
mein Leben erfüllt?«

Miss Flynn nickte. »Der Sand rieselt schnell«, wandte sie sich an die ganze Klasse. »Für uns alle.«

Für Emily ist er verdammt schnell gerieselt, das steht fest.

Daniel fragte sich, wie lange Kyle gebraucht hatte, um seinen Text zu schreiben. So wie er ihn kannte, könnten ihm die Worte auch gerade eben im Flur eingefallen sein, auf dem Weg zum Unterrichtsraum.

Zwei andere Schüler, und dann zeigte Miss Flynn auf Daniel, der sich im letzten Augenblick für seinen ersten Text entschied – der zweite erschien ihm einfach nicht gut genug.

Er war sehr nervös und fürchtete zu stottern, brachte das Vorlesen aber hinter sich, ohne groß ins Stocken zu geraten. Als er fertig war, notierte Miss Flynn kommentarlos etwas in ihrem Notenbuch und wandte sich dann an den nächsten Schüler.

Es beunruhigte Daniel, dass sie überhaupt kein Wort über seinen Blogeintrag verlor, obwohl sie alle anderen Schüler vor ihm gelobt hatte, wie schwach ihre Texte auch gewesen waren.

Nachdem der letzte Schüler vorgelesen hatte, sammelte Miss Flynn alle Arbeiten ein und meinte, dass sie diesmal auf Hausaufgaben verzichtete, da ein Homecoming-Wochenende bevorstand. »Viel Spaß morgen Abend beim Ball.«

Die Schüler nickten und murmelten ein Danke.

»Wie Sie wissen, haben wir am nächsten Mittwoch einen Elternsprechtag, da findet also kein Unterricht statt. Ich wünsche Ihnen allen ein schönes Wochenende.«

Als es läutete, nahmen alle ihre Sachen und begannen, das Unterrichtszimmer zu verlassen.

Nicole ging zufälligerweise in die gleiche Richtung wie Daniel.

»Hallo«, sagte sie.

»He. Ich fand's cool, dass du ein Gebet geschrieben und für alle vorgelesen hast«, sagte er frei heraus.

»Na ja …« Nicole vermied es, auf ihren Blogeintrag einzugehen. »Dein Text war echt gut. Aber auch traurig. Wo hast du so zu schreiben gelernt?«

»Kyle hat mir dabei geholfen.«

»Wie dem auch sei … Ich bin froh, dass wir's hinter uns haben.«

»Ich auch.«

Während der nächsten Schritte schwiegen sie, und dann, wie aus dem Nichts, fragte Nicole: »Gehst du mit jemandem zum Homecoming-Ball?«

»Ob ich …?«

Nein. Aber du könntest *mit jemandem gehen.*

Wenn du endlich genug Mut aufbringst, eine bestimmte Person zu fragen.

Daniel überlegte noch, wie er den Satz beenden sollte,

als Nicole ihm die Mühe abnahm. »Ob du mit jemandem zum Ball gehst. Ich bin einfach nur neugierig.«

Sag ihr, dass du mit Stacy gehst und …

Aber das stimmt nicht. Du hast Stacy nicht gefragt und weißt gar nicht, ob sie bereit wäre, dich zu begleiten.

»Nein, ich hab noch keine Verabredung«, sagte er, was der Wahrheit entsprach. Er wollte Nicole weder etwas vormachen noch unehrlich sein. »Aber es gibt da jemanden, den ich fragen möchte.« Es war eine von diesen Bemerkungen, bei denen man sich sofort danach fragte, warum man so etwas gesagt hatte.

»Ach?«, erwiderte Nicole in einem Ton, den Daniel nicht ganz deuten konnte.

»Ja, aber ich fürchte, bisher hat mir der Mut dazu gefehlt.«

»Das ist keine große Sache. Du musst einfach nur fragen.«

Wenn es doch so leicht wäre.

»Schlimmstenfalls sagt sie Nein, mehr kann nicht passieren«, meinte Nicole.

Genau.

»Da hast du vermutlich recht.«

Sie blieb stehen. »Probier's an mir aus.«

»Was?«

»Probier's an mir aus. Frag mich, ob ich mit dir zum Homecoming-Ball gehen möchte.«

»Nicole, ich … Es sollte nicht heißen, dass ich … Ich meine …«

Sie verstand plötzlich. »Oh, du … Ich habe gehört, dass du … Ich dachte …« Sie errötete und schüttelte den

Kopf. »Im Ernst, ich wusste nicht …« Sie schloss die Augen und schien sich in diesem Moment nichts mehr zu wünschen, als leere Luft zu sein. »Bitte, bitte, bitte vergiss das hier.«

»Ich meine, bitte versteh mich nicht falsch …«

Nicole hob die Hand und unterbrach ihn. »Schon gut. Wirklich.« Sie drehte sich abrupt um. »Ich muss jetzt gehen. Es tut mir leid.«

»Du brauchst dich für nichts zu entschuldigen, Nicole.«

Aber sie eilte bereits durch den Flur. Daniel sah ihr nach und wartete darauf, dass sie den Kopf drehte und zu ihm zurückschaute.

Doch das geschah nicht.

Sie hielt den Blick gesenkt, starrte auf den Boden.

Wodurch sich Daniel noch schlechter fühlte.

Er wollte nicht zu viel hineininterpretieren, hielt sich aber nicht für einen Vollidioten und war imstande, zwischen den Zeilen zu lesen.

Während des restlichen Tages sah er weder Stacy noch Nicole. In Gedanken ging er das Gespräch mit Nicole immer wieder durch und dachte daran, was er anders hätte formulieren können, um alles positiver erscheinen zu lassen.

Doch letztendlich spielte es keine Rolle. Selbst wenn ihm tausend Dinge einfielen, die er hätte sagen können – er hatte sie nicht gesagt, und nur darauf kam es an. Nicole hatte sich sehr schlecht gefühlt, als sie gegangen war, und es war seine Schuld.

Nach der Schule versuchte er, nicht auf die stärker

werdenden Kopfschmerzen zu achten. Nichts durfte ihn von dem Homecoming-Spiel gegen die Coulee Pioneers ablenken.

Daniel sagte sich, dass es vorbeigehen würde, dass es keine große Sache war.

Das versuchte er sich einzureden, als er mit einigen Jungs aus seiner Mannschaft in Rizzo's Pizzeria saß, bevor er sich wieder auf den Weg zur Schule machte, um sich für das große Spiel umzuziehen.

13

Es war Herbst.

Footballsaison.

Daniels große Zeit.

Er liebte alles daran: das Reiben der dicken Schulterpolster, den Schmutz unter den Fingernägeln, den Geschmack von Blut im Mund, wenn es richtig hart zuging, das Adrenalin, wenn der Ball gefangen wurde, das Laufen, vorbei an den Cheerleadern, die für die Spieler tanzten, die belebende Abendluft, das jubelnde Publikum. Alles.

An diesem Abend roch es nicht nur nach feuchtem Boden, sondern auch nach brennendem Holz und dem Dung einer Farm in der Nähe des Stadions – ein leichter Wind trug die Gerüche heran.

Die Kopfschmerzen ließen Daniel nicht in Ruhe.

In diesem Jahr war das Homecoming den Schülern des Abschlussjahrgangs gewidmet, den »Seniors«. Alle Seniors der Footballmannschaft, der Cheerleadergruppe, der Crosslaufgruppe, des Musikzuges und der Fahnenwache wurden geehrt.

Vor dem Spiel traten die Betreffenden nacheinander zu ihren Eltern an die Fünfzig-Yard-Linie, wo Mr Ackermann – ein Zeitungsfotograf, der solche Aufnahmen für alle Highschools in der Gegend machte – mit seinem Fotoapparat wartete. Die Eltern lächelten und die Footballspieler versuchten tough auszusehen.

Außerdem nahm sich die Schule Zeit, der Homecoming-Queen und dem Homecoming-King Respekt zu zeigen. In der Beldon High konnten auch Schüler der vorletzten Klasse, der »Juniors«, dafür gewählt werden, und es war die Rede davon gewesen, Daniel zu nominieren. Allerdings wollte er als Junior keinen Senior um diese Ehre bringen und deshalb zog er seinen Namen zurück.

Ein zweiter Grund war: Wenn er Football spielte, machte ihm all die Aufmerksamkeit nichts aus, aber er wollte nicht auch außerhalb des Spielfelds im Rampenlicht stehen – das wäre ihm unangenehm gewesen.

An Beldons Imbissstand gab es jede Menge Popcorn, heißen Kakao, Schokoriegel, Pizza und Nachos mit Käse. Einige Eltern hatten sich für »gesunde Alternativen« in Form von veganen Snacks eingesetzt, aber soweit Daniel wusste, hielt sich ihr Erfolg in Grenzen – bei Nicht-Veganern fanden solche Snacks nur wenig Anklang.

Unweit des nördlichen Spielfeldrands standen zwei Einsatzfahrzeuge: der Streifenwagen von Daniels Vater und ein Krankenwagen, falls jemand beim Spiel verletzt werden sollte.

Nachdem sich die Spieler aufgewärmt hatten, trat der Direktor zum Mikrofon des Ansagers und verkündete eine Gedenkminute für Emily und ihre Familie.

Dann spielte der Musikzug die Nationalhymne, die

beiden Mannschaften bezogen Aufstellung, und das Spiel begann.

Während der ersten Halbzeit wurde Daniel noch immer von Kopfschmerzen geplagt, aber ihm gelangen Würfe für zwei Touch-downs, einer im ersten Quarter und noch einer im zweiten.

Beim zweiten Kick-off verlor Beldon den Ball, und Coulee erreichte ein Dreiunddreißig-Yard-Field-Goal, wobei in der ersten Hälfte nur zwanzig Sekunden fehlten, um den Rückstand auf vier Punkte zu verkürzen.

Heim 14.

Gast 10.

In der Halbzeitpause richtete Coach Warner aufmunternde Worte an die ganze Mannschaft und dann sprachen die Assistenztrainer mit ihren Offense- und Defense-Spielern.

»Byers«, sagte Coach Jostens, »du musst die gegnerische Defense und ihre Formation im Auge behalten. Das wird in der zweiten Halbzeit besonders wichtig, weil wir ziemlich oft den Ball werfen werden.«

»Ja, Coach.«

Einige Minuten lang ging er mit den Offensive Linemen Blocktaktiken zum Schutz der Pässe durch, wandte sich dann an die Wide Receiver. »Wir können das Spiel in der zweiten Halbzeit endgültig für uns entscheiden, aber dafür ist Disziplin notwendig. Alles muss genau aufeinander abgestimmt sein. Haben wir uns verstanden?«

Die Spieler nickten.

Doch als Daniel zusammen mit den anderen aufs Spielfeld zurückkehrte und einige Male den Ball warf, um den Arm zu lockern, kroch der dumpfe Schmerz aus seinem Hinterkopf nach vorn und wurde zu einem lauten Hämmern, das seine Konzentration störte.

14

Im dritten Quarter gelang beiden Mannschaften Touchdowns und beide bekamen Extrapunkte. Bald stand es 21 für die Beldon Eagles und 17 für die Coulee Pioneers.

Laufen.

Ausweichen.

Werfen und spielen.

Das Publikum war so laut, dass die Spieler die Anweisungen des Trainers nicht mehr verstanden. Er begann damit, ihnen Schilder zu zeigen, darauf Codenamen, die für eine bestimmte Spieltaktik standen.

Daniels Mannschaft stand an der eigenen Fünfunddreißig-Yard-Linie, und diesmal lautete die Aufschrift des Schildes »Alabama«, was einen Wurf zur Seite bedeutete und dann einen Pass schräg nach vorn. Bei diesem Wurf gab es für Daniel vier mögliche Receiver, die er anspielen konnte.

Als sie im Huddle zur Besprechung des nächsten Spielzugs zusammenstanden, sagte er ihnen: »Lauft euch frei, damit ich euch den Ball zuwerfen kann.«

Sie traten auseinander und gingen in Position. Daniel zählte und der Center vor ihm gab den Ball durch die Beine an Daniel weiter.

Die Pioneers hatten sich für eine 4-2-5-Verteidigung

entschieden, Daniel fand seinen Wide Receiver, Randall Cox, mitten auf dem Spielfeld und passte den Ball zu ihm. So konnten sie kurz vor dem Ende des dritten Quarters noch zwölf Yards gewinnen.

Zu Beginn des vierten Quarters, nach einigen vergeblichen Versuchen durchzukommen, fand sich Daniel an seiner Neunundvierzig-Yard-Linie wieder. Der Beldon High Musikzug legte erneut los, und in dem Lärm hob Coach Warner ein Schild mit der Aufschrift »Nebraska«, womit eine Read Option gemeint war.

Das bedeutete: Je nachdem, wie die Defense reagierte, muss Daniel sich schnell entscheiden. Ob er wie meist üblich den Ball an den Runningback übergibt oder aber nur so tut und stattdessen den Ball behält und selbst losläuft.

Als der Moment kam und der Center Daniel den Ball übergab, traf er eine Entscheidung und sprintete los. Die Defense der Pioneers reagierte sofort und stürmte direkt auf ihn zu, aber er ließ sich davon nicht beirren, suchte eine Lücke und lief weiter.

Und dann geschah es.

Daniel lief, mit drei Receivern auf der rechten Seite. Er änderte den Kurs, rannte schräg übers Spielfeld und behielt Cox im Auge. Wenn es ihm gelang, ihm den Ball zuzuwerfen, bedeutete das einen großen Feldgewinn, mit dem seine Mannschaft entscheidende Punkte erringen konnte.

Plötzlich sah er das Mädchen, das über den Zaun kletterte und aufs Spielfeld trat.

Es ging mit steifen, unnatürlichen Bewegungen, hielt

den Kopf gesenkt. Daniel fragte sich verblüfft, warum die Schiedsrichter weiterspielen ließen, anstatt das Spiel zu unterbrechen.

Daniel lief noch immer, er blieb nicht stehen, ebenso wenig wie die Defense der Pioneers. Als sie ihn fast erreicht hatte, schien sich die Zeit plötzlich wie in Superzeitlupe zu verlangsamen, und Daniel sah Einzelheiten, die er sonst nie gesehen hätte. Zum Beispiel den grimmigen Gesichtsausdruck eines Defensive Linemen, der ihn aufhalten wollte, die Abdrücke, die er im Gras hinterließ, einzelne kleine Halme, die sich wieder aufrichteten.

Auch der Lärm veränderte sich, sein Durcheinander bekam eine sonderbare Ordnung, bis sich Daniel imstande glaubte, einzelne Stimmen zu identifizieren.

Ein Signalhorn erklang.

Helles Licht schien ihm in die Augen. Es stammte von den Scheinwerfern, und auch vom Mond, der über dem Spielfeld leuchtete. Jenseits des Stadions herrschte Dunkelheit.

Um Daniel herum bewegten sich die anderen Spieler wie in unsichtbarem Brei gefangen.

Nur das Mädchen blieb von der Zeitlupe unbetroffen. Es wankte übers Spielfeld, mit den steifen, ruckartigen Bewegungen eines Zombies, hielt den Kopf noch immer gesenkt.

Als es nur noch etwa zehn Meter entfernt war, hob es plötzlich den Kopf und sah ihn aus großen, leeren Augen an. Das Gesicht war bleich, der Mund geöffnet.

Emily Jackson.

Die Tote.

Und sie kam direkt auf ihn zu.

Sie hob die Hand und ergriff eine silberne Kette an ihrem Hals. Sie zog daran, und die Kette glitt durch ihren Hals, hinterließ eine dünne, blutige Linie, als hätte wirklich etwas durch Haut, Muskel und Knochen geschnitten.

Dann hielt Emily Daniel die Kette, an der ein Medaillon baumelte, entgegen und versuchte etwas zu sagen, aber es kamen keine Worte aus ihrem Mund, nur ein Schwall schmutziges Wasser. Blut rann ihren Hals herab.

Innerhalb eines Sekundenbruchteils schienen Daniels Sinne miteinander zu verschmelzen. Die Stimmen der vielen Zuschauer, der über dem Spielfeld liegende Herbstgeruch, das helle Licht und das raue Leder des Footballs in seiner Hand ... Alles verschmolz miteinander und brachte ihn aus dem Gleichgewicht.

Und dann kehrte die Zeit zu ihrer normalen Geschwindigkeit zurück.

Aus dem Augenwinkel sah er Cox, aber Daniel konnte den Ball nicht mehr werfen, denn zwei gegnerische Defensive Linemen hatten die Blockade durchbrochen und kamen auf ihn zu.

Schnell.

Er konnte nur noch den Ball schützen, als sich die beiden auf ihn stürzten. Einer griff nach Daniels Facemask – nach dem Gitter, das sein Gesicht schützte – und drehte es, zwang Daniels Kopf zur Seite. Er landete mit der linken Seite schwer auf dem Boden, und der Kopf stieß gegen etwas, einen anderen Helm vielleicht, oder gegen ein Knie – Daniel wusste es nicht.

Dann war plötzlich der eine Angreifer der Pioneers da, ein riesiger Typ, der hundertdreißig Kilo wog, und er fiel mit seinem ganzen Gewicht auf Daniels Bauch.

Die Welt wurde schwarz, wie in der Kirche.

15

Verloren in einem Wachtraum …

Das Mädchen.

Das Spiel.

Er hörte Worte, als ertönten sie im Innern seines Kopfes und nicht außerhalb davon. *Geh dieser Sache nach. Such die Wahrheit. Finde heraus, was geschehen ist.*

Der Mannschaftsarzt beugte sich über Daniel, als er die Augen öffnete. Es geschah zum zweiten Mal in weniger als einer Woche, dass er das Bewusstsein verloren hatte und beim Erwachen ein besorgtes Gesicht sah.

»Hallo, mein Junge, alles in Ordnung?«, fragte der Arzt. »Kannst du mich sehen?«

Daniel nickte. »Ja.« Dieses Erwachen war anders als das in der Kirche, denn das Atmen fiel ihm schwer. Er erinnerte sich daran, dass jemand auf ihn gefallen war.

»Wie lautet dein Name?«

»Mein Name?«, ächzte er.

»Ja.«

»Daniel.«

»Und der Nachname?«

»Byers. Daniel Byers«

»Weißt du, wo du bist, Daniel?«

Er drehte den Kopf und hielt nach Emily Ausschau,

sah sie aber nirgends. »Ja. Im Stadion. Beim Homecoming-Spiel.«

Der Arzt zeigte ihm vier Finger. »Wie viele Finger halte ich hoch, Daniel?«

»Vier.«

Daniels Blick glitt zum Rand des Spielfelds, doch auch dort war nichts von Emily zu sehen.

Wo ist sie?

Wo …

»Und welchen Tag haben wir heute?«

Person, Ort und Zeit. Daniel trieb lange genug Sport, um zu wissen, dass ein Arzt bei einem Blackout nach diesen drei Dingen fragte. Außerdem wurde die Sehschärfe überprüft, was der Doktor mit den vier Fingern getan hatte.

»Freitag«, sagte Daniel. »Der siebenundzwanzigste.«

Die Sorge verschwand aus dem Gesicht des Mannes. Er sah zum in der Nähe stehenden Coach Warner. »Gut.« Dann wich er zurück und zwei andere Männer halfen Daniel auf die Beine.

Er schwankte ein wenig, als er schließlich stand. Erleichterter Applaus kam vom Publikum, als die Trainer Daniel vom Spielfeld führten.

Wenigstens trug man ihn nicht auf einer Bahre fort. Daniel erinnerte sich daran, was Randall von der Pizza-Sache der Pioneers erzählt hatte – was ihn betraf, durfte niemand mit einer Belohnungspizza rechnen.

Auf dem Weg zum Spielfeldrand hielt Daniel erneut nach Emily Ausschau. Doch er sah sie nicht und dafür war er sehr dankbar.

Bitte lass sie mich nicht noch einmal sehen.

Lass sie mich nie wieder sehen.

Natürlich wies er den Arzt und die Trainer nicht auf Emilys Erscheinen hin. Sie hätten geglaubt, dass er halluzinierte, dass sein Kopf beim Aufprall etwas abbekommen hatte. Zweifellos hätten sie eine gründliche Untersuchung veranlasst, davon überzeugt, dass er Dinge sah, die überhaupt nicht existierten.

Womit sie natürlich recht haben.

Du siehst *Dinge, die gar nicht existieren.*

Er schob den Gedanken beiseite.

Als sie den Rand des Spielfelds erreichten, merkte er, dass sie ihm bereits den Helm abgenommen und versteckt hatten. Das war typisch, wenn Coach oder Arzt sicher sein wollten, dass der verletzte Spieler nicht aufs Spielfeld zurückkehrte.

Daniel musste sich damit abfinden, dass der Rest des Spiels an diesem Abend ohne ihn stattfinden würde.

Seit einiger Zeit ließ man bei Kopfverletzungen im Football landesweit besondere Vorsicht walten. Die Trainer der Beldon High hatten es den Spielern zu Beginn des Jahres erklärt: Wenn ein Spieler das Bewusstsein verlor, auch nur für ein paar Sekunden, wurde es als eine Gehirnerschütterung der dritten Kategorie klassifiziert, und damit kam für den Betreffenden eine weitere Teilnahme am Spiel nicht mehr infrage.

In der Öffentlichkeit machte man sich so große Sorgen um Kopfverletzungen gerade bei Teenagern, dass nichts riskiert werden durfte.

Aber als Daniel wieder zu sich gekommen war, hatte

er gehofft, dass man bei ihm ein Auge zudrückte, dass er die berühmte Ausnahme von der Regel war.

Normalerweise wurde der Verletzte ins Krankenhaus gebracht, damit er dort genau untersucht werden konnte, aber da Daniel alle Fragen des Arztes beantwortet hatte, blieb ihm das nach dem Spiel hoffentlich erspart.

Er hatte das Bewusstsein verloren.

Ja.

Aber warum? Weil er mit dem Kopf gegen etwas gestoßen war, vielleicht gegen einen Helm? Oder weil er erneut Emily gesehen hatte?

Letztendlich spielte es keine Rolle. Er *hatte* Emily gesehen, das ließ sich nicht leugnen.

Zum zweiten Mal.

Beim ersten Mal hatte sie zu ihm gesprochen.

Diesmal hatte sie ihre Halskette durch den Hals gezogen und ihm entgegengestreckt.

Die tote Emily Jackson ... Sie war ihm erschienen.

Und zwar nur ihm, denn alle anderen verhielten sich völlig normal, was bedeutete: Niemand sonst hatte sie gesehen.

Seine Mannschaftskameraden klopften ihm auf Schulter oder Rücken und sagten ihm, wie sehr sie sich freuten, dass es ihm gut ging, dass er gut gespielt hatte und dass nur ein harter Bursche wie er imstande war, nach einem solchen Zusammenstoß auf eigenen Beinen vom Platz zu gehen.

Daniels Vater eilte übers Spielfeld und näherte sich rasch.

»Du bist da ziemlich hart mit dem Kopf angestoßen, Dan. Alles in Ordnung?«

»Ja.«

»Bist du sicher?«

»Es geht mir gut. Ich ...«

Er brachte den Satz nicht zu Ende. Auf dem Spielfeld hatte es wegen der Sache mit Daniel eine Strafe gegeben, und als das Spiel weiterging, bekam der Ersatz-Quarterback den Ball nicht richtig zu fassen.

Ein halbes Dutzend Spieler lagen übereinander und versuchten, an den Ball zu kommen, und es war nicht klar, in wessen Besitz er sich befand. Die Pioneers deuteten auf ihre Seite des Platzes.

Ein Schiedsrichter grub sich durch den Haufen, und als er unten anlangte, gab er den Pioneers recht.

Ballbesitz für den Gegner.

Einige von Daniels Mannschaftskameraden machten keinen Hehl aus ihrem Ärger. Am liebsten hätte Daniel ebenfalls geflucht.

Da er das Bewusstsein verloren hatte, wenn auch nur für kurze Zeit, hätte sein Vater bei ihm am Spielfeldrand bleiben können. Aber nachdem er sich vergewissert hatte, dass mit seinem Sohn alles in Ordnung war, ging er wieder, nachdem er per Funk eine Nachricht bekommen hatte – offenbar war es beim Imbissstand zu einem Streit gekommen.

Als sein Vater gegangen war, sah sich Daniel das traurige Ende des Spiels an.

Die Pioneers erzielten Punkte, und es dauerte nicht lange, bis sie mit 24 zu 21 in Führung lagen.

Daniel wünschte sich nichts mehr, als wieder auf dem Spielfeld zu sein. Mehrmals versicherte er den Trainern, dass es ihm gut ging, aber es nützte nichts. Die Regeln waren klar und unmissverständlich: Nach dem, was passiert war, konnte er nicht mehr aktiv an dem Spiel teilnehmen.

Die Eagles gaben sich alle Mühe, aber Coulee kontrollierte das Spiel und baute seine Führung mit einem Field Goal um drei weitere Punkte aus: 27 zu 21.

Beldon setzte alles auf den Angriff, aber ohne Erfolg.

Das Homecoming-Spiel ging verloren.

Die Erzrivalen der Eagles, die Pioneers, gewannen das Spiel.

Weil du so dumm gewesen bist, dich von einem Geist ablenken zu lassen!

Natürlich gab es keine Gewissheit, aber Daniel glaubte, dass es ihm gelungen wäre, Cox den Ball zuzuwerfen, und dann hätten die Eagles einen wichtigen Punktegewinn erzielt. Wenn er doch nur nicht Emily Jackson gesehen hätte, wie sie über das Spielfeld wankte, direkt auf ihn zu.

Was geht hier vor?

Was ist mit dir los?

Warum siehst du Dinge, die gar nicht existieren können?

Wenn es *nach* dem Aufprall mit dem Kopf zu Halluzinationen gekommen wäre … Das hätte er verstehen können. Aber er hatte die tote Emily vorher gesehen. Ihr Erscheinen hatte dazu geführt, dass er zu Boden gegangen und mit dem Kopf aufgeschlagen war.

Erstaunlicherweise hatte er jetzt weniger Kopfschmerzen als vor dem Spiel. Auch das gab ihm zu denken: Zweimal war ihm die tote Emily erschienen und in beiden Fällen hatten die Kopfschmerzen anschließend nachgelassen.

In Umkleideraum herrschte gedrückte Stimmung. Alle waren enttäuscht, aber niemand erhob Vorwürfe gegen jemanden.

Das gehörte zur Philosophie der Trainer: Man gewann oder verlor als Team, nicht als einzelne Person. »Wir geben niemandem die Schuld, wenn wir verlieren, und wir danken niemandem, wenn wir gewinnen«, hatte der Coach mehr als einmal gesagt. »Wir sind eine Mannschaft. Wir zeigen nicht mit dem Finger auf jemanden und wir sonnen uns nicht in unserem Ruhm. Wir treten dort draußen aufs Spielfeld und kämpfen, und ob wir gewinnen oder verlieren, wir tragen beides mit Würde. Wir lassen alles auf dem Spielfeld zurück und verlassen es erhobenen Hauptes. Alle zusammen. Als Team.«

Manche Leute hätten es vielleicht als Umkleideraum-Psychologismus abgetan, aber Daniel hatte den Eindruck, dass Coach Warner fest an seine Worte glaubte.

Ein Mann, den Daniel nie zuvor gesehen hatte, wartete draußen auf ihn. Er trug eine Windjacke der Ohio State University.

»Hallo, Daniel. Ich bin Coach Evers und würde gern mit Ihnen reden.«

16

»Ist alles in Ordnung mit Ihnen?«

»Ja.«

»Ihr Kopf hat da ganz schön was abbekommen.«

»Ist nicht weiter schlimm.«

»Nun«, sagte Coach Evers, »Sie haben gut gespielt.« Er zählte die Dinge auf, die ihn an Daniels Spielweise beeindruckt hatten. Die vielen Komplimente brachten Daniel in Verlegenheit, aber er bedankte sich und dachte daran, wie wichtig dieser Talentscout für ihn sein konnte.

»Wenn Sie gestatten ...«, sagte Evers schließlich. »Ich wollte Sie etwas fragen. Ich meine, ich bin ein bisschen neugierig. Was haben Sie gesehen, kurz bevor Sie zu Boden geworfen wurden?«

»Was ich gesehen habe?«

»Sie haben auf eine Stelle des Spielfelds gestarrt, wo keine Receiver waren. Während des ganzen Spiels geschah das nur dieses eine Mal. Ich habe mich gefragt, was Sie abgelenkt hat.«

Beinahe hätte Daniel geantwortet: »Ich dachte, ich hätte jemanden gesehen.« Aber er wusste, wie verrückt so etwas klingen musste.

Schließlich murmelte er nur: »Es ging alles ziemlich schnell.«

»Ja.« Coach Evers schien sich damit zu begnügen. »Ich verstehe.« Sie sprachen noch einige Minuten miteinander, und Evers versprach, sich in der kommenden Woche noch einmal zu melden und nach seinem Befinden zu erkundigen.

Daniel bedankte sich, und nachdem Coach Evers gegangen war, blieb er noch etwas länger in der Nähe des Umkleideraums, in der Hoffnung, dass auch jemand von der Minnesota University zu ihm kam. Aber er wartete vergeblich. Der andere Coach schien von seinem Spiel nicht sonderlich beeindruckt gewesen zu sein.

Es gibt noch den Rest der Saison. Und das nächste Jahr. Dir bleibt noch Zeit genug, Talentscouts zu beeindrucken und ein Stipendium zu bekommen.

Doch er dachte nicht in erster Linie an Universitäten und Stipendien.

Auch nicht an das verlorene Homecoming-Spiel.

Seine Gedanken drehten sich vor allem um Emily. Vor seinem inneren Auge sah er noch einmal, wie sie die Kette durch ihren aufgedunsenen Hals zog – dieses Bild erschreckte ihn mehr als alles andere.

Eine silberne Halskette.

Mit einem Medaillon.

Die Halskette hatte Emily auch auf den Fotos in der Kirche getragen, auf denen, die am aktuellsten waren.

Du musst irgendwie dafür sorgen, dass diese Halluzinationen – oder was auch immer sie sind – aufhören.

Aber wie sollte er das anstellen?

Schließlich ging Daniel durch den Flur und fühlte sich

ein wenig verunsichert bei der Vorstellung, draußen anderen Schülern zu begegnen.

Du solltest versuchen, die Wahrheit herauszufinden. Stell fest, was geschehen ist.

Er dachte an den See. An den Ort, wo man Emilys Leiche gefunden hatte. Wo die schrecklichen Ereignisse dieser Woche begonnen hatten.

Es hatte kein Footballspiel stattgefunden an dem Freitagabend, als Emily verschwunden war. Nach den Berichten in der Zeitung hatten am Sonntag, zwei Tage später, Angler die Leiche an der östlichen Seite des Lake Algonquin gefunden, in der Nähe von Windy Point.

Daniel kannte jenen Teil des Sees. Im Laufe der Jahre hatte er ihn oft besucht, meistens bei Angelausflügen mit seinem Vater. Dort konnte man Glasaugenbarsche fangen, und, wenn man Glück hatte, auch den einen oder anderen Musky. Ein solcher Musky aus der Familie der Hechte, ein achtzig Zentimeter langes Prachtexemplar, hing im Antler Inn am Highway G.

Fahr morgen zum See. Sieh dir alles an. Vielleicht hören die Erscheinungen dann auf.

Daniel dachte darüber nach, als er Nicole sah, die sich aus der Menge der anderen Schüler auf dem Parkplatz löste und ihm entgegenkam.

»Alles in Ordnung, Daniel?«, fragte sie mit deutlicher Sorge in der Stimme.

»Ja.«

»Bestimmt?«

»Es geht mir gut.«

»Wirklich? Bist du sicher?«

»Ja. Keine Sorge.«

Das schien Nicole zu beruhigen. »Na schön.« Sie wechselte das Thema. »Ich wollte dir sagen … Ich meine, die Sache, über die wir in der Schule gesprochen haben. Es tut mir leid. Ich wollte nicht den Eindruck erwecken, als ob ich … Jedenfalls, wen auch immer du einladen willst, bestimmt sagt sie Ja, wenn du sie fragst.«

»Okay«, sagte Daniel nur. Etwas anderes fiel ihm nicht ein.

»Ist wirklich alles in Ordnung mit dir?« Nicole schien mit dem Gedanken zu spielen, die Hand auszustrecken und ihn am Arm zu berühren. Aber sie hielt sich zurück. »Was auf dem Spielfeld passiert ist … Das sah wirklich übel aus.«

»Glaub mir, es geht mir gut, wirklich.«

Ja, aber ich habe Emily gesehen, zum zweiten Mal, und diesmal während des Spiels. Übrigens spricht sie manchmal auch zu mir. Was natürlich nicht bedeutet, dass ich verrückt bin oder so. Nein, ganz und gar nicht.

»Es ist also alles klar und cool?«

»Alles klar und cool.«

Denk daran, was Kyle gesagt hat. Du solltest sie zumindest in Betracht ziehen. Wenn du mit ihr zum Homecoming-Ball gehst …

Coach Warner stand am Rand des Parkplatzes und bemerkte ihn.

»Gut«, sagte Nicole. Es klang sehr erleichtert. »Das freut mich.«

»Bis dann.«

Daniels Trainer näherte sich, in seinem Gesicht eine

Enttäuschung, die nicht nur der Niederlage beim Homecoming-Spiel galt.

Nicole sagte ihm noch einmal, wie sehr sie sich darüber freute, dass mit ihm alles in Ordnung war. Dann entschuldigte sich Daniel bei ihr und ging Coach Warner entgegen.

17

»Hallo, Daniel. Ich habe gesehen, dass du mit dem Talentscout von der Ohio State gesprochen hast. Ist alles gut gelaufen?«

»Ich denke schon«, erwiderte Daniel. »Er meinte, er würde sich nächste Woche noch einmal melden, um nachzufragen, wie es mir geht. Wie dem auch sei, es geht mir gut. Es ist alles bestens.«

»Freut mich, das zu hören.« Coach Warner sah an Daniel vorbei zur Schule. »Nun, du kennst die übliche Prozedur, Daniel. Es bleibt uns nichts anderes übrig, als in den sauren Apfel zu beißen. Heutzutage dreht sich alles um die Haftbarkeit. Die Schulbehörde, die Anwälte.«

»Prozedur?«

Coach Warner blickte nach links. Ein Sanitäter fuhr den Krankenwagen ums Spielfeld herum zum Parkplatz.

»Nein, Coach. Das kann nicht Ihr Ernst sein.«

»Trag's mit Fassung, Daniel. Lass deinen Kopf untersuchen, fahr heim und ruh dich aus. Du hast gut gespielt. Es gibt nichts, das du dir vorwerfen müsstest. Pass jetzt einfach gut auf dich auf. Nächste Woche treten wir gegen die Bulldogs an, da brauche ich dich.«

»Ich werde fit sein.«

Daniel brauchte einige Sekunden, um innerlich umzuschalten und bereit zu sein.

Als er zum Krankenwagen ging, lief Kyle zu ihm und blieb an seiner Seite. »Mann, das war eine harte Nummer auf dem Spielfeld. Dich hat's ganz schön erwischt.«

»Ja. Kann man wohl sagen.«

»Möchtest du, dass ich dich nach Hause bringe?«

Daniel deutete auf den Krankenwagen. »Ich soll im Krankenhaus untersucht werden. Aber vielleicht kannst du dort hinkommen und mich später hierher zurückbringen, damit ich meinen Wagen holen kann.«

Daniel bemerkte seinen Vater auf dem Weg zu ihm.

»Geht klar. Oder ich bringe dich nach dem Krankenhaus direkt nach Hause und wir holen deinen Wagen morgen.«

»Mir ist beides recht.«

Als Daniel in den Krankenwagen stieg, erklärten Coach Warner und der Sanitäter seinem Vater, was los war.

»Ich fahre hinterher«, sagte er und eilte zum Streifenwagen.

Zum Glück erwies sich die Untersuchung in der Unfallstation als keine große Sache. Die Ärzte sagten Daniel, dass er es die nächsten Tage ruhig angehen lassen sollte. Sie empfahlen die eine oder andere Eispackung für den Kopf und Advil, wenn er Schmerzen bekam.

Sie verboten ihm das Autofahren für diesen Abend, erlaubten ihm aber, Montag am Footballtraining teilzunehmen, wenn er nicht an wiederholt auftretenden Kopfschmerzen litt.

Daniels Vater wurde erneut in den Einsatz gerufen, und so war es Kyle, der ihn nach Hause brachte. Sie vereinbarten, dass einer von ihnen Daniel am nächsten Morgen zum Schulparkplatz fuhr, damit er seinen Wagen abholen konnte.

Als Kyle vor Daniels Haus hielt, war es fast elf Uhr.

Daniel stieg aus.

»Gib mir morgen früh Bescheid«, sagte Kyle.

»Mache ich.«

Die Nacht war kalt geworden. Die Luft fühlte sich schwer und rau an, als nagte der Winter bereits am Herbst, um ihn möglichst bald zu verdrängen und seinen Platz einzunehmen.

Kyle fuhr weg, und als Daniel über die Zufahrt ging, bemerkte er eine Bewegung in den Schatten neben der Garage.

Er erstarrte.

Furcht stieg in ihm auf, als er sich an die Vision auf dem Spielfeld erinnerte. Er hoffte inständig, dass ihm keine dritte Begegnung mit Emily bevorstand.

Vor seinem inneren Auge sah er noch einmal, wie sie sich in ihrem Sarg aufsetzte, wie sie ihm auf dem Spielfeld die Halskette entgegenstreckte.

»Wer ist da?«, fragte Daniel und sah, wie sein Atem in der kalten Abendluft kondensierte.

Eine Gestalt trat aus den Schatten und ins Licht der Veranda.

Ein Mädchen.

Aber es war nicht Emily Jackson, sondern Stacy Clern.

18

»Stacy? Was machst du hier?«

»Ich habe gesehen, was mit dir auf dem Spielfeld passiert ist. Ich wollte mit dir reden, konnte dich aber nicht finden. Jemand sagte, du wärst nach Hause gefahren, und dann hörte ich, dass du im Krankenhaus bist. Ich war mir nicht sicher, ob ich dich dort suchen oder hier auf dich warten sollte.«

»Woher weißt du, wo ich wohne?«

»Dein Vater ist der Sheriff, oder? Die Adresse war nicht schwer herauszufinden. Ist alles in Ordnung mit dir? Ich meine, immerhin hat man dich ins Krankenhaus gebracht.«

»Das ist so üblich bei Verdacht auf eine Kopfverletzung. Keine große Sache.«

»Oh, gut. Ich meine, nicht die Kopfverletzung, sondern dass es keine große Sache ist.«

»Hab schon verstanden.«

»Äh … Ich schätze, jetzt musst du dich wahrscheinlich ein paar Tage schonen?«

»Die Ärzte haben mir gesagt, dass ich es ruhig angehen lassen soll. Also werde ich morgen versuchen, mich zu entspannen. Vielleicht fahre ich zum See.«

»Zum See?«

»Lake Algonquin.«

»Dort hat man Emilys Leiche gefunden.«

»Ja.«

»Warum willst du dorthin fahren?«

»Ich weiß nicht genau. Vielleicht geht es mir darum, Klarheit zu gewinnen?«

Eine kurze Pause, und dann fragte Stacy: »Kann ich mitkommen?«

»Zum See?«

»Ja. Ich würde auch gern Klarheit gewinnen.«

»Na ja …«

Zwar zögerte Daniel, aber die Vorstellung, Zeit mit Stacy zu verbringen, hatte durchaus ihren Reiz. »Meinetwegen.«

»Treffen wir uns am See? Er ist nicht weit von dort entfernt, wo ich wohne.«

»In Ordnung. Es gibt einen Parkplatz bei der Anlegestelle am östlichen Ufer. Bis zu der kleinen Bucht sind es von dort zehn Minuten zu Fuß. Halb elf morgen früh?«

»Einverstanden.«

»Gut. Anlegestelle. Östliches Ufer. Halb elf. Alles klar. Bis morgen.«

Sie verabschiedeten sich und Stacy machte sich auf den Heimweg. Daniel betrat das Haus und bereitete sich darauf vor, ins Bett zu gehen.

Als er unter die Decke schlüpfte, dachte er an die Halskette, die Emily auf dem Spielfeld getragen hatte, nicht aber im Sarg.

Klarheit.

Darum ging es ihm, hatte er Stacy gesagt. Das erhoffte er sich am kommenden Tag, wenn er sich mit Stacy die kleine Bucht ansah, wo man Emilys Leiche gefunden hatte.

19

Diese Nacht blieb Daniel von Albträumen verschont.

Es zeigten sich auch keine Male an seinem Arm, als er aufwachte.

Ja, er fühlte sich steif vom Spiel gestern Abend, insbesondere im Kreuz, und das linke Knie schmerzte ein wenig, aber das war's auch schon.

Er hatte befürchtet, mit Kopfschmerzen aufzuwachen, was kein gutes Zeichen gewesen wäre, aber das war zum Glück nicht der Fall.

Vielleicht wurde alles wieder normal.

Nach dem Frühstück fuhr sein Vater zur Arbeit, und Daniel ging die alten Zeitungen durch, suchte nach Artikeln über Emily.

Beim Lesen gewann er den Eindruck, dass er die Meldungen bereits kannte. Vielleicht hatte er zumindest die Überschriften gesehen, weil sein Vater die Zeitungen nach dem Frühstück auf dem Tisch liegen gelassen hatte. Einige Details über Emilys Verschwinden erschienen ihm vertraut.

Ein Artikel erwähnte Trevor und das Bild daneben zeigte ihn mit Emily. Ihre Mutter hatte ausgesagt, den Hund spät am Freitagabend vor dem Haus gefunden zu haben. Ihre Tochter hatte offenbar eine Nachricht hinterlassen, aus der hervorging, dass sie mit ihm am Lake Algonquin spazieren gehen wollte. Aber sie war nie zurückgekehrt.

Daniel überlegte. Wenn er die Zeitungen auf dem Frühstückstisch bemerkt hatte, konnte er schon vor der Beerdigung und dem seltsamen Erlebnis in der Kirche von Trevor gewusst haben.

Aber warum fällt es mir erst jetzt ein?

Vielleicht gehörte es zu den Dingen, die das Unterbewusstsein aufnahm, um sie dem bewussten Ich später zu zeigen, wenn der richtige Moment kam.

Daniel hatte so etwas schon einmal erlebt, als der Geruch von Schokoladenplätzchen ihn an einen Besuch im Haus seiner Großmutter erinnerte, an ihre Küche, an die Dinge, die dort auf der Arbeitsplatte gelegen hatten, an das Ticken der alten Uhr im Nebenzimmer.

Das alles hatte er nicht bewusst zur Kenntnis genommen, als er vor einem Monat bei seiner Großmutter gewesen war. Doch der Plätzchenduft brachte die *Erinnerungen* daran zurück, in aller Deutlichkeit.

Vielleicht geschah so etwas auch in diesem Fall: verborgene Erinnerungen, die von besonderen Erlebnissen wie in der Kirche und auf dem Spielfeld ans Licht geholt wurden.

Daniel blätterte in den Zeitungen, bis um Viertel vor zehn Kyle kam, um ihn zur Schule zu fahren, damit er dort seinen Wagen abholen konnte.

Sie sprachen kaum über das Spiel und die Untersuchung im Krankenhaus, aber Daniel erzählte schließlich von seiner Begegnung mit Stacy am gestrigen Abend und dass er sich an diesem Morgen mit ihr am See treffen wolle.

»Stacy ist zu dir nach Hause gekommen?«

»Ja. Sie wartete auf mich, als du mich abgesetzt hast.«

»Ich habe sie nicht gesehen.«

»Sie stand im Dunklen neben der Garage.«

»Erscheint dir das nicht ein wenig seltsam? Dass sie mitten in der Nacht bei dir aufkreuzt und sich an einer dunklen Stelle versteckt, bis du nach Hause kommst?«

»Sie hat sich nicht versteckt.«

»Du weißt, was ich meine.«

»Sie wollte nur mit mir reden.«

»Na schön, aber woher hat sie gewusst, wo du wohnst?«

»Mein Nachname ist kein Staatsgeheimnis, Kyle. Und es gibt so etwas wie das Internet.«

»Verstehe. Trotzdem … ich weiß nicht. Irgendwas fühlt sich nicht richtig an.«

»Na schön, vielleicht ist es ein bisschen ungewöhnlich, zugegeben. Aber sie wollte eben wissen, wie es mir geht.« Daniel zögerte. »Jedenfalls, ich werde sie nachher am See fragen, ob sie heute Abend mit mir zum Ball geht.«

»Bin gespannt, was daraus wird«, erwiderte Kyle vage.

»Glaubst du, ich sollte sie nicht fragen?«

Kyle bog auf die Straße, die zur Schule führte. »Das habe ich nicht gesagt.«

»Nein, hast du nicht.«

Kyle atmete tief durch. »Ich kenne sie nicht, Kumpel. Du hast ein Auge auf sie geworfen, nicht ich. Mir kommt es nur komisch vor, dass sie um elf Uhr abends bei dir zu Hause erscheint, um sich nach deinem Befinden zu erkundigen. Ich meine, sie hätte nach dem Spiel mit dir reden können, wie Nicole.«

»Wie Nicole.«

»Ja.« Sie erreichten den Parkplatz und Kyle steuerte seinen Mustang in die Nähe von Daniels Wagen. »Ich habe euch miteinander reden sehen.«

»Ah. Nun ja, du hast recht.«

»Womit?«

»Mit dem, was du über Stacy gesagt hast. Dass du sie nicht kennst.«

Stille entstand zwischen ihnen.

Kyle hielt an. »Da wären wir.« Es klang steif, distanziert.

»Ich gebe dir Bescheid.« Daniel öffnete die Tür.

»Gut.«

Daniel holte seine Autoschlüssel hervor, und als Kyle weggefahren war, machte er sich auf den Weg zum Lake Algonquin.

Es gefiel ihm nicht, dass Kyle wegen Stacy angefressen war, doch darum konnte er sich später noch kümmern.

Zuerst einmal wollte er sich mit dem Mädchen treffen, das am Donnerstag nach der Schule auf ihn gewartet hatte und gestern Abend den ganzen weiten Weg zu ihm nach Hause gekommen war, um zu fragen, wie es ihm gehe.

20

Es war ein grauer Tag und dichte Wolken kündigten Regen an. Aber zunächst blieb es trocken – die Wolken schienen auf ein Signal zu warten, bevor sie ihre Regenlast über See und Wald abluden.

Manche der Bäume wechselten ihre Farbe, aber es blieb alles gedämpft an diesem trüben Tag, und in den meisten Fällen handelte es sich um Kiefern, die ein lebloses Braun trugen. Dadurch sah dieser Teil des Waldes aus, als sei er des Herbstes müde und für den Winter bereit.

Als Daniel den Parkplatz erreichte, sah er keine anderen Autos. Er stieg aus und bemerkte Stacy am Ufer, in einen dunkelgrauen Regenmantel gehüllt.

Sie drehte sich zu ihm um und lächelte.

»Haben dich deine Eltern hierhergebracht?«, fragte Daniel.

»Ich bin zu Fuß gegangen. Wie gesagt, es ist nicht sehr weit.«

Ein Weg führte am See entlang. Als sie in Richtung der kleinen Bucht wanderten, wo man Emilys Leiche gefunden hatte, kamen sie an verlassenen Zeltplätzen vorbei. Von Steinen umgebene Asche erinnerte dort an frühere Lagerfeuer.

Am Wochenende kamen die Kids hierher und feierten. In vielen Feuerstellen lagen Glassplitter von Flaschen und zerdrückte Bierdosen, die nicht verbrennen konnten, ganz gleich, wie heiß ein Lagerfeuer wurde.

Von einem Aschehaufen stieg noch Rauch auf – vermutlich waren gestern nach dem Footballspiel einige Jungs und Mädchen von der Schule hierhergekommen. Der graue Rauch kräuselte empor und verlor sich im Wind.

Als Daniel und Stacy die Bucht erreichten, war der Wind noch etwas stärker geworden. Hohe Wellen rollten ihnen über den See entgegen.

Fast überall bestand das Ufer des Sees aus Felsen, bis auf einen etwa zwanzig Meter langen Sandstreifen, den Jugendlichen aus der Gegend gut bekannt. Im Sommer, wenn das Wasser des Sees warm genug wurde, kamen sie nachmittags hierher, um zu schwimmen, oder abends und nachts, um das spektakuläre Glühen und Flackern der Nordlichter zu bestaunen.

Nach acht oder neun Metern fiel der Boden des Sees steil ab. Man erzählte sich Geschichten von Angebern, die beim Sprung von Windy Point jene tiefe Stelle ausgewählt und überlebt hatten, aber Daniel kannte niemanden, der so etwas von sich behaupten konnte, und sein Vater ebenfalls nicht.

Daniel stand neben Stacy, blickte über den See und fühlte den kalten Wind im Gesicht.

Er schauderte plötzlich, was aber nicht an Wind und Kälte lag, sondern an dem Gedanken, dass Emily hier gestorben war.

»Dort drüben.« Stacy deutete auf das seichte Wasser ein Stück weiter rechts. »Da hat man sie gefunden. Ich habe darüber gelesen. Die Zeitung druckte ein Foto, nicht von der Leiche, vom See, meine ich, von der Stelle, wo sich die Angler befanden, als …« Sie sprach den Satz nicht zu Ende.

Daniel erinnerte sich an den Artikel. »Ja.«

Ein paar Tropfen Regen fielen, wie Nadeln. Der Wind wurde böig und die Wellen des Sees trugen plötzlich weiße Kronen.

Daniel blickte übers sandige Ufer, über die vom Wind geschüttelten Rohrkolben und zum Wald hinter ihnen. Vor dem Waldrand bemerkte er eine weitere Feuerstelle.

»Was jetzt?«, fragte Stacy.

»Ich weiß nicht.«

Stumm beobachteten sie den See und die unberührte Wildnis, die ihn umgab. Ihr Schweigen erschien Daniel angemessen, wie eine kleine Andacht zu Emilys Ehren.

Mehr Tropfen fielen und schließlich zog sich Emily die Kapuze über den Kopf. Daniel klappte den Kragen seiner Jacke hoch.

»Vielleicht sollten wir gehen«, sagte Stacy.

Bleib hier. Such die Wahrheit. Finde heraus, was geschehen ist.

»Ich möchte mich noch ein wenig umsehen.« Daniel bedeutete ihr, unter einer der großen Kiefern zu warten, die das Ufer säumten, und ging dann über den Strand.

Fußabdrücke zeigten sich im Sand – wahrscheinlich stammten sie von den Leuten, die Emilys Leiche geholt hatten, oder vielleicht von einigen Jugendlichen, von denen die Feuerstelle am Waldrand stammte. Abgesehen davon fiel ihm nichts Ungewöhnliches auf.

Einige Minuten lang hielt er nach irgendetwas Ausschau, das ihm dabei helfen konnte, die Ereignisse der letzten Tage zu verstehen, die geisterhaften Erscheinungen, die sich ihm gezeigt hatten. Doch er sah nur schaumgekrönte Wellen, das gegenüberliegende Ufer und den leeren, dunklen Sandstreifen, auf den der Regen herabprasselte.

Keine Geister.

Keine Leichen, die aus dem Wasser stiegen, auf ihn zustapften, mit ihm sprachen oder ihn packten, sich Ketten durch den Hals zogen oder ihn aufforderten, zu ihnen in den See zu kommen.

Überhaupt nichts Gespenstisches.

Zum Glück.

Geh nach Hause. Hier gibt es nichts zu entdecken.

Daniel ging ein letztes Mal am Ufer entlang und bemerkte einige Zweige, die an den Strand gespült worden waren, zusammen mit Blättern und Tang vom Grund des Sees. Die angeschwemmten Dinge bildeten eine Linie, die zeigte, dass die Wellen weit über den Strand reichten, so weit wie schon lange nicht mehr.

Schließlich entschied er, zu Stacy zurückzukehren. Sie hatte recht – es wurde Zeit, zu gehen.

Nach zwei weiteren Schritten sah er plötzlich eine Brille dicht beim Waldrand.

Sie steckte halb im Sand, aber Daniel erkannte sie sofort. Es war die Brille, die Emily auf den Fotos in der Kirche getragen hatte.

21

Das Herz klopfte Daniel bis zum Hals, als er sich der Brille näherte.

Emily hat dich aufgefordert, sie zu suchen. In der Kirche. Sie hat sich in ihrem Sarg aufgerichtet und dir gesagt, dass du die Brille suchen sollst.

Kleine Bäche aus Regen strömten über den Strand und erreichten den See. Einer von ihnen hatte einen Teil des Sandes fortgespült und die Brille zur Hälfte freigelegt.

Daniel bückte sich und hob sie auf.

Ein Bügelende war zur Seite gebogen, und das linke Glas fehlte, aber es bestand kein Zweifel: Eine solche Brille hatte Emily auf den Fotos getragen, und auch in der Schule.

»Komm her, Stacy.«

Einen Moment später stand sie neben ihm. »Was ist das?«

Daniel hob die Brille. »Die gehörte Emily.«

»Bist du sicher?«

»Ja, ziemlich. Ich meine, absolute Gewissheit gibt es nicht, aber genau so eine Brille hat Emily getragen.«

»Sie ist beschädigt«, sagte Stacy mit einem Hauch Unbehagen.

»Vielleicht ist jemand draufgetreten.« Aber Daniel dachte an etwas anderes.

»Vielleicht.« Auch Stacy klang nicht sonderlich überzeugt.

»Angeschwemmt worden ist sie nicht, so viel steht fest«, sagte Daniel. »Man kann deutlich sehen, dass die Wellen schon seit einer ganzen Weile nicht mehr so weit über den Strand gekommen sind. Außerdem ist die Stelle nicht richtig, ich meine, so weit von Windy Point entfernt … Es sei denn, jemand mit einem besseren Wurfarm als ich hat sie geworfen.«

Bestimmt hatte sich die Polizei gründlich umgesehen, aber die Brille hatte ganz oben am Strand gelegen, halb im Sand vergraben. Es war also durchaus möglich, dass Daniels Vater und seine Deputys sie übersehen hatten.

»Wenn Emily schwimmen gegangen ist, hat sie die Brille vielleicht abgenommen und hier zurückgelassen«, sagte Stacy.

Der Wind warf ihnen kalten Regen entgegen.

»Es war zu kalt fürs Schwimmen«, erwiderte Daniel. »Letzte Woche war es sogar noch kälter als jetzt. Außerdem wäre sie wohl kaum freiwillig mit Jeans und Schuhen ins Wasser gegangen.«

»Ich weiß nicht.« Stacy überlegte. »Was meinst du mit ›freiwillig‹?«

»Ich meine, sie hat bestimmt nicht entschieden, angezogen schwimmen zu gehen.«

»Zumindest nicht freiwillig.«

»Nein, nicht freiwillig.« Daniel sprach es laut aus. »Es sei denn, jemand hat sie in den See gestoßen.«

»Oder sie unter Wasser gedrückt.«

Das kam ziemlich nahe an die Worte heran, mit denen Ronnie seinen Verdacht in Hinsicht auf den Tod seiner Schwester zum Ausdruck gebracht hatte.

Daniel sah Stacy an und fragte sich, wie er ihre Bemerkung verstehen sollte. »Ja, genau.«

Sie blickte zur nahen Felswand. »Man hat vermutet, dass Emily von der Klippe gestürzt ist. Dass sie von der Strömung in die Bucht geschwemmt wurde.«

»Warum lag ihre Brille dann so weit oben am Strand, an einer Stelle, die das Wasser seit einer ganzen Weile nicht mehr erreicht hat?«

»Wenn sie die Brille nicht abgenommen hat oder wenn sie nach ihrem Tod nicht an den Strand gespült worden ist …«

Daniel gewann den Eindruck, dass Stacy ähnlich dachte wie er. »Vielleicht wurde die Brille beschädigt, als sich Emily gegen jemanden zur Wehr setzte.«

»Und ihr Tod ist vielleicht kein tragischer Unfall gewesen.«

»Nein, vielleicht nicht.«

Eine Zeit lang schwiegen sie. Schließlich sagte Stacy: »Wir sollten deinem Vater davon erzählen.«

»Zuerst sehen wir uns noch einmal genau um.«

»Wonach suchen wir?«

»Nach dem fehlenden Brillenglas oder nach anderen Hinweisen auf einen Kampf.« Daniel steckte die Brille vorsichtig ein. »Nach irgendetwas, das nicht hierhergehört.«

Plötzlich fiel ihm etwas ein.

»Lass uns nach einer Halskette suchen«, sagte er.

»Nach einer Halskette?«

»Ja. Eine silberne Kette mit einem Medaillon.«

Stacy richtete einen sonderbaren Blick auf ihn. »Das ist ziemlich konkret.«

»Nur so eine Ahnung.« Daniel mied ihren Blick. »Ich meine, auf den Fotos in der Kirche hat Emily so eine Kette getragen. Vielleicht ist sie irgendwo angeschwemmt worden.«

»Meinst du nicht, dass es besser wäre, eine solche Suche der Polizei zu überlassen?«

Daniel deutete auf die Regenwasserbäche, die sich am Strand gebildet hatten. »Wenn es weiter so stark regnet, wird vielleicht alles in den See gespült.«

»Mit ›alles‹ meinst du Dinge. Spuren. Beweismaterial.«

»Ja.« Es fühlte sich seltsam an, die Worte auszusprechen. »Spuren und Beweismaterial.«

Dic nächsten fünfzehn Minuten verbrachten sie damit, den Strand und das nahe felsige Ufer abzusuchen. Anschließend nahmen sie sich die Feuerstelle und das Gras in der Nähe vor. Sie suchten auch bei und zwischen den Rohrkolben, ohne etwas zu finden. Das fehlende Brillenglas blieb verschwunden und es gab keine anderen Hinweise auf einen Kampf.

»Na schön«, sagte Daniel. »Gehen wir zurück. Ich zeige die Brille meinem Vater. Mal sehen, was er davon hält. Vielleicht kann er feststellen, ob jemand anderer sie angefasst hat. Fingerabdrücke und so.«

Im Fernsehen wurden in solchen Fällen oft DNS-Untersuchungen vorgenommen, aber in Wirklichkeit –

und insbesondere in ländlichen Regionen – geschah das nicht so oft.

Zwar gab es in dieser Gegend nicht viele Gewaltverbrechen, aber es mangelte nicht an beantragten DNS-Tests, mit denen Rechtsanwälte durchsetzen wollten, dass alte Fälle noch einmal vor Gericht verhandelt wurden.

Wenn ein hinreichender Verdacht darauf bestand, dass Emily keinem Unfall, sondern einem Verbrechen zum Opfer gefallen war … Dann wurde vielleicht eine entsprechende Untersuchung durchgeführt.

Als sie sich dem Parkplatz näherten, schüttelte Stacy den Kopf. »Ich finde es grässlich, mir vorzustellen, dass Emily vielleicht umgebracht worden ist. Schlimm genug, dass sie ertrank, aber … Wer könnte so etwas getan haben?«

Daniel dachte erneut an Ronnie, der den Verdacht hatte, dass seine Schwester ermordet worden war. »Ich habe keine Ahnung.«

»Allein bei dem Gedanken wird mir ganz anders.«

»Mein Vater geht der Sache auf den Grund. Anderen Leuten sollten wir aber erst mal noch nichts von der Brille erzählen. Wenn es wirklich möglich ist, dass jemand Emily umgebracht hat … In dem Fall muss sich die Polizei darum kümmern. Es wäre bestimmt keine gute Idee, mit jemand anderem darüber zu reden.«

»Einverstanden.«

Plötzlich dachte er daran, wo an diesem Abend alle sein würden: beim großen Ball. Sie mussten beide aufpassen, dass ihnen dort nichts rausrutschte.

Der Ball. Er hatte Kyle gesagt, dass er Stacy bitten wollte mit ihm hinzugehen.

Aus irgendeinem Grund erschien ihm der Zeitpunkt nicht geeignet – immerhin hatten sie gerade Emilys Brille gefunden und vermuteten, dass sie ermordet worden war.

Es würde sich eine andere Gelegenheit ergeben, Stacy zu fragen.

Wann denn? Der Ball ist heute Abend.

Sie gingen an der letzten alten Feuerstelle vorbei und erreichten den Parkplatz. Zwei weitere Wagen standen dort, einer von ihnen ein rotbrauner SUV bei der Anlegestelle. Wahrscheinlich Angler. Niemand war zu sehen.

Als der Moment kam, sich voneinander zu verabschieden, sah Daniel Stacy etwas zu lange an. Es war dieser eine zusätzliche Sekundenbruchteil, der darauf hinwies, dass es noch etwas anderes gab.

Er biss sich auf die Lippe und blickte an ihr vorbei zum See.

Nach einem weiteren langen Moment, der Bände sprach, sah er Stacy erneut an. Ihre Augen warteten unter der Kapuze.

Daniel fühlte plötzlich den Drang, ihr eine Haarsträhne von der feuchten Wange zu streichen.

Nur zu. Frag sie. Es ist doch keine so große Sache.

Er räusperte sich und wollte gerade loslegen, als ihm Stacy zuvorkam. »Lass mich wissen, was dein Vater zu der Brille meint.«

»Ja.«

»Danke dafür, dass ich mich dir anschließen durfte.«

»Es fühlt sich nicht nach einer Sache an, die zu Ende ist, oder?«

»Nicht ganz.« Ihre Blicke trafen sich im Regen, der nicht aufhören wollte. »Na schön.« Stacy zögerte. »Bis später.«

»Wie wär's, wenn ich dich nach Hause bringe?«

»Schon gut. Ich bin eh klatschnass.«

»Im Ernst. Ich möchte nicht, dass du durch diesen Regen gehen musst.«

»Das ist nett von dir, aber wie gesagt: Ich bin schon nass.«

Sekunden vergingen, schienen sie beide festzuhalten. Und dann rutschte es einfach so heraus. »Heute Abend findet der Homecoming-Ball statt«, sagte Daniel.

»Hab ich gehört, ja.«

»Gehst du hin?«

»Nein. Und du?«

»Nein.«

»Na gut.«

»Äh, ich dachte …«

Stacy hob die Hand zu der Strähne, die Daniel eben hatte berühren wollen. »Ja?«

»Ich meine, wenn du möchtest, könnten wir, äh, du und ich … Es sei denn natürlich, du hast etwas anderes vor.«

»Willst du mich zum Ball einladen, Daniel Byers?«

Lieber Himmel.

»Äh … ja.«

»Hm.«

»Wir könnten uns dort treffen.«

Stacy schaute an ihm vorbei zum Wald, was Daniel für ein schlechtes Zeichen hielt. Er befürchtete, einen Korb von ihr zu bekommen.

Aber dem war nicht so. Erneut sah sie ihn durch den Regen an und sagte: »Das wäre nett.«

Ja, ja, ja!

»Wirklich?«

»Ja. Hast du meine Nummer?«

Er schüttelte den Kopf. »Nein.«

Stacy gab sie ihm. »Ruf mich heute Nachmittag an.«

»Mache ich.«

Sie zog sich die Kapuze tiefer in die Stirn, eilte über den Parkplatz und setzte den Weg über eine unbefestigte Straße fort, die zur nächsten Siedlung führte – sie bestand nur aus einem Dutzend Häusern am Rand des Waldes, der den See umgab.

Daniel stieg in seinen Wagen, rief Kyle an und sagte ihm, dass er mit Stacy zum Ball gehen würde. Sein Freund beglückwünschte ihn dazu, dass er den Mut aufgebracht hatte, sie zu fragen.

»Ich wusste, dass du genug Mumm hast.«

»Danke, Mann.«

»Okay, um ehrlich zu sein, ich war mir nicht sicher, ob du es bringen würdest. Aber ich wollte nett sein.«

»Wie du meinst.«

Kyle kam nicht noch einmal auf das seltsame Verhalten von Stacy am vergangenen Abend zu sprechen. »Wie wär's, wenn wir uns nach dem Ball noch treffen, du und Stacy und Mia und ich?«

»Ich frage Stacy, wenn ich sie heute Nachmittag anrufe.«

»In Ordnung.«

Daniel steckte das Handy ein und fuhr zu seinem Vater, um ihm die Brille zu geben und von seinem Verdacht zu erzählen, dass Emily Jackson vielleicht ermordet worden war.

22

Das Büro des Sheriffs befand sich direkt neben dem Gericht an der Main Street.

Das County hatte nicht genug Extrageld herumliegen, um einen zusätzlichen Vollzeit-Officer zu bezahlen, der die wenigen Besucher kontrollierte. Es stand also niemand an der Tür.

Stattdessen saß drinnen eine Teilzeitkraft hinter dem Empfangstresen. Sie war einige Jahre älter als Daniel und hieß Shawna. Als Daniel hereinkam, war sie damit beschäftigt, eine große Kaugummiblase zu pusten und jemandem eine SMS zu schreiben.

Sie richtete einen geistesabwesenden Blick auf ihn und ließ die Blase noch etwas größer werden – als sie platzte, blieben Teile davon an ihrem Kinn kleben. »Willst du zu deinem Vater?«

»Ist er da?«

Sie nickte zum Flur. »Erledigt irgendwelchen Papierkram.« Ihre Aufmerksamkeit galt schon wieder dem Handy. Mit einer Hand simste sie und mit der anderen rettete sie so viel Kaugummi wie möglich für die nächste Blase.

Die Tür am Ende des Flurs stand einen Spaltbreit offen.

Das Büro seines Vaters war unscheinbar, enthielt zwei Stühle und einen großen grauen Schreibtisch aus Metall – er stand schon so lange dort, wie Daniels Erinnerungen zurückreichten. Unterlagen lagen darauf verstreut und im Posteingangskasten bildeten Akten einen ziemlich hohen Stapel. Das Regal zwischen Fenster und abgeschlossenem Waffenschrank enthielt Gesetzbücher.

Die Waffenkultur in Wisconsin unterschied sich von denen in anderen Teilen der Vereinigten Staaten. In Wisconsin, und vor allem in dieser Gegend, wurde von einem erwartet, dass man Schusswaffen besaß und bereit war, von ihnen Gebrauch zu machen, um Familie und Gemeinde zu verteidigen. Da keine separate Waffenkammer zur Verfügung stand, bewahrte Daniels Vater seine Gewehre und Flinten im Büro auf.

Daniel klopfte an, bevor er eintrat. »Hallo, Dad.«

Sein Vater sah von der Arbeit auf. »Oh, Dan. Wie geht's?«

»Gut.« Daniel setzte sich auf den Stuhl vor dem Schreibtisch.

Sein Vater deutete auf die nassen Sachen. »Bist in den Regen geraten, wie?«

»Ja. Draußen beim See.«

»Beim See?«

»Lake Algonquin.«

Der Sheriff richtete einen neugierigen Blick auf seinen Sohn. »Im Ernst?«

»Ja.«

Daniel überlegte, wie er es erklären sollte. »Ich muss mit dir reden, Dad.«

»Ich bin ganz Ohr.«

Sag es ihm. Sag es ihm einfach.

»Es geht um Emily Jackson.«

»Ja?«

»Ich, äh, glaube, dass es vielleicht kein Unfall war.«

»Wovon redest du da?«

»Vielleicht ist sie ermordet worden.«

Daniels Vater ließ den Kugelschreiber sinken. »Ermordet.«

»Ja.«

»Wie kommst du darauf?«

Daniel legte die Brille auf den Schreibtisch.

»Was ist das?«

»Emilys Brille.«

Sein Vater betrachtete sie, griff aber nicht danach. »Woher hast du sie?«

»Sie lag im Sand unweit der Bucht, wo man die Leiche fand.«

»Warum bist du dort gewesen?«

»Um Aufschluss zu gewinnen«, sagte Daniel.

»Du hast die Brille also im Sand gefunden.«

»Ja. Am Waldrand.«

»Jugendliche treffen sich dort und feiern. Wie kommst du darauf, dass diese Brille Emily gehörte?«

Gehörte, nicht *gehört*. Es erinnerte Daniel daran, dass Emily tot war. Dadurch wurde es noch schwerer für ihn, über diese Sache zu sprechen.

»Sie trug sie auf den Fotos in der Kirche. Und ich erinnere mich daran, sie in der Schule mit dieser Brille gesehen zu haben.«

»Nicht unbedingt mit dieser, Dan. Die Brille hier könnte von jemandem stammen, der das gleiche Modell trägt.«

»Ich meine ...« Daniel zögerte. »Es ist möglich, aber ...«

»Sonntagabend hat der Coroner eine Autopsie durchgeführt. Es gibt keinen Grund zu glauben, dass Emily ermordet wurde.«

»Die Brille ist beschädigt, Dad. Und ich habe sie oben am Strand gefunden, ein ganzes Stück vom Wasser entfernt. Emily könnte sie verloren haben, als sie sich gegen jemanden zur Wehr setzte.«

»Als sie sich gegen jemanden zur Wehr setzte?«

»Ja.«

Daniel bezweifelte, dass es ihm etwas nützte, von Emilys Geist bei der Beerdigung zu erzählen. Deshalb erwähnte er die Erscheinung nicht. »Außerdem ist das Wasser nicht weit genug gestiegen, um die Brille so hoch an den Strand zu tragen.«

»Woher willst du das wissen?«

»Ich habe die Wasserlinie überprüft. Und der See ist zu kalt, um darin zu baden. Wenn sie durch einen Unfall hineinfiel, hat sie vorher wohl kaum die Brille abgenommen und sie an den Waldrand gelegt, oder?«

Daniels Vater schwieg eine Weile. »Es gibt viele mögliche Erklärungen dafür, warum die Brille beschädigt ist. Vielleicht stammt sie gar nicht von Emily. Und wer weiß, wie lange sie dort oben am Strand gelegen hat.«

»Aber wenn es zumindest denkbar ist, dass sie ihr gehörte und sie nicht durch einen Unfall ums Leben kam … Meinst du nicht, dass du dann Nachforschungen anstellen, nach Fingerabdrücken suchen oder einen DNS-Test veranlassen solltest?«

Sein Vater trommelte mit den Fingern auf den Schreibtisch. »Weiß sonst noch jemand davon?«

»Nur Stacy. Sie war mit mir am See.«

»Stacy?«

»Das neue Mädchen in der Schule. Heute Abend gehen wir zusammen zum Homecoming-Ball.«

»Ich wusste gar nicht, dass du verabredet bist.«

»Es ist keine offizielle Verabredung. Wir gehen nur gemeinsam zum Ball.«

»Verstehe.«

»Es war nicht wirklich geplant. Ich hab sie heute Morgen gefragt.«

Daniels Vater überlegte einen Moment. »Na schön. Ich kümmere mich darum. Aber ich möchte nicht, dass rumerzählt wird, Emily Jackson könnte ermordet worden sein. Rede mit niemandem darüber. Keine SMS und dergleichen, keine Tweets. Nichts in der Art.«

»In Ordnung.«

»Und das gilt auch fur Stacy. Ich möchte nicht, dass sie mit ihren Freundinnen darüber spricht.«

Daniel war froh, dass er diesen Punkt bereits mit ihr geklärt hatte. »Keine Sorge, Dad. Und danke.«

Sein Vater lehnte sich zurück. »Wie sieht dein Plan für den Rest des Tages aus?«

»Ich fahre nach Hause und ziehe mir trockene Sachen an. Dann esse ich was, trainiere ein bisschen und warte einfach, bis der Ball losgeht.«

»Was ist mit deinem Kopf? Noch Schmerzen?«

»Nein, alles bestens.«

»Streng dich beim Training nicht zu sehr an. Gib deinem Kopf noch ein oder zwei Tage Gelegenheit, sich zu erholen.«

»Ich werde vorsichtig sein.«

Daniels Vater nickte. »Ich weiß nicht, ob ich rechtzeitig nach Hause kommen kann. Wenn ich nicht da bin, bevor der Ball beginnt ... Ich möchte, dass du bis Mitternacht zu Hause bist.«

»Kein Problem.«

Daniel wartete auf den Rest: *Keine Party danach. Stell nichts Dummes an.* Aber diesen Teil ließ sein Vater diesmal weg. Offenbar vertraute er ihm und hielt es nicht für nötig, noch einmal auf die Regeln hinzuweisen.

»Gut.« Daniels Vater betrachtete die Brille und klang nachdenklich, als er sagte: »Bis später also.«

Daniel verließ das Sheriffbüro und fühlte eine seltsame Mischung aus Erleichterung und Unbehagen.

Er war dankbar dafür, dass sein Vater versprochen hatte, tatsächlich Nachforschungen anzustellen, doch diese Bereitschaft bedeutete auch: Es bestand tatsächlich eine – wenn auch kleine – Möglichkeit, dass Emily Opfer eines Verbrechens geworden war.

Er rief Stacy mit der Absicht an, ihr von dem Treffen mit seinem Vater zu erzählen und sie daran zu erinnern, mit niemandem über die Brille zu sprechen, doch es meldete sich nur ihr Anrufbeantworter. Er hinterließ eine kurze Nachricht mit der Bitte, dass sie ihn anrufen möge.

Anschließend schrieb er ihr noch eine Textnachricht für den Fall, dass Stacy ihre Voicemail nicht überprüfte.

Als er sich zu Hause etwas zu essen machte, erhielt er eine Nachricht und dachte, dass sie vielleicht von Stacy stammte. Aber sie kam von einem der Jungs aus der Footballmannschaft, der wissen wollte, was sein Kopf machte. Daniel gab ihm dieselbe Antwort wie zuvor seinem Vater: alles bestens.

Später am Nachmittag, als er fast mit dem Gewichtheben im Keller fertig war, rief sein Vater an und meinte, er habe die Brille per Kurier zum FBI-Büro in Milwaukee geschickt.

Eine solche Mitteilung wäre nicht nötig gewesen, aber das sofortige Handeln seines Vaters wies Daniel darauf hin, dass er die Sache ernst nahm.

Er schickte Stacy eine weitere Textnachricht und versuchte, sie zu erreichen. Nichts. Er behielt sein Handy in der Nähe, doch es verging eine weitere Stunde, ohne dass er etwas von ihr hörte.

Daniel dachte an das Gespräch beim See zurück und versuchte sich daran zu erinnern, ob sie ein Treffen in der Schule vereinbart oder sich nur ganz allgemein verabredet hatten.

An eins erinnerte er sich genau, an ihre Bitte, ihn am Nachmittag anzurufen.

Als er um fünf noch immer ohne Antwort von ihr war, ging er davon aus, dass sie sich beim Ball treffen würden.

Das war alles.

Nur ein kleines Missverständnis, mehr nicht.

Sie konnten die Sache klären, wenn sie sich später sahen.

Daniel dachte noch einmal an den See und bekam dabei erneut das Gefühl, dass dort ein Kampf stattgefunden hatte, ein Kampf, bei dem Emily ums Leben gekommen war.

Wenigstens untersuchte das FBI nun die Brille.

Er hätte gern mit jemandem darüber gesprochen, aber das kam natürlich nicht infrage.

Nur mit Stacy konnte er darüber reden.

Er musste sich nur noch einige Stunden gedulden, bis er sie wiedersah.

23

Um sieben hatte Stacy noch immer nicht zurückgerufen und auch keine Textnachricht geschickt.

Der Ball begann um acht.

Sie hatte gesagt, dass sie in der Nähe des Sees wohnte, ohne den genauen Ort zu nennen. Allerdings musste er innerhalb kurzer Zeit zu Fuß erreichbar sein und deshalb kam nur die Siedlung beim See infrage.

Daniel wusste nicht, welchen Wagen sie fuhr, was bedeutete: Er konnte nicht einfach an den Häusern vorbeifahren und nach ihrem Auto Ausschau halten.

Zusammen mit Kyle hatte er online recherchiert, ohne irgendetwas über Stacy herauszufinden. Es gab also keine Adresse, die ihm weitergeholfen hätte.

Ihr weitere Textnachrichten zu schicken, hätte ihn vielleicht verzweifelt aussehen lassen. Und herumzufahren und nach ihrem Haus zu suchen ... Man hätte ihn für einen Stalker halten können.

Ihm fiel keine andere Möglichkeit ein, Kontakt mit Stacy aufzunehmen. Als er Kyle anrief und ihm davon erzählte, antwortete sein Freund, dass sie bestimmt direkt zum Ball kommen würde.

»Da ihr heute Nachmittag nicht miteinander reden konntet, nimmt Stacy bestimmt an, dass ihr euch in der

Schule trefft. Ich meine, darüber habt ihr doch gesprochen, oder?«

»Es sei denn, ich habe mir die falsche Telefonnummer notiert. Dann hat sie weder Anrufe noch Nachrichten bekommen und denkt vielleicht, ich hätte es mir anders überlegt.«

»Sind die Textnachrichten angekommen?«

»Ihr Empfang ist bestätigt.«

»Dann hat *sie* es sich vielleicht anders überlegt und ignoriert dich einfach.«

»Herzlichen Dank.«

»Gern geschehen. Es gibt nur eine Möglichkeit, das rauszufinden.«

»Indem ich zum Ball gehe.«

»Mia und ich warten dort auf euch.«

Daniel hätte gern vom See und der Brille erzählt, die inzwischen zum FBI unterwegs war. Aber er hatte seinem Vater versprochen, mit niemandem darüber zu reden, und deshalb schwieg er.

Ty Bell und seine Kumpel trieben sich vor der Schule herum, als Daniel eintraf.

Auf dem Schulgelände war rauchen verboten, aber das kümmerte sie nicht. Sie qualmten munter, allerdings nur, wenn keine Lehrer und niemand von der Aufsicht in der Nähe war. Nach dem Geruch zu urteilen, rauchte zumindest einer von ihnen etwas anderes als eine gewöhnliche Zigarette.

Sie grinsten spöttisch, als sie Daniel sahen, sagten aber nichts. Ty ließ seine Zigarette fallen und trat sie demonstrativ mit dem Absatz aus.

Die Beldon High veranstaltete zwei Tänze im Jahr: Homecoming im Herbst und den Abschlussball im Frühling. Der Abschlussball war eine offizielle, förmliche Angelegenheit, doch beim Homecoming-Ball ging es weitaus lockerer zu. Einige Leute warfen sich immer in Schale, aber die meisten Schüler kamen in ihren üblichen Klamotten.

In diesem Jahr hieß das Motto »Unter den Sternen«. Zum Thema passend hingen Sterne aus Silberpapier an der Decke, vom Eingang bis hin zur Kantine, die den Schülern zur Verfügung stand, die nicht in der angrenzenden Turnhalle tanzen wollten.

Daniel fand Kyle und Mia im Flur zwischen Kantine und Turnhalle.

Mia war schlank und blass, hatte glattes schwarzes Haar und ein Lippen- und Zungenpiercing. Unter der Jeansjacke trug sie ein bauchfreies Retro-T-Shirt, das ein Nabelpiercing zeigte. Nicht unbedingt die ideale Aufmachung für einen Tanz im Herbst, aber keineswegs ungewöhnlich für Mia.

Sie hatte den Arm um Kyles Taille geschlungen. »Was liegt an, Daniel?«

»Hallo, Mia, schön dich zu sehen. Was macht das Buch?«

»Komme voran.«

Daniel hatte nie zuvor jemanden getroffen, der einen Roman schrieb, erst recht niemanden, der auch noch so jung war. Aber Mias Talent in Englisch war fast so groß wie Kyles und diese Gemeinsamkeit hatte sie auch zusammengebracht.

Sie schrieb eine Geistergeschichte, was Daniel nach den Ereignissen dieser Woche durchaus passend fand.

Mia bemerkte die Blicke, die einige der anderen Mädchen Daniel zuwarfen. »Ziemlich viele Motten heute Abend«, sagte sie.

Er sah sie erstaunt an. »Motten?«

»Ja. Und du bist die Flamme, Señor Quarterback.«

»Ah.«

»Wo ist deine Stacy?«

»Keine Ahnung. Ich stelle sie euch vor, sobald ich sie finde.«

Daniel wusste nicht recht, wo er mit der Suche nach Stacy beginnen sollte. Sie war weder draußen noch in der Kantine, deshalb vermutete er sie in der Turnhalle.

Zwar hatte die Footballmannschaft das Homecoming-Spiel gestern Abend verloren, aber alle waren entschlossen, trotzdem zu feiern.

Ballons und Homecoming-Spruchbänder hingen überall in der Halle. Im vergangenen Frühjahr hatte jemand Hochprozentiges in die Bowle gegeben, und deshalb hatte es erst geheißen, dass es beim Homecoming keine geben sollte. Doch dann hatte es sich die Schulleitung anders überlegt: Auf der einen Seite stand ein entsprechender Tisch, mit Lehrern in der Nähe, die alles genau im Auge behielten.

Selbst wenn sie die ganze Zeit über genau aufpassten … sie wären nur eine interessante Herausforderung für jemanden gewesen, der Alkohol in die Bowle geben wollte.

Coach Jostens stand bei den Lehrern am Tisch und blickte so über die Menge der Schüler, als hielte er nach jemandem Ausschau. Er grüßte Daniel mit einem kurzen Wink und Daniel erwiderte den Gruß. Miss Flynn und Mr McKinney unterhielten sich in der Nähe einiger Eltern, die zum Aufsichtspersonal gehörten.

Mr Ackerman – der Fotograf, der auch beim Spiel gewesen war – hatte sich in einer Ecke eingerichtet, um Fotos von Schülern zu machen, die Wert auf professionelle Arbeit legten. Niemand stand Schlange.

Einige wenige Schüler, die richtig tanzen konnten, hatten sich auf die Tanzfläche gewagt. Die meisten Mädchen standen in Gruppen an der einen Wand und die Jungs an der anderen.

Es ging noch ziemlich steif zu, aber früher oder später würde sich alles auflockern. So war es immer.

Daniel fragte sich, wie es vor der Erfindung von Handys bei solchen Tänzen zugegangen war, bevor die Jungen und Mädchen simsten, eingegangene Nachrichten lasen und sich beschäftigt gaben, obwohl sie in Wirklichkeit auf eine Gelegenheit warteten, mit jemandem auf die Tanzfläche zu treten.

Der Sport spielte an der Beldon High eine große Rolle, und fast alle erkannten ihren lokalen Footballstar, Daniel Byers. Die Jungs begrüßten ihn oder machten ihm Platz. Motten flatterten und flirteten, vor allem dann, wenn sie sahen, dass er ohne weibliche Begleitung war. Er versuchte, nicht darauf zu achten.

Während seiner Runde durch die Turnhalle suchte er nach Stacy, konnte sie aber nirgends entdecken. Nicht einmal in der Gruppe von Mädchen, die sich jetzt auf der Tanzfläche bildete.

Eine Stroboskoplampe hing über ihnen. Aus irgendeinem Grund gab es sogar eine Nebelmaschine.

Am einen Ende der Halle hing eine große Leinwand und es wurden Musikvideos der gespielten Stücke gezeigt. Wenn alles in Schwung kam, würden die Videos den Schülern helfen, denen das Tanzen schwerfiel.

Noch vor einigen Monaten hatte es so ausgesehen, als würde die von Kyle und einigen seiner Freunde gegründete Band beim Homecoming-Ball spielen, aber das hatte sich dann zerschlagen, vermutlich deshalb, weil ihr Sound besser zu einem College-Coffeeshop passte.

Ein Senior, den Daniel vom Sehen kannte, war in die Rolle des DJs geschlüpft und mixte Pop und Elektronik-Trance. Die von ihm ausgewählten Songs erfreuten sich offenbar großer Beliebtheit, denn die Tanzfläche füllte sich schnell.

Die Musik wurde lauter und wilder. Auf der Tanzfläche, wo sich weder Lehrer noch Eltern blicken ließen, drängten sich Jungen und Mädchen zusammen.

Von Stacy fehlte noch immer jede Spur.

Daniel setzte seinen Weg durch die Turnhalle fort und versuchte, möglichst unauffällig zu bleiben, während er weiter nach Stacy suchte. Aber wenn sie da war, schien sie unsichtbar zu sein, denn er konnte sie nirgends entdecken.

Er überprüfte sein Handy und sah noch einmal zum Tisch mit der Bowle.

Nichts.

Weit und breit keine Stacy.

Dafür sah er Nicole, die ein wenig abseits der anderen stand, mit einem Plastikbecher in der Hand.

Es verblüffte ihn, dass ein so beliebtes Mädchen wie Nicole mit niemandem tanzte. Bestimmt hatte sie einen Begleiter, der nur kurz weggegangen war.

Sie stand allein da.

Allein wie Emily.

Vor ihrem Tod.

Für einen Moment dachte Daniel wieder an den Strand, an die Brille und daran, was ihm Ronnie über seinen Verdacht gesagt hatte, über die Möglichkeit, dass Emily ermordet worden war.

Nicole wirkte ein wenig verlegen, als sie Daniel sah, nickte ihm aber einen Gruß zu. Als er fragte, wie es ihr gehe, rang sie sich ein Lächeln ab. »Gut. Es geht mir gut. Und du? Vergnügst du dich?«

»Bin gerade erst gekommen.« Die hämmernde Musik übertönte die Worte fast. Sie mussten die Köpfe zusammenstecken, um sich zu verstehen.

Nicole sah an Daniel vorbei, und er vermutete, dass sie herausfinden wollte, ob er eine Begleiterin hatte. Er fragte sich, ob er ihr sagen sollte, dass er Stacy suchte, entschied sich aber dagegen.

Einige Sekunden später kam eine von Nicoles Freundinnen, was Daniel zum Anlass nahm, sich zu entschuldigen und die Suche nach Stacy fortzusetzen.

Zehn Minuten vergingen, ohne dass er sie fand oder eine Nachricht von ihr empfing.

Als er die Turnhalle verließ, um sich noch einmal draußen umzusehen, begegnete er Kyle und Mia. Beide schienen nicht viel vom Musikgeschmack des DJs zu halten. Als Kyle sah, dass Daniel noch immer allein war, hob er die Hände. *Und?*

Daniel schüttelte den Kopf und trat zu ihnen. »Ich weiß nicht, wie lange ich auf sie warten soll.«

Kyle wandte sich an Mia. »Hier ist weiblicher Rat gefragt. Was meinst du?«

»Willst du eine ehrliche oder eine höfliche Antwort?«

»Eine ehrliche.«

»Die Sache stinkt – und das ist noch sehr zurückhaltend ausgedrückt.« Mia sah Daniel an. »Dich so hängen lassen? Sehr uncool. Noch uncooler ist es, nicht auf deine Textnachrichten zu antworten.«

»Warte noch ein paar Minuten«, schlug Kyle vor. »Wenn sie dann nicht aufkreuzt, verduften wir von hier und chillen bei mir zu Hause.«

Daniel war gut mit Kyle und auch Mia befreundet, aber manchmal, wenn nur sie drei abhingen, kam er sich überflüssig vor. Andererseits: Es war irgendwie unangenehm, beim Homecoming-Ball ohne Begleitung zu sein.

Fahr nach Hause, wenn sich Stacy nicht blicken lässt. Du musst nicht hierbleiben.

Ein Song endete und es folgte ein langsameres Stück. Mia nahm Kyles Hand, führte ihn zur Tanzfläche und rief Daniel zu: »Bis später, okay?«

»Klar.«

Daniels Blick folgte ihnen zur Turnhalle, und erneut bemerkte er Nicole, die wieder allein rumstand, diesmal neben der Tür des für die Gastmannschaften reservierten Umkleideraums. Bisher hatte sie mit niemandem getanzt.

Vielleicht war sie tatsächlich ohne Begleiter gekommen.

Oder sie ist versetzt worden, so wie du.

Für ein paar Sekunden fühlte sich Daniel versucht, sie zum Tanz aufzufordern, aber das hätte nicht besonders gut ausgesehen, wenn Stacy doch noch erschienen wäre.

Er ging nach draußen auf den Parkplatz und holte sein Handy hervor.

Keine neuen Nachrichten, nichts.

Es war kalt geworden. Nebelschwaden strichen um die Bäume des nahen Waldes.

Seine Gedanken kehrten zu den ungewöhnlichen, tragischen Ereignissen der vergangenen Woche zurück, und aus dem Ärger darüber, dass sich Stacy nicht blicken ließ, wurde Sorge.

Konnte ihr etwas zugestoßen sein?

Etwas Schlimmes?

Eine absurde Vorstellung.

Bestimmt war alles in Ordnung mit ihr.

Sie hatte nur aus irgendeinem Grund entschieden, doch nicht zum Ball zu kommen.

Na schön. Er war ein großer Junge. Er konnte mit so etwas fertigwerden und brauchte deshalb nicht gleich paranoid zu werden.

Er wollte Kyle gerade eine Textnachricht schicken und ihm mitteilen, dass er nach Hause fuhr, als Nicole aus der Schule kam.

Sie hob die Hand. »Ich laufe dir nicht hinterher, ehrlich«, sagte sie. »Ich wollte nur ein bisschen frische Luft schnappen.«

»Wartest du auch auf jemanden?«

»Brent Beslin hätte vor einer Dreiviertelstunde hier sein sollen.« Sie schüttelte den Kopf. »Idiot.« Ein stärkerer Ausdruck wäre durchaus angebracht gewesen, aber dass sie ihn nicht benutzte, sagte einiges über Nicole.

Daniel kannte Brent und die Verabredung mit Nicole schien eine Nummer zu groß für ihn zu sein. Es erstaunte ihn, dass sie bereit gewesen war, mit jemandem wie Brent zum Ball zu gehen. Aber da sie gestern noch kein Date für heute gehabt hatte, war Brent Beslin vermutlich nicht ihre erste Wahl.

Du bist ihre erste Wahl gewesen.

»Ja«, sagte er schließlich. »Idiot.«

Daniel hätte Nicole bestimmt nicht hängen lassen, wenn er mit ihr verabredet gewesen wäre. Nein, auf keinen Fall.

Für einen Moment erinnerte er sich an Emily, an die Beerdigung, daran, dass sie immer allein gewesen war, dass niemand auf sie geachtet hatte …

»Kenne ich sie?«, fragte Nicole.

»Wen meinst du?«

»Deine Verabredung, Dummkopf. Allein beim Homecoming-Ball aufzutauchen, sieht dir gar nicht ähnlich. Und du hältst nach jemandem Ausschau, seit du hier bist.«

»Da hast du gut aufgepasst.«

»Ja.«

»Stacy.«

»Stacy?«, wiederholte Nicole verwundert.

»Die Neue.«

»Oh.«

»Wir wollten uns hier treffen.«

»Verstehe.«

Ty und seine Freunde lungerten immer noch in der Nähe herum. Sie rauchten nicht mehr und scherzten miteinander. Gelegentlich sah einer von ihnen zu Nicole, grinste anzüglich und flüsterte den anderen etwas zu, woraufhin alle lachten.

Es gefiel Daniel ganz und gar nicht, wie sie Nicole ansahen.

Ihr Handy piepte, und sie warf einen Blick aufs Display, schüttelte dann den Kopf. »Ich wollte nach Hause, aber Gina, die mich mitgenommen hat, will noch bleiben.« Nicole seufzte. »Perfekt.«

Im vergangenen Jahr hatte Daniel bei einem Biologie-Projekt mit ihr zusammengearbeitet. Die Studiengruppe hat sich bei ihr zu Hause getroffen; sie wohnte nicht allzu weit entfernt. »Du hast also niemanden, der dich nach Hause bringt?«

»Erst spater.«

Was bedeutete, dass Daniel eine Entscheidung treffen musste.

Es gab drei Möglichkeiten: Er konnte weiterhin auf Stacy warten, allein heimfahren oder Nicole anbieten, sie nach Hause zu bringen.

Wie er sein Glück kannte, tauchte Stacy genau in dem Moment auf, in dem Nicole in seinen Wagen stieg. Das wäre wirklich wundervoll gewesen.

Also … Bleiben? Allein losfahren? Oder Nicole nach Hause bringen?

Sie sah ihn an und schien darauf zu warten, dass er etwas sagte.

»Ich könnte dich bei dir zu Hause absetzen, wenn du möchtest«, sagte Daniel schließlich.

»Nein, ich …« Nicole unterbrach sich und überlegte. »Im Ernst?«

»Das ist keine große Sache. Ich wollte sowieso los.«

»Wirklich? Ich meine, du wolltest doch …« Sie sprach nicht weiter, aber es war klar, dass sie seine Verabredung mit Stacy meinte.

»Nein, schon gut.«

»Das ist sehr nett von dir. Ich gebe nur schnell Gina Bescheid und bin gleich wieder da.«

Sie ging in die Schule zurück. Daniel schrieb Kyle kurz, dass er heimfuhr, und als er den Blick von seinem Handy hob, waren Ty und seine Kumpel nicht mehr da.

Wenige Minuten später kehrte Nicole zurück und begleitete Daniel zu seinem Wagen. Sie verließen das Schulgelände und machten sich auf den Weg zum Haus von Nicoles Eltern im Westen der Stadt.

24

Je weiter sie aufs Land kamen, desto dichter wurde der Nebel.

Sie schienen eine fremde, unbekannte Welt zu erreichen, die sich langsam vor ihnen öffnete.

»Ist mit deinem Kopf alles in Ordnung?«, fragte Nicole.

Daniel wusste die allgemeine Anteilnahme zu schätzen, aber langsam ging es ihm auf die Nerven, dass alle nach seinem Kopf fragten. »Zum Glück ist er ziemlich hart.«

»Kann man wohl sagen.«

»Dem hättest du eigentlich nicht zustimmen sollen.«

»Wie du vorhin gesagt hast: Ich passe gut auf. Ich kenne dich«

»Scheint so.«

Aber eigentlich dachte Daniel an etwas anderes. Er fragte sich, ob mit seinem Kopf wirklich alles in Ordnung war.

Am liebsten hätte er Nicole gesagt: »Ich glaube, ich habe beim Spiel nicht das Bewusstsein verloren, weil sich dieser Riesentyp auf mich gestürzt hat, sondern weil ich Emilys Geist gesehen habe, wie zuvor schon in der Kirche bei der Beerdigung. Ich bin mir also ganz und gar nicht sicher, ob mit meinem Kopf alles in Ordnung ist.«

Aber nein, es wäre vermutlich keine gute Idee gewesen, so offen zu Nicole zu sein.

Andererseits: Vielleicht wäre es ganz nett, mit ihr zu reden, die nötige Zurückhaltung natürlich vorausgesetzt.

»Es mag ein bisschen überraschend klingen, aber glaubst du an Geister?«, fragte er.

»An Geister? Hast du mit Mia über ihren Roman gesprochen?«

»Nein, ich hab nur darüber nachgedacht.«

»Ich weiß nicht. Was ist mit dir?«

Ich habe mindestens zwei Gründe, an Geister zu glauben.

»Ich bin mir nicht sicher.« Daniel erinnerte sich an den Blogeintrag, den Nicole am vergangenen Tag in der Klasse vorgelesen hatte. »Das Gebet, das du für Teach geschrieben hast ... Es erwähnte Dämonen. War das ernst gemeint? Glaubst du wirklich an sie oder hast du sie als eine Art Symbol erwähnt?«

»Nein, ich glaube wirklich an sie.«

»Und auch an Geister?«

»Na ja ... vielleicht.« Nicole dachte darüber nach. »Ich meine, bei der Arbeit an dem Blogeintrag bin ich auf eine Geschichte in der Bibel gestoßen, über einen Saul, König von Israel. Jedenfalls, er fand ein Medium, das in seinem Auftrag versuchte, einen Propheten namens Samuel von den Toten zu rufen und mit ihm zu sprechen.«

»Was geschah?«

»Es klappte. Samuel erschien, beziehungsweise sein Geist. Ich weiß nicht genau.«

»Aber Samuel war tot, als er Saul erschien?«

»Ja.«

»Klingt nach einem Geist.«

»Finde ich auch«, erwiderte Nicole.

»Es ist also möglich, dass Tote mit Lebenden sprechen?«

»Zumindest in diesem Fall scheint es möglich gewesen zu sein.«

Daniel hatte von Leuten wie Saul gehört, von Personen, die versuchten, mit Toten in Kontakt zu treten. Für einen Moment fragte er sich, ob man auf diese Weise vielleicht an Antworten gelangen könnte.

Aber nur für einen Moment.

Denn eigentlich war es das Letzte, was er sich wünschte: dass ein Toter erschien und zu ihm sprach. Das machten sie bereits.

Zumindest einer.

»Außerdem hat Jesus offenbar an Geister geglaubt«, fuhr Nicole fort. »Zweimal haben ihn seine Jünger mit einem Geist verwechselt, und er antwortete ihnen, er sei keiner. Beim zweiten Mal hat er es bewiesen, indem er ihnen Gelegenheit gab, seine Hände und seine Seite zu berühren.«

»Und das zeigt, dass er an Geister glaubte?«

»Er sagte: ›Denn ein Geist hat nicht Fleisch und Bein.‹ Warum hätte er es so ausdrücken sollen, wenn es keine Geister gibt?«

»Verstehe. Wenn es keine Geister gibt, hätte Jesus seine Jünger Idioten genannt, weil sie ihn für etwas hielten, das gar nicht existiert.«

»Ja. Stattdessen bewies er ihnen, kein Geist zu sein.« Nicole richtete einen fragenden Blick auf Daniel. »Warum interessierst du dich für Dämonen und Geister?«

»Nur so.«

Geister. Dämonen. Ein tolles Thema, wenn man in einer nebligen Nacht über eine einsame Landstraße fuhr.

Sie waren nur noch zwei Meilen von Nicoles Haus entfernt, als Daniel hinter einer Kurve etwas bemerkte, das mitten auf der Straße lag.

Zuerst konnte er das Objekt nicht genau erkennen, doch als sie langsamer wurden, stellte er fest, dass es ein Kinderplanschbecken war. Die Straße war an dieser Stelle ein wenig zur Seite geneigt und im Licht der Scheinwerfer zeigte sich schmutziges Wasser in dem Planschbecken.

Dort lag es, mitten auf der Straße.

Daniel hielt an.

Er ließ den Motor laufen.

Nebelschwaden trieben langsam durch die Nacht, und nach dem, worüber er gerade mit Nicole gesprochen hatte, stieg in Daniel ein Gedanke auf, der ihm ganz und gar nicht gefiel.

Vielleicht existierte das Planschbecken gar nicht. Vielleicht bildete er es sich nur ein. Vielleicht würde sich gleich Emily aus dem schmutzigen Wasser erheben und auf den Wagen zukommen.

Er wartete und hoffte, dass Nicole etwas über das Planschbecken sagte und damit seine Existenz bewies.

Denn wenn es nicht da war … Es hätte bedeutet, dass er den Verstand verlor.

Daniel musterte sie im grünlichen Licht des Armaturenbretts – sie blickte noch immer nach vorn auf die Straße. Das hielt er für ein gutes Zeichen. Wenn das Planschbecken Einbildung gewesen wäre, hätte sie ihn vermutlich angesehen und gefragt, warum er plötzlich hielt.

Die Stille dauerte an und wurde unangenehm. »Fahr daran vorbei, Daniel. Auf der anderen Straßenseite.«

Gut. Sie sah das Ding also auch.

»Ich glaube, ich sollte es besser aus dem Weg räumen.«

»Lass es liegen. Das gefällt mir nicht.«

Er machte Anstalten, die Tür zu öffnen, und fühlte Nicoles Hand auf seinem anderen Arm. »Hier stimmt was nicht. Das Planschbecken kann nicht einfach so von der Ladefläche eines Pick-ups gefallen sein. Und woher kommt das Wasser darin?«

»Ja, seltsam. Warte hier. Und verriegele die Türen hinter mir.«

Daniel stieg aus.

Die kalte Nacht umfasste ihn. In der Ferne schrie eine Eule, und leises Rascheln wies darauf hin, dass er vielleicht ein Tier im Gebüsch am Straßenrand erschreckt hatte.

Nebelranken tasteten durch die Dunkelheit und glühten gespenstisch im Licht der Scheinwerfer.

Keine Sterne. Kein Mondschein.

Daniel hatte nicht das Klicken der Zentralverriegelung

gehört und öffnete die Fahrertür noch einmal. »Schließ dich ein, Nicole. Ich bin gleich wieder da.«

»Daniel …«

»Keine Sorge, es dauert nur einen Moment.«

Er schloss die Tür und diesmal kam Nicole seiner Aufforderung nach und verriegelte die Türen.

Mit langsamen Schritten ging er durch den Nebel.

Das Planschbecken war himmelblau und mit den Darstellungen fröhlicher Delfine und kleiner grüner Fische geschmückt. Die linke, zerknitterte Seite enthielt weniger Luft als der Rest; dort war ein Teil des Wassers herausgelaufen.

Als ihn nur noch fünf Meter von dem Planschbecken trennten, bewegte sich etwas am Rand der Straße. Welke Blätter knisterten, Zweige knackten.

»Hallo?«

Keine Antwort.

Daniel erreichte das Becken und griff nach dem Rand, um es von der Straße zu ziehen. Das Wasser machte es zunächst ziemlich schwer, doch als er die eine Seite hob, floss noch mehr ab, und er konnte das Planschbecken über den Asphalt zum Straßengraben ziehen.

Er hatte die Hälfte geschafft, als er die erste Gestalt aus der Dunkelheit ins Scheinwerferlicht des Wagens treten sah.

Ty Bell.

Und da er sich fast immer von seinen Kumpels begleiten ließ, nahm Daniel an, dass er auch diesmal nicht allein war.

25

Das Licht kam von hinten und machte Ty zu einer Silhouette, aber Daniel konnte dennoch einen Teil seines Gesichts sehen. »Byers«, sagte er und starrte ihn an.

Daniel ließ das Planschbecken los. »Weg vom Wagen, Ty.«

Tys Blick blieb auf ihn gerichtet, als seine drei Freunde nacheinander aus ihrem Versteck am Straßenrand kamen.

Wenn sich Daniel richtig erinnerte, hatte einer von ihnen einen Pick-up. Das erklärte die Sache mit dem Planschbecken.

Vielleicht haben sie auf dem Parkplatz der Schule gehört, wie du Nicole angeboten hast, sie nach Hause zu fahren.

Aber waren sie wirklich nahe genug gewesen, um sie zu verstehen? Wie lange haben sie das geplant? Was …

Wichtig war derzeit nur eins: Nicole musste in Sicherheit gebracht werden.

Ty nickte seinen drei Freunden zu, die sich dem Wagen näherten.

»Zurück!«, befahl ihnen Daniel.

Einer von ihnen versuchte, die Fahrertür zu öffnen. Er fluchte, als er feststellte, dass sie verschlossen war.

Daniel ging auf sie zu. »Weg vom Wagen, habe ich gesagt.«

Die Jungs achteten nicht darauf und versuchten es an den anderen Türen. Daniel hörte, wie Nicole nach ihm rief.

Also gut.

Jetzt reichte es.

Er lief auf Ty zu, der plötzlich ein Klappmesser in der Hand hielt. »Oh, oh, oh. Sei ein braver Junge.«

Daniel blieb stehen und beobachtete, wie zwei der Jungs neben Ty traten. Der dritte hämmerte an die Fenster des Wagens und forderte Nicole auf, die Türen zu entriegeln.

Daniel ballte die Fäuste. »Das hier wirst du bereuen.«

Ty sah seine Freunde an, die langsam nach vorn traten. Dann kehrte sein Blick zu Daniel zurück. »Ich glaube, *du* wirst es bereuen.«

Ob er nächste Woche dafür auf der Reservebank landete oder nicht: Er musste unter allen Umständen Nicole schützen, auch wenn es bedeutete, sich auf eine Prügelei mit Ty und seinen Kumpanen einzulassen.

Daniel spielte seit Jahren Football und wusste, dass er körperlich einiges einstecken konnte, aber Ty hatte ein Messer, das sehr ernste Verletzungen verursachen konnte.

Dennoch, Nicoles Sicherheit kam für ihn an erster Stelle.

Wenn er allein gewesen wäre … In dem Fall hätte er eine Auseinandersetzung vermieden. Er hätte den Wagen zurückgelassen und wäre zu Fuß nach Hause gegangen, um seinen Vater zu holen.

Aber er war nicht allein.

Nicoles Anwesenheit änderte alles.

Der Typ, der ans Fenster gehämmert hatte, verschwand in der Dunkelheit und schaltete eine Taschenlampe ein. Einen Moment später sagte er: »Aha.« Als er ins Scheinwerferlicht zurückkehrte, hielt er einen großen, kantigen Stein in der Hand. »Damit sollte es gehen.«

Er sah zum Seitenfenster.

»Fahr weg!«, rief Daniel der im Wagen sitzenden Nicole zu. »Los!«

Aber sie rührte sich nicht.

Es wurde Zeit, etwas zu unternehmen.

Der Typ mit dem Stein schien die größte Gefahr für Nicole zu sein und deshalb nahm sich Daniel ihn zuerst vor.

Er stürmte auf ihn zu und erreichte ihn genau in dem Augenblick, als er den Stein hob und damit zuschlagen wollte. Mit voller Wucht stieß Daniel gegen ihn und landete mit ihm zusammen im Gebüsch am Straßenrand.

Irgendwie gelang es dem Typ, den Stein festzuhalten, und er versuchte, ihn gegen Daniels Kopf zu schmettern. Daniel blockte den Schlag ab und zerrte den Stein aus der Hand seines Widersachers.

Er wollte den Stein wegwerfen, als ihn plötzlich zwei der anderen an den Armen packten und zur Straße zerrten. Er wand sich hin und her, aber sie hielten ihn fest, und er konnte sich nicht aus ihrem Griff befreien.

Sie ließen ihn auf den Asphalt fallen.

Daniel rollte zur Seite und war sofort wieder auf den Beinen.

Er hob den Stein. »Wer sich dem Wagen nähert, wird es bereuen. Verschwindet von hier, bevor jemand verletzt wird.«

Der Junge, der zusammen mit Daniel im Gebüsch gelandet war, kehrte fluchend auf die Straße zurück. Sein Blick war auf den Stein gerichtet und er wirkte nicht mehr ganz so aggressiv wie vorher.

Doch Ty, der noch immer das Messer in der Hand hielt, näherte sich Daniel und blieb stehen, als ihn nur noch wenige Schritte von ihm trennten. Im Licht der Scheinwerfer glänzte die Messerklinge unheilvoll.

Nebel umwogte sie wie zorniger Rauch.

»Nicole!«, rief Daniel. »Fahr weg.«

Sie antwortete, aber er konnte nichts verstehen, und sie fuhr auch nicht los.

Ty und Daniel hielten ihre Waffen fest umklammert. Sie starrten sich an, keiner von ihnen wich zurück.

Daniel holte zum Wurf aus. »Ich kann einen Football durch einen dreißig Meter entfernten Reifen werfen. Aus drei Metern Entfernung verfehle ich dich bestimmt nicht.«

Unsicherheit huschte durch Tys Gesicht. Dann lächelte er spöttisch. »Hast du gehört, was man in Emilys Notizbuch gefunden hat?«

Daniel antwortete nicht.

»Neuigkeiten verbreiten sich schnell.«

»Wovon redest du da?«

Ty schüttelte langsam den Kopf. »Ich kann nicht glauben, dass du nichts davon weißt. Ich war beim See. Ich habe dich dort gesehen.«

»Was? Wann? Heute Morgen?«

»Ja.« Diesem einen Wort folgte ein kurzes spöttisches Lachen. Dann winkte Ty seinen Freunden zu und wich mit ihnen zurück, bis sie alle in der nebligen Dunkelheit verschwanden.

Daniel bewachte den Wagen, bis er hörte, wie etwa dreißig Meter entfernt der Motor eines Pick-ups gestartet wurde und Ty und seine Kumpel wegfuhren. Erst dann öffnete er die Fahrertür, nachdem Nicole die Zentralverriegelung ausgeschaltet hatte.

Er fragte, ob mit ihr alles in Ordnung sei. Sie nickte, wirkte aber ziemlich verängstigt.

»Hast du die Polizei angerufen?«

»Ich ... Daran habe ich gar nicht gedacht.«

»Na schön. Ich bin gleich wieder da.« Daniel zog das Planschbecken ganz von der Straße herunter und stieg dann wieder ein.

Mit zitternden Fingern griff Nicole nach seiner Hand.

»Es ist alles in Ordnung«, sagte er. »Verschwinden wir von hier.«

Sie hielt seine Hand fest. Er zog sie nicht zurück.

Schließlich nickte Nicole erneut. »Ja.«

Nach einem weiteren Moment ließ Daniel ihre Hand los, ergriff das Steuer und gab Gas. Eine Zeit lang fuhren sie schweigend, und dann fragte Nicole: »Was war das mit dem Notizbuch?«

»Der übliche Blödsinn von Ty.«

Aber Daniel überlegte, ob Ty tatsächlich herausgefunden hatte, was in Emilys Notizbuch geschrieben stand.

»Was meinte er damit, als er sagte, er hätte dich am See gesehen?«, fragte Nicole.

»Ich war heute Morgen dort. Ty habe ich nicht gesehen, aber es standen noch zwei andere Wagen auf dem Parkplatz, als wir zurückkamen. Das müssen Ty und seine Kumpel gewesen sein. Wahrscheinlich haben sie uns beobachtet.«

»Uns?«

Daniel zögerte. »Ich war mit Stacy dort.«

»Oh, natürlich«, sagte Nicole leise. »Verstehe.«

»Hör mal, ich …«

»Nein, schon gut. Es ist alles in Ordnung. Wirklich.«

Daniel wollte ihr die Sache erklären. Er wollte ihr sagen, dass er Stacy zum Ball eingeladen hatte und dass sie nicht gekommen war, weder auf seine Anrufe noch auf die Textnachrichten reagiert hatte. Aber er fand nicht die richtigen Worte.

Einige Minuten später erreichten sie Nicoles Haus. Daniel wartete, bis sie drinnen war und ihm mit einer kurzen Nachricht auf seinem Handy bestätigt hatte, dass die Türen verschlossen waren. Erst dann setzte er von der Zufahrt zurück, fuhr nach Hause und fragte sich unterwegs, was in Emilys Notizbuch geschrieben stand.

Und warum Ty an diesem Morgen ebenfalls am See gewesen war.

26

Daniels Vater saß im Wohnzimmer auf der Couch und sah sich CNN-Nachrichten im Fernsehen an. Er fragte, wie der Ball gewesen war.

»Ganz gut.«

»Du kommst früh nach Hause.«

»Es ging doch nicht so lang, wie ich dachte.«

»Wie ist es mit dem neuen Mädchen gelaufen, mit Stacy?«

Daniel sah keinen Grund, die Wahrheit vor seinem Vater zu verbergen. »Sie ist nicht zur Verabredung gekommen.«

»Oh. Tut mir leid.«

Mir auch.

Glaube ich.

»Ja.«

Daniel beschloss, nichts davon zu sagen, dass er Nicole nach Hause gebracht hatte. Die Begegnung mit Ty und seinen Freunden ließ er ebenfalls unerwähnt. »Wann bekommst du einen Bericht vom FBI?«

»Hängt davon ab, wie umfangreich die Untersuchungen sind. Ich habe um Eile gebeten, aber es würde mich wundern, vor Mitte nächster Woche etwas zu hören.«

Frag ihn. Na los. Was kann es schaden?

»Da fällt mir ein ... Weißt du etwas über Emilys Notizbuch? Ich meine, das in der Schule, aus ihrem Spind.«

Daniels Vater schaltete den Fernseher auf stumm und richtete seine volle Aufmerksamkeit auf ihn. »Ich weiß nichts von einem Notizbuch.«

»Na schön.«

Daniel ging zur Treppe, doch sein Vater rief: »Warte mal.«

Daniel kehrte zum Wohnzimmer zurück und stellte fest, dass sein Vater sehr ernst geworden war.

»Was geht hier vor?«

»Wie meinst du das?«

»Ich meine dein Interesse an Emily und ihrem Tod.«

Ihr Geist ist mir zweimal erschienen ...

»Ich ... Sie war eine gute Schwimmerin.«

»Sie war eine gute Schwimmerin?«

»Ja. Ich habe neulich mit ihrem Bruder in der Schule gesprochen. Er hat es mir gesagt.«

»Ihr Bruder hat es dir gesagt.«

»Ja. Alles deutet darauf hin, dass sie nicht von allein ertrunken ist.«

Daniels Vater atmete tief durch. »Jetzt hör mir mal gut zu. Ich möchte nicht, dass du weiter herumbohrst, was diese Sache betrifft. Wenn das FBI etwas entdeckt, kümmern wir uns darum. Aber dein Herumschnüffeln muss aufhören.«

»Ich schnüffele nicht herum.«

»Doch, das machst du.« Er beugte sich vor. »Versprich mir, dass du es ruhen lässt.«

»Dad, ich ...«

»Versprich es mir.«

Daniel schwieg.

»Daniel?«

Er erinnerte sich an die Worte, die er gehört hatte, als er nach der kurzen Bewusstlosigkeit auf dem Spielfeld zu sich gekommen war. *Geh dieser Sache nach. Such die Wahrheit. Finde heraus, was geschehen ist.*

»Also gut«, sagte er schließlich. »Ich verspreche es.«

»In Ordnung. Gute Nacht.«

»Gute Nacht.«

Auf dem Weg zu seinem Zimmer machte sich Daniel Vorwürfe, weil er seinen Vater belogen hatte.

Nein, er konnte es nicht ruhen lassen, nicht nachdem ihm Emily zweimal erschienen war. Er musste der Sache auf den Grund gehen.

Und zwar ohne dass sein Vater etwas merkte.

27

Daniel machte sich bereit fürs Bett.

Wer könnte wissen, was in dem Notizbuch geschrieben steht?

Ty glaubte offenbar, etwas darüber zu wissen.

Eine zweite Person fiel ihm ein: Ronnie, Emilys Zwillingsbruder, der Junge, den Ty und seine Freunde in den Spind gesperrt hatten. Er wusste wahrscheinlich Bescheid.

Seine Handynummer hatte Daniel nicht, aber er fand Ronnies Facebook-Seite, klickte auf die Nachrichten-Schaltfläche und starrte dann auf das leere Textfeld. Er musste Ronnie nur eine Nachricht schreiben, dann würde sich schon eine Möglichkeit ergeben, das zu klären und herauszufinden, was los war.

Daniel dachte noch über geeignete Worte nach, als ein Summen darauf hinwies, dass sein Handy eine Textnachricht erhalten hatte.

Er sah aufs Display.

Kyle. Er wollte etwas mit Daniel besprechen und schlug vor, dass sie sich am nächsten Tag zum Mittagessen bei Rizzo's trafen.

Sie einigten sich auf zwölf Uhr.

Das Hinweisfeld des Handys zeigte keine weiteren

neuen Nachrichten an, aber Daniel sah trotzdem nach, ob sich Stacy gemeldet hatte.

Nichts.

Na gut. Ihre Beziehung schien zu Ende gegangen zu sein, noch bevor sie begonnen hatte. Für den Fall, dass Daniel am kommenden Tag nichts von ihr hörte, nahm er sich vor, am Montag in der Schule mit ihr zu reden und sie zu fragen, was los war. Auf ein solches Gespräch freute er sich nicht unbedingt.

Seine Gedanken kehrten zu Nicole zurück, zu den Momenten, als sie im Wagen seine Hand gehalten hatte.

Nicole.

Stacy.

Daniel fühlte sich wie in der Mitte von etwas, das jemanden verletzen würde, egal wie alles ausging, und das war eine Vorstellung, die ihm ganz und gar nicht gefiel.

Er konzentrierte sich wieder auf das Textfeld von Ronnie Jacksons Facebook-Seite und überlegte, ob er sich wirklich mit ihm in Verbindung setzen sollte.

Während er darüber nachdachte, rief er sich ins Gedächtnis zurück, was er wusste.

In der Kirche hatte ihm Emilys Geist gesagt, dass Trevor im Wagen gewesen war, und die Erscheinung hatte hinzugefügt: *Trevor hätte nicht in dem Wagen sein sollen*. Später hatte Daniel erfahren, dass Trevor der Name des Hundes war. Ein Zeitungsartikel hatte ihn genannt. Es war also möglich, dass Daniel ihn aufgeschnappt und schon vor der Beerdigung gewusst hatte.

Emilys Geist hatte ihn aufgefordert, die Brille zu

suchen, und er hatte sie in der Nähe des Ortes gefunden, wo sie gestorben war.

Beschädigt. Ein ganzes Stück vom Wasser entfernt.

Sie war eine gute Schwimmerin.

Emily hatte sich in ihrem Sarg aufgerichtet, ihn am Arm gepackt und Abdrücke hinterlassen. Daniel erinnerte sich an Nicoles Hinweise. Wenn sie recht hatte, wenn Geister wirklich ohne »Fleisch und Bein« waren, wenn sie einen nicht berühren konnten ... In dem Fall hatte er es nicht mit einem Geist zu tun gehabt.

Aber wenn es kein Geist gewesen war, was dann?

Der nächste Anhaltspunkt – wenn man bei den Erscheinungen von so etwas sprechen konnte – war Emilys Halskette. Sicher, sie hatte sie auf einigen Fotos getragen, aber warum hatte sie ihm die Kette beim Footballspiel gezeigt? War es ein Versuch gewesen, ihm etwas zu sagen?

Und wenn ja – was?

Es schienen alles Dinge zu sein, an die er sich nicht bewusst erinnerte, die aber irgendwie Platz in einem Hinterstübchen seines Gehirns gefunden hatten, wie die Erinnerungen an die Küche seiner Oma.

Und dann waren da noch das Notizbuch und Tys Bemerkung über Kyle und Emily.

Daniel wusste nicht, wie alles zusammenpasste, aber es sah immer mehr danach aus, dass Emily keinem Unfall zum Opfer gefallen war.

Hinzu kam: Sie schien etwas von ihm zu wollen, und dabei ging es nicht nur darum, ihre Brille am Ufer des Sees zu finden.

Ja, er hatte seinem Vater versprochen, diese Sache ruhen zu lassen, aber wie sollte er die Hände in den Schoß legen können, wenn so viele seltsame Dinge geschahen, wenn es so viele sonderbare Zufälle gab, hinter denen einfach mehr stecken musste?

Daniel beschloss, einen weiteren – wenn auch kleinen – Schritt zu unternehmen, um etwas mehr Klarheit zu gewinnen.

Er brachte den Cursor in das Textfeld und schrieb an Ronnie: »Ich möchte dich etwas fragen. Kannst du dich morgen bei mir melden?« Er fügte Namen und Handynummer hinzu, klickte dann auf Absenden.

Am nächsten Morgen konnte er noch einmal alles durchgehen und versuchen, Ordnung in das Durcheinander zu bringen. Mittags stand dann das Treffen mit Kyle an, der über irgendetwas mit ihm reden wollte. Mit ein wenig Glück würde er auch von Ronnie und Stacy hören.

Vielleicht ergab sich dann eine Möglichkeit, all die seltsamen Dinge zu verstehen, die sich anfühlten, als wären sie auf dem besten Wege, das Gewebe seiner Vernunft zu zerreißen.

Das Gewebe deiner Vernunft?

Das klang nach Worten, wie man sie von Kyle erwarten durfte, nicht von Daniel.

Wie das mit den Geiern, die nach deinen Träumen picken.

Daniel begriff, dass er sich zusammenreißen musste.

Bevor das Gewebe der Vernunft nachgab und riss.

28

Daniel träumte vom Tod.

Er wusste, dass er nur träumte, dass es nicht real war, aber das machte es nicht weniger schrecklich. Wenn man wach ist, kann man die Augen vor den Schrecken des Lebens verschließen. Man kann sich abwenden, weglaufen oder den Kanal wechseln.

Wenn man schläft, ist das nicht möglich.

Selbst wenn man weiß, dass man nur schläft: Man ist dem Traum ausgeliefert. Schlafende können nicht einfach entscheiden aufzuwachen. So leicht lassen einen Albträume nicht davonkommen. Sie halten einen mit ihren Klauen fest, so lange sie wollen.

Hier ist er.

Der Traum.

Die Sonne geht unter und er fährt auf den Parkplatz am See. Kiefern umgeben das dunkle Wasser und am Himmel zeigen sich die Farben des zu Ende gehenden Tages.

Erst als er aussteigt, merkt er, dass er nicht allein ist. Es ist ein Traum, und Träume folgen ihrer eigenen Logik, deshalb ist er nicht überrascht. Ein Mädchen, das er erst jetzt sieht, hat neben ihm im Wagen gesessen und steigt ebenfalls aus.

Emily.

Aber sie sieht nicht wie bei ihren letzten Begegnungen aus. Ihr Haar ist nicht tangverklebt, sondern sauber und gekämmt, und ihre Haut zeigt eine normale Farbe, nicht das Grau des Todes. Ihr Hals ist nicht aufgebläht und die Augen sind nicht trüb und blicklos.

Sie trägt ihre Halskette, die mit dem herzförmigen Medaillon. Und sie hat ihre Brille auf.

Er hört Geräusche im Wagen und sieht den Hund auf dem Rücksitz. Vielleicht war er schon vorher da, oder er ist gerade erst erschienen, er weiß es nicht. Emily möchte Trevor mitnehmen, aber er überredet sie dazu, den Hund im Wagen zu lassen. »Wir bleiben nicht lange fort«, sagt er. »So kann er nicht weglaufen.«

»Er ist brav«, versichert sie ihm. »Er läuft nicht weg.«

»Wir sind bald wieder da.«

Sie öffnen das Fenster ein wenig und schließen den Wagen ab, machen sich dann auf den Weg zum Strand am Windy Point.

Alles geht gut, bis sie den Sandstreifen bei der Bucht erreichen. Dort beginnen sie zu streiten.

Es ist ein Traum und in einem Traum müssen die Dinge keinen Sinn ergeben. Sie streiten über etwas Dummes, es wird nicht einmal klar, was es ist. Etwas, das in der Schule geschah. Etwas im Zusammenhang mit dem Medaillon.

Sie nähern sich dem Wald, der Feuerstelle. Er ergreift ihren Arm. Sie versucht, sich aus dem Griff zu lösen, ihn abzuwehren, sich loszureißen, aber er ist stärker als sie und zieht sie zum Wasser. Sie schreit, doch hier sind sie viel zu weit von den nächsten Häusern entfernt. Niemand kann sie hören.

Er packt sie am Haar und drückt sie nach vorn, drückt ihren Kopf ins Wasser.

Sie wehrt sich, wirft sich hin und her.

Ja.

Sie versucht, den Mund über das Wasser zu bekommen und zu atmen, aber es dauert nicht lange, bis sie plötzlich still daliegt, bis sie in seinem Griff erschlafft.

Er lässt sie los, und sein Herz schlägt laut und schnell, als er entsetzt begreift, was er getan hat. Er weicht zurück, dreht sich um und beginnt damit, die Spuren des Kampfes zu verwischen, die Schleifspuren im Sand, die darauf hindeuten, dass er Emily zum Wasser gezogen hat.

Dort liegt etwas und glänzt im Mondschein. Plötzlich ist es Nacht, so will es der Traum, und irgendwie ergibt es einen Sinn.

Der Glanz stammt von einem Brillenglas.

Er weiß, dass es ein Traum ist, und versucht aufzuwachen. Er sagt sich, dass es nicht wirklich geschieht, und er will die Augen öffnen, doch der Albtraum lässt ihn nicht los, er hält ihn noch fester, als wolle er ihn nie freigeben.

Er nimmt das kleine runde Glas und sucht nach dem Rest der Brille, kann sie im Dunkeln aber nicht finden. Seine Suche bleibt selbst dann erfolglos, als er das Handy wie eine Taschenlampe benutzt, und schließlich gibt er es auf.

Sie liegt reglos da, mit dem Gesicht im Wasser.

Er nimmt ihr die Halskette ab und steckt sie ein. Dann zieht er die Leiche tiefer ins Wasser, dorthin, wo die Strömung sie erfassen und forttragen kann.

Niemand wird herausfinden, was hier geschehen ist. Niemand wird davon erfahren.

Niemand.

Wird jemals.

Die Wahrheit erfahren.

Daniel erwachte zitternd und starrte an die Decke.

An diesem Morgen war das Aufwachen anders als sonst, kein langsamer Übergang von der Traumwelt, begleitet von verblassenden Bildern aus den dunstigen Tiefen seines Unterbewusstseins.

Nein, diesmal war er von einem Augenblick zum anderen hellwach. Und die Bilder verblassten nicht, sie blieben in seinem Kopf, ganz deutlich, ohne an Schärfe und Detail zu verlieren.

Trevor.

Der See.

Emily Jackson.

Es war schrecklich, auf diese Weise von ihr zu träumen, aber Daniel wollte mehr herausfinden und erfahren, was danach geschehen war.

Er schloss die Augen und versuchte, in den Traum zurückzukehren.

Ebenso gut hätte er versuchen können, in die Gedanken von jemand anderem zu schlüpfen. Die vor dem inneren Auge entstehenden Bilder waren wirr und verschwommen, blieben ohne Inhalt.

Schließlich öffnete er die Augen wieder und dachte über den Traum nach.

Er hatte das Geschehen an jenem Abend durch die Augen des Mörders gesehen – eine grässliche Version der Ereignisse, wie sie sich vielleicht zugetragen hatten. Eine Erklärung für die beschädigte Brille, das fehlende Glas und die Worte über Trevor, die Emily in der Kirche an ihn gerichtet hatte. War sie wirklich so gestorben?

Oder war sie ins Wasser gefallen?

Oder gesprungen? Oder in den See gestoßen worden?

Und wenn tatsächlich alles so geschehen war, wie Daniel es geträumt hatte? Weil Daniel alles, was er bisher wusste, in dem Traum verarbeitet hatte?

Und es hatte sehr real gewirkt.

Aber so ist das mit Albträumen. Manchmal suggerieren sie dem Träumenden, wach zu sein. Oder man weiß, dass man schläft, und wünscht sich nichts sehnlicher als ein schnelles Erwachen. Doch während man in einem solchen Traum gefangen ist, erscheint einem das, was in ihm geschieht, als die Wirklichkeit.

So wie die Visionen, die du gehabt hast.

Aus irgendeinem Grund hatte er sich eine ins Leben zurückgekehrte Emily vorgestellt, mit ihrem Hund Trevor im Wagen. Sein Unterbewusstsein schien zu versuchen, die bisher bekannten Fakten zu verknüpfen, und es fügte Details hinzu, die eigentlich nur jemand wissen konnte, der dabei gewesen war.

Ein totes Mädchen, das ihn schon zweimal tagsüber heimgesucht hatte, kam jetzt auch nachts zu ihm – ein grässlicher Gedanke.

Als er schließlich aufstand, war es nach neun.

Normalerweise nahm sich sein Vater den Sonntag frei, aber das hatte diese Woche nicht geklappt. Als Daniel in die Küche kam, fand er eine Nachricht von ihm, in der es hieß, dass er um vier zurück sein würde und frischer O-Saft im Kühlschrank sei.

Daniel dachte über den Traum nach und schüttete Milch über seine Cornflakes, als er einen Anruf bekam.

Von einer Person, die sich seit über einem Monat nicht mehr gemeldet hatte.

Von seiner Mutter.

29

»Wie geht es dir, Daniel?«

»Gut.« Dass seine Mutter anrief, war ungewöhnlich genug, aber ein Anruf von ihr um diese Zeit am Sonntagmorgen war noch viel ungewöhnlicher. Vor lauter Überraschung wusste Daniel gar nicht, was er sagen sollte.

»Dein Vater hat mir gesagt, dass du Kopfschmerzen hast. Dass du in der Kirche, bei der Beerdigung, in Ohnmacht gefallen bist. Und dann Freitagabend beim Spiel ... Da hast du wieder das Bewusstsein verloren? War der Zusammenprall so schlimm oder war noch was anderes?«

»Es ist alles in Ordnung mit mir, Mom. Mach dir keine ...«

»Aber stimmt es?«

»Ich hatte vorgestern Abend beim Spiel einen kurzen Blackout, das ist alles. Keine große Sache. Und das in der Kirche ... Reiner Zufall, weiter nichts. Ich hab keine Kopfschmerzen und bin okay, wirklich.«

»Dein Vater hat gesagt, dass man dich nach dem Spiel ins Krankenhaus gebracht hat.«

»Reine Routine.« Daniel hätte »bei Verdacht auf Gehirnerschütterung« hinzufügen können«, ließ das aber weg, damit sich seine Mutter nicht noch mehr unnötige Sorgen machte. »Sie haben mich untersucht und festgestellt, dass mir nichts fehlt.«

Er schenkte sich Orangensaft ein und stellte die Karaffe wieder in den Kühlschrank.

»Ich möchte, dass du zum Arzt gehst.«

»Es ist alles in Ordnung mit mir, Mom, das habe ich dir doch schon gesagt.«

»Ich habe mit deinem Vater darüber gesprochen. Er ist der gleichen Meinung.«

Daniels Vater hatte nichts dergleichen erwähnt, und das sah ihm gar nicht ähnlich – er hätte darauf bestanden, wenn seiner Meinung nach ein Arztbesuch erforderlich gewesen wäre.

»Man hat mich im Krankenhaus gründlich untersucht. Es geht mir gut.«

»Ich überlege, zu euch zu kommen. Für einen Besuch.«

»Was? Du willst zu uns kommen?«

»Ja.«

»Wann?«

»Kommendes Wochenende. Dann habe ich vielleicht auch Gelegenheit, dich am Freitagabend spielen zu sehen.«

Daniel sank auf einen Stuhl am Tisch. »Hast du mit Dad darüber gesprochen? Dass du kommen willst?«

»Noch nicht. Zuerst wollte ich mit dir reden. Um zu hören, ob du damit einverstanden bist.«

»Du willst mich also spielen sehen.«

»Ja.«

Es geschah zum ersten Mal, dass Daniels Mutter Interesse an seinen Footballspielen zeigte. »Du möchtest also wissen, ob es für mich in Ordnung ist, dass du am nächsten Freitag beim Footballspiel zusiehst?«

»Das wollte ich dich fragen, ja.« Sie klang ein wenig überrascht darüber, dass er mehrmals nachhakte.

»Und du möchtest, dass ich ganz ehrlich bin?«

Eine kurze Pause. »Das klingt nach einem Nein.«

»Es ist ein Nein.«

»Du möchtest nicht, dass ich dir beim Footballspiel zusehe?«

»Das habe ich nicht gesagt.«

»Wie meinst du es dann?«

»Ich will nicht, dass du zurückkommst, es sei denn, du bleibst.«

»Das ist unmöglich, Daniel. Dein Vater und ich, wir …«

»Mein Vater und du was? Was ist los? Sechs Monate sind vergangen, und du hast mir noch immer nicht gesagt, warum du gegangen bist.«

»Es ist kompliziert.«

»Nein, ist es nicht. Du hast Dad geheiratet. Du hast einen Sohn. Und dann eines Tages bist du gegangen und hast beide zurückgelassen. Was soll daran kompliziert sein? Oder übersehe ich hier etwas?«

»Das ist nicht der geeignete Zeitpunkt, darüber zu reden.« Ärger klang in der Stimme von Daniels Mutter mit.

»Sechs Monate sind vergangen. Wie viel Zeit willst du noch verstreichen lassen, bevor du erklärst, warum du uns verlassen hast? Ich frage, weil ich für den großen Tag bereit sein möchte, wenn er schließlich kommt.«

»Dein Vater und ich haben Gründe für unsere Trennung. Wenn die Zeit reif ist, wirst du sie erfahren.«

Soweit Daniel wusste, hatte sein Vater keine Gründe für die Trennung gehabt. Nur seine Mutter schien welche zu haben.

Seine linke Hand schloss sich fester ums Telefon. »Wann hat Dad dich angerufen? Wegen des Arztes, meine ich.«

»Freitagabend.«

»Er hat dich am Freitagabend angerufen, und du fragst erst jetzt, wie es mir geht?« Daniel versuchte nicht, den Spott aus seiner Stimme fernzuhalten.

»Sprich nicht in diesem Ton mit mir, Dan. Ich …«

Er legte auf.

Und behielt das Handy im Auge, um zu sehen, ob sie noch einmal anrief.

Nichts.

Er zählte die Sekunden.

Eine Minute verging.

Noch immer nichts.

Daniel wusste nicht recht, ob er enttäuscht sein sollte.

Sein Blick ging zum Teller mit den Cornflakes, und er merkte plötzlich, dass er keinen Hunger mehr hatte.

Er stand auf, schüttete die Cornflakes in die Spüle und schaltete den Abfallzerkleinerer ein, obwohl das bei den weichen Flocken eigentlich gar nicht nötig war.

Daniel drehte das Wasser auf und spülte die Mischung aus Cornflakesbrei und Milch durch den Abfluss.

Mit Kyle würde er sich erst um zwölf treffen, und er war nicht in der Stimmung, sich bis dahin an die Hausaufgaben zu setzen. Er beschloss, online zu recherchieren und nach Informationen über Halluzinationen zu suchen. Das sollte ihn von dem Gespräch mit seiner Mutter ablenken, und ihrer Bitte, dass er zum Arzt gehen sollte.

Daniel besuchte Websites, die Informationen über verschiedene Arten von Halluzinationen boten, über ihre Ursachen und Behandlungsmethoden. Einige Artikel druckte er aus, andere überflog er nur. Hin und wieder machte er sich Notizen.

Offenbar gab es Menschen, die Dinge sahen, andere hörten Stimme. Wieder andere fühlten etwas, zum Beispiel Gegenstände, die für gewöhnliche Menschen verborgen blieben, oder sie glaubten, dass ihnen Käfer über die Haut krabbelten.

Wenigstens das blieb ihm erspart.

Bisher.

Du hattest nur Druckstellen an den Armen.

Aber wie konnte das eine Halluzination sein? Er hatte deutlich gefühlt, wie Emily seinen Arm gepackt hatte, und die Druckstellen am Arm waren ein Beweis dafür gewesen, am Abend und auch am nächsten Morgen noch.

Sehen. Hören. Fühlen.

Alles traf auf ihn zu. Drei von drei.

Sein Interesse galt nicht in dem Sinne den verschiedenen Arten von Halluzinationen, sondern ihren Ursachen. Etwas beeinflusste ihn, etwas stimmte nicht mit ihm, und zu lesen, welche Gründe es bei anderen Menschen für ihre Halluzinationen gab, war nicht sehr ermutigend.

Es geschieht nur in deinem Kopf.

Nein.

Lass das *nur* weg.

Es betraf auch den Körper

Die ersten Artikel führten offensichtliche Ursachen an: Alkohol- und Drogenmissbrauch. Meth, Koks, Crack, LSD, Ecstasy – alle halluzinogenen Substanzen, selbst Marihuana, konnten dazu führen, dass man Dinge sah, die nicht existierten.

Aber Daniel nahm keine Drogen.

Entzugserscheinungen konnten sich auch auf diese Weise auswirken, doch eine solche Erklärung kam für Daniel natürlich nicht infrage.

Manchmal verwischten die Grenzen zwischen Realität und Fantasie, wenn man einschlief oder erwachte. Man sprach in diesem Zusammenhang von hypnagogen und hypnopomischen Halluzinationen.

Es war ein geheimnisvoller geistiger Zustand, den die Wissenschaftler nicht ganz verstanden und der Raum für übernatürliche Erscheinungen bot.

Das erklärte vielleicht den seltsamen Traum, den Daniel an diesem Morgen gehabt hatte. Andererseits: Bei den beiden bisherigen Begegnungen mit der toten Emily war er nicht unbedingt schläfrig gewesen – beim zweiten Mal war sie ihm während eines Footballspiels erschienen!

Manchmal ließen sich Halluzinationen auf Kopfverletzungen zurückführen. Auf dem Spielfeld ging es gelegentlich ziemlich rau zu, aber Daniel sah darin keine mögliche Erklärung für das, was mit ihm geschah.

Anfälle konnten Halluzinationen verursachen. Und auch Migräne.

Vielleicht gab es hier einen Zusammenhang mit seinen Kopfschmerzen, aber sie entsprachen nicht dem üblichen Migränemuster. Außerdem: Der Detailreichtum von dem, was Daniel sah und hörte, ließ sich kaum mit einer einfachen Migräne und nicht einmal mit einem leichten Anfall vereinbaren.

Stress, Erschöpfung und Schlafmangel – das alles konnte dazu führen, dass es Menschen schwerfiel, zwischen Traum und Realität zu unterscheiden.

Vielleicht war es das.

Nicht genug Schlaf.

Aber es erklärte nicht die Druckstellen am Arm.

Vielleicht hatte er einen Hirntumor, im Schläfenlappen. Bestimmte Bereiche des Gehirns waren für Sehen und Hören zuständig. Wenn etwas Druck auf sie ausübte oder dort Signale verursachte, wo es keine geben sollte – dann sah oder hörte man etwas, das nicht existierte.

Auf einer Website fand Daniel Berichte über Gehirnoperationen. Ärzte hatten dabei bestimmte Hirnregionen mit leichten elektrischen Strömen gereizt, woraufhin ihre Patienten lachten oder plötzlich Stimmen hörten.

Eine Hirnerkrankung würde Daniels Kopfschmerzen erklären.

Es gab nicht mehr viele andere Möglichkeiten.

Eine davon: Schizophrenie.

Vielleicht wurde er langsam verrückt.

Kopfschmerzen mussten nicht unbedingt auf beginnende Schizophrenie hinweisen, aber er war im richtigen Alter und hatte andere Symptome, wenn man sie so nennen konnte: visuelle und akustische Halluzinationen, desorganisiertes Denken, Wahnvorstellungen …

Also Schizophrenie.

Oder vielleicht ein Hirntumor.

Zwei tolle Möglichkeiten.

Als ihm Kyle eine Nachricht schickte und fragte, wo er bliebe, merkte Daniel plötzlich, dass es schon Viertel nach zwölf war – sein Freund wartete auf ihn.

Am vergangenen Abend hatte ihm Kyle mitgeteilt, er wolle etwas mit ihm besprechen.

Daniel antwortete, er sei unterwegs, und machte sich dann auf den Weg zu Rizzo's Pizzeria.

30

Rizzo hatte seiner Pizzeria ein italienisches Flair gegeben, mit karierten Tischdecken, italienischer Musik im Hintergrund und Bilder sizilianischer Landschaften an der Wand. Neben einem hing eine gerahmte Ein-Dollar-Banknote, angeblich der erste Dollar, den Rizzo 1989 bei der Eröffnung seiner Pizzeria verdient hatte.

Falls Rizzo kein Italiener sein sollte, so entsprach er doch zumindest den typischen Vorstellungen. Er war grobknochig und klein, hatte schwarzes Haar und einen buschigen Schnurrbart. Außerdem neigte er dazu, beim Sprechen die Hände zu benutzen. Er gehörte zu den Teigwerfern: Viele Leute kamen auch deshalb in seine Pizzeria, weil sie gern beobachteten, wie er den Teig in die Luft warf und drehte.

Allein der leckere Duft von frischem Teig war fast schon den Preis einer Pizza wert.

Daniel und Kyle bestellten eine besonders große mit Peperoni und Jalapeño. Anschließend holten sie sich vom Getränkeautomaten etwas zu trinken.

»Hast du jemals an North Dakota gedacht?«, fragte Kyle.

»North Dakota?«

»Rizzo. Er kommt von dort.«

»Im Ernst?«

»Ja. Eigentlich komisch. Die meisten Staaten haben etwas, für das sie berühmt sind. Selbst South Dakota hat so etwas: den Mount Rushmore. Ich schätze, North Dakota ist der einzige nicht einzigartige Staat.«

»Würde ihn das nicht einzigartig machen?«

»Stimmt. Vielleicht sollte das Motto des Staates lauten: ›Was uns von allen anderen unterscheidet, ist unsere Unscheinbarkeit.‹«

»Die Einwohner von North Dakota würden das sicher nicht gern hören.«

»Ach, es sind freundliche Leute, die einem nichts nachtragen.« Nach kurzem Zögern fügte Kyle hinzu: »Außerdem können sie behaupten, dass ihre Heimat Geburtsort des weltberühmten Pizzateigwerfers Rizzo ist, wobei ›weltberühmt‹ bedeutet, dass man ihn im Umkreis von zehn Meilen um seine Pizzeria kennt.«

Sie setzten sich in eine der Nischen.

Kyle stellte seine Pepsi auf den Tisch und sagte ernst: »Jetzt ist es offiziell eine Woche her.«

»Seit man Emilys Leiche fand.«

»Ja.«

»Ich habe das Gefühl, als läge es viel länger zurück. Und gleichzeitig fühlt es sich an, als sei es erst gestern geschehen.«

»Ich weiß, was du meinst.« Kyle trank einen Schluck. »Es ist seltsam.«

»Korn und Korn.«

»Wie bitte?«

»Das hast du für Miss Flynn geschrieben. Du hast

geschrieben, dass der Sand Korn um Korn durch unsere Momente rieselt.«

»Und über den fragilen Hang unserer Tage rutscht«, sagte Kyle nachdenklich. Wort für Wort fügte er den Rest seines Gedichtes hinzu: »Und ich frage mich, während ich in die Tiefe falle: Wer wird das Wetter ändern, damit noch einmal heller Sonnenschein mein Leben erfüllt?«

»Mann, du hast ein gutes Gedächtnis.«

»Na ja, du erinnerst dich an Zahlen, und ich erinnere mich an Worte. Insbesondere an Sätze, die von mir selbst stammen.«

Daniel beschloss, Kyle zuerst von den Ereignissen des gestrigen Abends zu erzählen, bevor Kyle auf die Sache zu sprechen kam, über die er reden wollte.

»Gestern Abend hab ich Nicole nach Hause gebracht. Unterwegs hatten es Ty und seine Kumpel auf uns abgesehen.«

»Sie hatten es auf euch abgesehen? Wie meinst du das?«

»Sie legten etwas mitten auf die Straße. Als ich es zum Straßenrand ziehen wollte, kamen sie aus ihrem Versteck. Einer von ihnen nahm einen Stein. Ich schätze, damit wollten sie das Seitenfenster des Wagens einschlagen und sich Nicole schnappen.«

»Das ist doch irre. Was hast du gemacht?«

»Ich hab mir den Stein gekrallt. Ty hatte ein Messer, und ich dachte schon, er würde mich damit angreifen, aber dann trat er doch den Rückzug an.«

»Ich wette, Nicole ist ausgeflippt.«

»Es hat sie ziemlich mitgenommen. Bevor die Typen

wegfuhren, hat Ty Emilys Notizbuch erwähnt, und was darin geschrieben steht. Hast du was darüber gehört?«

Kyle schüttelte den Kopf. »Nein. Was hat er gesagt?«

»Ty nannte keine Einzelheiten. Ich frage mich, warum er es überhaupt erwähnt hat. Hinzu kommt, dass er gestern Morgen am See gewesen sein muss, als ich mit Stacy da war. Er meinte, er hätte mich dort gesehen.«

»Zum Angeln war er bestimmt nicht da.«

»Wie meinst du das?«

»Du kennst ihn«, sagte Kyle. »Er ist nicht unbedingt ein Naturbursche.«

»Warum könnte er sonst am See gewesen sein?«, fragte Daniel.

»Um zu trinken. Um zu feiern. Was weiß ich.«

»Morgens?«

Kyle zuckte die Schultern. »Warum bist du dort gewesen?«

»Ich schätze, um ...« Daniel wollte nicht unbedingt über die Halluzinationen sprechen. »Um Klarheit zu gewinnen. Ich dachte, ich würde dort die eine oder andere Antwort finden.«

»Vielleicht ging es ihm auch so.«

Daniel wusste nicht, was er dazu sagen sollte.

Eine Zeit lang schwiegen sie, und er versuchte, seine Gedanken zu ordnen. Er ließ noch einmal Revue passieren, was am vergangenen Abend geschehen war: Stacy, die nicht gekommen war; Nicole, die ihn auf dem Parkplatz der Schule angesprochen hatte; Ty und seine Freunde, die neben der Straße auf der Lauer gelegen hatten.

»Woran denkst du?«, fragte Kyle.

»Oh, zum Beispiel an das: Ich habe keine Ahnung, was ich Stacy sagen soll, wenn ich ihr morgen in der Schule begegne. Ich meine, sie lädt sich selbst dazu ein, mich zum See zu begleiten. Sie sagt Ja, als ich sie frage, ob sie mit mir zum Ball geht. Sie bittet mich, sie am Nachmittag anzurufen, geht aber nicht ans Telefon und lässt sich auch nicht blicken. Sie ruft nicht an, schickt keine Textnachricht. Nichts. Was soll ich davon halten?«

»Was willst du davon halten?«

»Wie meinst du das?«

»Ich meine, erwartest du eine Entschuldigung von ihr, so was in der Art? Hoffst du, etwas von ihr zu hören, das dich glücklich macht?«

Daniel zog die Papierhülle von seinem Strohhalm. »Ich weiß nicht. Vielleicht erwarte ich einfach nur die Wahrheit von ihr.«

»Manchmal tut die Wahrheit weh.«

»Manchmal haben wir nichts anderes.«

»Eine gute Antwort, Sensei. Ich werde für immer dein Schüler sein.«

»Das merke ich mir.«

Sie redeten über Dinge, die die Schule betrafen, und die Ereignisse der vergangenen Woche. Kyle kam noch immer nicht darauf zu sprechen, warum er um dieses Treffen in der Pizzeria gebeten hatte, und Daniel wunderte sich die ganze Zeit darüber.

Er fragte sich auch, wie viel er Kyle von den sonderbaren Dingen erzählen sollte, die er sah, hörte und fühlte, davon, dass die Realität für ihn manchmal verschwamm und er nicht mehr wusste, was echt war und was nicht.

Zeit verging, die Pizza wurde gebracht, und sie langten zu.

Schließlich begriff Daniel: Wenn er nicht einmal seinem besten Freund von den Erscheinungen erzählen konnte, dann konnte er *niemandem* davon erzählen.

Etwas schien ihm die Kehle zuzuschnüren, als er überlegte, wie er es ausdrücken sollte.

»Hör mal, Kyle ...«

Mann, das fiel ihm richtig schwer.

»Ja.«

Aber Daniel wollte darüber reden, über das, was mit ihm geschah, und über die möglichen Gründe für seine Halluzinationen.

»Was ist?«, fragte Kyle mit vollem Mund.

Es geht los.

»Ich habe Dinge gesehen.«

»Wie meinst du das?« Kyle schluckte. »Welche Dinge?«

»Dinge, die gar nicht existieren.«

»Das ist meistens gemeint, wenn Leute davon sprechen, dass sie ›Dinge‹ sehen. Also noch einmal: *Was* siehst du?« Er nahm eins der drei letzten Pizzastücke.

»Geister. Ich habe Geister gesehen. Einen Geist, besser gesagt. Den von Emily Jackson.«

Kyle erstarrte plötzlich und sah Daniel groß an. »Du hast Emily Jacksons Geist gesehen?«

»Zweimal. Das erste Mal in der Kirche, bei der Beerdigung, und dann noch einmal beim Footballspiel, kurz bevor ich zu Boden ging. Deshalb habe ich gezögert und den Ball nicht geworfen. Entweder ist mir tatsächlich ein Geist erschienen, oder … Ich weiß nicht. Vielleicht habe ich Halluzinationen.«

Na also.

Jetzt gab es kein Zurück mehr.

Es war heraus. Er hatte es jemandem gesagt und jetzt würde sich alles ändern.

Entweder glaubte ihm Kyle oder er glaubte ihm nicht. Aber wie auch immer, jetzt würde nichts mehr so sein wie vorher. Das Geheimnis steckte nicht länger in Daniel fest. Vielleicht gelang es ihnen beiden, ein wenig Licht in diese Sache zu bringen.

Kyle schwieg eine ganze Weile und aß einfach nur das Pizzastück, Bissen für Bissen. Er schien tief in Gedanken versunken zu sein.

Dass er nicht antwortete, machte Daniel nervös. »Ich glaube, sie versucht mir etwas mitzuteilen, Kyle.«

»Emily ist tot, Daniel.«

»Ich weiß, aber …«

»Kein ›Aber‹. Sie ist tot und es gibt keine Geister.«

»Du glaubst nicht an Geister?«

»Nein«, erwiderte Kyle. »Ich glaube nicht an Geister, Wiedergänger und den ganzen Kram.«

»Wiedergänger?«

»Jemand, der nach seinem Tod wieder aufkreuzt und Unruhe stiftet.«

»Was ist mit all den Geistergeschichten, die du beim Campen und so erzählt hast?«

»Das sind *Geschichten*. Urbane Mythen. Lagerfeuererzählungen und so weiter. Das weißt du doch.«

»Und all die Leute, die behaupten, Geister und Gespenster gesehen zu haben? Glaubst du wirklich, dass das alles nur Hirngespinste sind?«

»Nur weil manche Menschen Dinge sehen, bedeutet das noch lange nicht, dass die Dinge auch existieren. Manchmal spielen uns die Augen einen Streich.«

»Das ist weitaus mehr als ein Streich, den mir meine Augen spielen.«

Kyle schwieg.

Eigentlich gab es nicht viele mögliche Erklärungen für das, was geschah. Entweder sah Daniel Geister, oder er sah etwas, das nicht existierte.

Entweder sah er eine Tote oder er halluzinierte.

Tolle Auswahl.

Normale Menschen halluzinieren nicht. Nur Leute, die den Kontakt zur Realität verlieren, haben Halluzinationen.

Nur Leute, die verrückt werden.

Kyle gab so viel Cayennepfeffer auf ein weiteres Stück Pizza, dass es fast ungenießbar wurde. »Erzähl mir mehr davon. Du siehst also Geister und beim Footballspiel bist du nicht wegen des Zusammenpralls hinüber gewesen. Läuft es darauf hinaus?«

»Ich weiß nicht genau. Ich habe Emily gesehen, wie sie übers Spielfeld ging, auf mich zu.«

»Emily.«

»Ja.«

»Na schön.« Kyle biss von dem roten Pizzastück ab. Die meisten anderen Leute hätten jetzt das Gefühl gehabt, dass in ihrem Mund ein Feuer ausbrach, aber Kyle blieb völlig unbeeindruckt. »Weiter. Lass Details hören.«

Daniel beschrieb die Ereignisse, die seinen beiden Blackouts vorangegangen waren.

Er wiederholte Emilys Worte über Trevor und ihre Aufforderung, nach der Brille zu suchen. Er erzählte auch von der Halskette, die sie durch ihren Hals gezogen und ihm entgegengestreckt hatte.

»Ich glaube, das hört erst auf, wenn sie bekommt, was sie will«, sagte er zum Schluss.

»Und was ist das? Was will sie?«

»Die Wahrheit.«

»Die Wahrheit über was? Ihren Tod? Ihr Ertrinken?«

»Ja.«

»Wie in dem Film *The Sixth Sense*? Die Geister, die immer wieder erschienen? Der Junge, der Tote sehen konnte?«

»Ja, ich denke schon.«

»Warum du?«

»Keine Ahnung.«

Daniel brannte darauf, ihm von der beschädigten Brille zu erzählen, die Stacy und er am Strand gefunden hatten, aber er wusste, dass er nicht darüber reden durfte. »Wenn du glaubst, dass es keine Geister gibt ... Soll das heißen, dass ich halluziniere?«

»Vielleicht. Ich weiß nicht. Ich glaube nur nicht, dass du Emily Jacksons Geist siehst.«

Daniel erinnerte sich an seine Online-Recherchen über Halluzinationen. Er wollte nicht die Möglichkeit in Betracht ziehen, dass er einen Hirntumor hatte oder verrückt wurde, und blieb deshalb beim Thema Geister. »In der Kirche hat sie mich am Arm gepackt. Am nächsten Morgen waren noch immer Abdrücke zu sehen.«

»Zeig sie mir.«

»Jetzt sind sie weg.«

»Na so was.«

»Ich erfinde das nicht, Kyle.«

Sein Freund betrachtete eins der Italienbilder an der Wand und wandte sich dann wieder ihm zu. »Habe ich dir jemals die Geschichte von der Puppe im Fenster erzählt?«

»Ich glaube nicht.«

»Ich weiß nicht, ob sie heute noch da ist, aber als wir in Minnesota wohnten, führte unser Weg nach Hause durch Janesville. Wenn man den alten Highway 14 auf dem Weg nach Westen durch die Stadt nimmt, überquert man die Main Street, und kurz dahinter steht rechts ein altes zweistöckiges Haus.«

»Was ist passiert?« Daniel ahnte, worauf das hinauslief. »Wurde dort jemand ermordet?«

»Nein. Aber es hing immer eine Puppe im Mansardenfenster. Es war eine dieser altmodischen Puppen aus Holz, und sie hing an einem Balken, mit einer Schlinge um den Hals.«

»Ein beunruhigender Anblick.«

»Kann man wohl sagen. Es gibt zahlreiche Geschichten über die Puppe und auch darüber, warum sie dort hängt. Manche Leute behaupten, dass sie sich bewegt. Andere sagen: Es starb jemand im Haus und seitdem spukt es dort. Ich habe von einem Mädchen gehört, das dort mal gewohnt hat. Die anderen Kinder machten sich über sie lustig, weil sie ›eigenartig‹ war, wie es die Erwachsenen nannten. Kinder drücken sich da weniger vorsichtig aus, wenn du verstehst, was ich meine.«

»Ja«, sagte Daniel leise.

»Jedenfalls, die anderen Kinder in der Stadt waren ziemlich grausam, beleidigten und beschimpften sie. In der Geschichte, die ich gehört habe, heißt es: Selbst als Teenager hatte sie immer die Puppe dabei, wohin sie auch ging, und das machte sie noch mehr zum Gespött. Eines Tages suchte die Mutter nach ihr und konnte sie nirgends finden.«

Kyle legte eine Pause ein, vielleicht um den nächsten Worten Nachdruck zu verleihen. »Schließlich ging sie nach draußen, um dort Ausschau zu halten, und als sie sich umdrehte, sah sie ihre Tochter im Mansardenfenster – sie hatte sich an einem der Dachbalken erhängt. Es heißt, dass ihre Eltern nach der Beerdigung den Strick nahmen, mit dem sich ihre Tochter umgebracht hatte, und damit hängten sie die Puppe ins Fenster, um die Leute in der Stadt daran zu erinnern, was sie dem armen Mädchen angetan hatten.«

Daniel schwieg.

»Als ich letzten Monat an den Zeitkritik-Hausaufgaben saß, dachte ich mir: Finde heraus, was damals wirklich geschehen ist. Ich stieß auf einen Zeitungsartikel aus dem Jahr 1975, in dem es hieß: Der Mann, der vor Jahren in dem Haus wohnte, sah beim Blättern im *National Geographic*-Magazin ein Bild von einem Haus in Pennsylvania, mit einer Puppe im Fenster. Da sagte er sich: ›He, es wäre doch cool, wenn wir auch bei uns eine

Puppe im Fenster hätten.‹ Und so hängte er eine ins Mansardenfenster.«

Daniel wartete. »Das ist alles?«

»Das ist alles.«

»Kein Selbstmord? Kein gemobbtes Mädchen? Nichts in der Art?«

»Nein. Nur ein Mann, der ein Foto in einer Zeitschrift gesehen hat.«

Daniel dachte darüber nach. »Ich glaube, das verstehe ich nicht ganz. Welcher Sinn verbirgt sich darin?«

»Bevor mein Vater starb, erzählte er mir von einer Redensart in Afrika: ›Etwas passiert, und dann kommt eine Geschichte und findet es.‹ Das ist in Janesville geschehen. Jemand hängte eine Puppe ins Fenster und anschließend sind Geschichten gekommen und haben sie gefunden.«

»Und du meinst, so etwas ist auch hier der Fall?«

»Emily ist gestorben. Eine schreckliche Sache, zweifellos. Es entstehen Geschichten, die den Tod erklären sollen. Das ist normal. So wie man sich in der Schule erzählt, etwas könnte sie von der Klippe gestoßen haben, ein Geist oder was weiß ich. Keine Ahnung, was das alles bedeuten soll. Manchmal ergeben solche Sachen keinen Sinn. Ich weiß nur: Man sollte sich an die Fakten halten.«

»Du glaubst mir also nicht.«

»Oh, ich glaube dir. Ich glaube, dass du davon überzeugt bist, wirklich etwas gesehen und gehört zu haben, aber ...«

»Aber du denkst, dass es alles nur in meinem Kopf

geschieht. Was ist mit dem Abdruck auf meinem Arm, in Form einer Hand? Er war deutlich zu sehen und gebrannt hat er auch. Habe ich mir den auch eingebildet?«

»Er ist verschwunden, oder?«

»Ja. Am nächsten Tag, vor dem Footballtraining, war er nicht mehr da.«

»Ein Abdruck in Form und Größe einer Hand, wie ein Brandmal ... Und so etwas ›heilt‹ in vierundzwanzig Stunden?«

»Es ist die Wahrheit.«

Kyle schwieg einige Sekunden. »Lass uns gehen. Ich muss darüber nachdenken.«

Er stand auf, nahm das letzte Pizzastück und ging, um Rizzo zu bezahlen, der gerade einen besonders großen Teig in die Luft warf.

Kyle hielt ihm einen Zwanzig-Dollar-Schein hin.

»Leg ihn in die Kasse und nimm dir das Wechselgeld«, sagte Rizzo mit deutlichem italienischem Akzent, in dem Daniel jetzt auch etwas von North Dakota hörte.

»Stimmt so.«

»*Grazie.*«

Draußen sagte Daniel: »Du hast ziemlich viel Trinkgeld gegeben.«

»Es war das Geld meiner Mutter.«

»Ah.«

Sie gingen zu ihren Wagen.

»Weißt du«, sagte Kyle, »wenn der Kopf etwas glaubt, wirkt sich das auf den Rest des Körpers aus. Menschen werden krank und heilen sich mit ihren Gedanken. Das ist der Placeboeffekt. Soldaten auf dem Schlachtfeld haben ihn benutzt, damit ihre Kameraden bei Amputationen nichts spürten. Und dann gibt es den seltsamen Phantomschmerz: Jemand der einen Arm oder ein Bein verloren hat, fühlt die fehlenden Gliedmaße; sie tun ihm manchmal weh. Angeblich können solche Leute sogar fühlen, wie sie damit gegen etwas stoßen. Obwohl der betreffende Arm oder das Bein gar nicht mehr da ist.«

»Die Druckstelle an meinem Arm erschien also nur, weil ich glaubte, Emily hätte mich dort berührt?«

»Ich weiß nicht. Vielleicht ja. Oder ich liege bei dieser Sache völlig daneben, und es gibt tatsächlich Geister, und einer von ihnen rückt dir auf die Pelle, bis er bekommt, was er will.«

»Manchmal bist du ein wenig zu ehrlich.«

Daniels Handy vibrierte.

»Manchmal bleibt uns nur die Wahrheit.«

Daniel blickte aufs Display und fand eine Mitteilung von Ronnie Jackson: »Kannst du um 4 zu mir kommen? Ich muss mit dir reden.«

»Was ist?«, fragte Kyle.

»Eine Nachricht von Ronnie, Emilys Bruder. Er möchte sich um vier heute Nachmittag mit mir treffen. Du solltest mitkommen.«

»Ronnie hat dir eine SMS geschickt?«

»Ich habe ihn darum gebeten. Ich wollte mit ihm reden, über Emily.«

»Weil du glaubst, dass sie ermordet wurde.«

»Ja.«

»Meine Mutter muss heute Nachmittag arbeiten. Ich soll auf Michele aufpassen.«

Kyles vierjährige Schwester war für die ganze Familie eine Überraschung gewesen. Seit sein Vater vor zwei Jahren bei einem Autounfall ums Leben kam, waren Kyle, seine Mutter und Michele auf sich allein gestellt.

Oft musste seine Mutter auch am Wochenende arbeiten, und Kyle kümmerte sich um Michele, wenn es nötig war. Gelegentlich klagte er darüber, aber Daniel wusste, dass es ihm eigentlich nichts ausmachte – er liebte seine kleine Schwester sehr und würde alles für sie tun.

Kyle entriegelte seinen Wagen. »Gib mir Bescheid, wie die Sache mit Ronnie läuft. Und falls du erneut einem Wiedergänger begegnest.«

»Einem Wiedergänger. Na schön. He, gestern Abend hast du mir geschrieben, du wolltest über etwas mit mir reden. Darum haben wir uns doch hier zum Mittagessen getroffen. Was liegt an?«

»Das kann warten.«

»Komm mir nicht damit.«

»Schon gut.«

»Raus damit, Kyle.«

»Ach, lass nur.«

»Raus mit der Sprache, Kyle. Worum geht's?«

»Na schön. Ich denke, du solltest wirklich davon erfahren.« Aber er sprach nicht weiter.

»Wovon sollte ich erfahren?«

»Ich habe gehört, dass Leute Dinge auf Emilys Grab legen. Wenn du wirklich glaubst, dass sie ermordet wurde … Vielleicht ist der Mörder zurückgekehrt, so wie im Fernsehen, du weißt schon, wenn der Täter bei der Beerdigung seines Opfers erscheint, oder auf dem Friedhof, um dort etwas zurückzulassen oder ein Souvenir mitzunehmen, so was in der Art. Ich habe mich gefragt, ob wir uns dort einmal umsehen und nach etwas Ungewöhnlichem Ausschau halten sollten.«

»Du meinst, nach irgendetwas, das uns vielleicht einen Hinweis auf den Mörder gibt.«

»Na ja, es kann sicher nicht schaden, einen Blick aufs Grab zu werfen.«

Wahrscheinlich nicht, aber Daniel hatte seinem Vater versprochen, nicht weiter »herumzuschnüffeln«.

Ach, und deshalb hast du vor, dich mit Emilys Bruder zu treffen?

Der Friedhof.

Klar.

Wenn man einem Geist begegnen wollte, gab es kaum einen geeigneteren Ort.

»Ich weiß nicht.«

Kyle öffnete die Tür seines Wagens. »Ruf mich an, wenn du mit Ronnie gesprochen hast. Über die Friedhofssache können wir später reden.«

Sie verabschiedeten sich und Kyle fuhr weg.

Es blieben Daniel noch zwei Stunden, bis er sich auf den Weg zum Haus der Jacksons machen musste, und so ging er heim und las über Mörder. Schon nach kurzer Zeit stellte er fest, dass sie tatsächlich oft zum Tatort zurückkehrten, die Beerdigung des Opfers oder das Grab besuchten. Kyle hatte also recht.

Eine Weile setzte er seine Recherchen über Halluzinationen fort und konzentrierte sich diesmal auf taktile. Er versuchte herauszufinden, wie die Druckstelle an seinem Arm entstehen und dann so schnell verschwinden konnte. Eine Stunde verging, ohne dass er auf nützliche Informationen stieß.

Im Grunde genommen lief es auf Folgendes hinaus: Wenn man Dinge sah, hörte oder fühlte, die nicht existierten, so musste man in den meisten Fällen davon ausgehen, dass mit einem etwas nicht stimmte,

Vielleicht hatten seine Eltern recht. Vielleicht sollte er wirklich zum Arzt gehen, am besten zu einem Psychiater.

Er schickte Ronnie eine Nachricht und fragte ihn nach seiner Adresse. Wie sich herausstellte, wohnte er in der Nähe vom Lake Algonquin, vielleicht in der gleichen Siedlung wie Stacy.

Als Daniel aufbrach, war er tief in Gedanken versunken. Wenn seine Vermutung stimmte, wenn Emily tatsächlich ermordet worden war … Konnte es sein, dass der Mörder ihr Grab besucht, dort etwas zurückgelassen oder ein »Andenken« mitgenommen hatte?

31

Daniel erreichte Ronnie Jacksons Haus einige Minuten vor vier. Aus irgendeinem Grund war er nervös und befürchtete, die Toilette benutzen zu müssen, sobald er drinnen war.

Er parkte am Straßenrand, ging über die Zufahrt und klopfte an.

Ein Hund bellte im Haus.

Trevor.

Wenige Sekunden später hörte er Schritte.

Es dauerte eine Weile, bis jemand die Tür öffnete.

Es war der Mann, der ihm in der Kirche gesagt hatte, dass er sich über seine Teilnahme an der Trauerfeier freute, dass es ihm viel bedeutete. Daniel vermutete, dass es Emilys Vater war.

»Ja?« Mr Jackson schien Daniel nicht wiederzuerkennen, aber vielleicht waren seine Erinnerungen an jenen Tag ohnehin nicht besonders gut. Emilys zotteliger Golden Retriever stand neben ihm, hechelte und wedelte mit dem Schwanz.

Daniel stellte sich vor und sagte: »Ich würde gern mit Ronnie sprechen. Ich kenne ihn von der Schule. Er bat mich herzukommen.«

»Ronnie ist noch mit seiner Mutter unterwegs, sie

machen einige Besorgungen.« Mr Jackson zögerte. »Sie müssten aber in ein paar Minuten hier sein. Bitte komm herein.«

Ein Klavier stand in einer Ecke des Wohnzimmers. Erstaunlicherweise gab es keinen Fernseher, nur ein gestreiftes Sofa, zwei Sessel, zwei Stehlampen und einen Couchtisch, auf dem vier Zeitschriften lagen.

Hundehaare lagen auf dem Sofa und auch auf den beiden Sesseln – es musste ziemlich schwer sein, sie sauber zu halten. Auf der anderen Seite führte ein kurzer Flur am Esszimmer vorbei in die Küche.

Also gut, hier kam der peinliche Teil. »Äh, darf ich mal Ihr Bad benutzen?«

»Natürlich. Wir renovieren das hier unten. Geh nach oben, zweite Tür rechts.«

»Danke.«

Als Daniel das Ende der Treppe erreichte und die Aufkleber an der ersten Tür auf der rechten Seite sah, blieb ihm fast das Herz stehen. Ein Blatt Papier war an der Tür befestigt, und darauf stand in der Handschrift eines Mädchens geschrieben: »Emilys Zimmer.«

Daniel starrte auf die Tür. Bilder zogen an seinem inneren Auge vorbei und Fragen stiegen in ihm auf. Die Beerdigung, das Footballspiel, Tys seltsame Bemerkungen, der schreckliche Traum am Morgen …

Und dann hörte er plötzlich eine Stimme in seinem Kopf. *Geh hinein. Sieh dich um.*

Nein, auf keinen Fall.

Doch die Stimme beharrte: *Wirf einfach nur einen Blick hinein.*

Er hörte, wie Mr Jackson in der Küche Geschirr wegräumte; von dort aus konnte man das obere Ende der Treppe nicht sehen.

Daniel hätte das Zimmer unbeobachtet betreten können, aber er entschied sich dagegen und ging zum Bad.

Dort angelangt wurde die Neugier so groß, dass er zurückkehrte, die Schulter an die Tür von Emilys Zimmer drückte und sie öffnete.

Nur ganz kurz. Um zu sehen, wo sie gelebt hat.

Daniel betrat das Zimmer von Emily Jackson.

32

An den rosaroten Wänden hingen Poster von Boy Bands, Pferden und Kätzchen. Über dem Schreibtisch bemerkte Daniel einen Kalender mit säuberlich durchkreuzten Tagen. Die Kreuze endeten einen Tag vor ihrem Tod.

Die vollen Regale boten nicht genug Platz für alle Bücher. Es lagen auch welche auf dem Boden und bildeten Stapel.

Offenbar hatte Emily Fantasy gemocht: Tolkien, Rowling, Paolini und andere, mehr Hardcover als Taschenbücher. Die Regale wirkten recht stabil, bogen sich aber unter dem Gewicht der schweren Bücher.

Das Bett war sorgfältig gemacht, mit mehreren Plüschtieren neben dem Kissen.

Der kleine getupfte Abfalleimer neben dem Wandschrank war leer, und die einzigen Gegenstände auf dem Schreibtisch waren ein zugeklappter Laptop, ein Spiralblock, ein Foto von ihr und Ronnie, mit dem Firmenzeichen der Ackerman-Fotostudios in der Ecke, und ein Bleistifthalter mit einem Textmarker, zwei Drehbleistiften, drei Kugelschreibern und einem roten Edding.

Das Zimmer war ordentlich. Zu ordentlich. Wie gerade von der Mutter aufgeräumt.

Von einer Mutter, die das Andenken an ihre Tochter bewahren will.

Daniel stand reglos in der Tür.

Er wollte nicht in Emilys Sachen stöbern, in den Schubladen des Schreibtisches oder im Schrank nachsehen. Es fühlte sich seltsam genug an, hier zu stehen und das Zimmer zu betrachten. Aber bevor er es verließ, wollte er noch einen Blick in den Spiralblock werfen.

War er vielleicht das Notizbuch, von dem die Leute sprachen, das Ty erwähnt und das angeblich in Emilys Spind gelegen hatte?

Daniel beugte sich in den Flur und lauschte. Mr Jackson schien noch immer in der Küche beschäftigt zu sein.

Es würde nicht lange dauern, den Spiralblock zu öffnen, einen Blick hineinzuwerfen, den Raum zu verlassen, das Bad zu benutzen und anschließend nach unten zu gehen.

Es würde noch etwas dauern, bis Mr Jackson argwöhnisch wurde, weil er nicht die Spülung der Toilette hörte. Daniel gab sich einen Ruck und ging zum Schreibtisch.

Als er den Spiralblock nahm, rutschte ein Zettel heraus und fiel zu Boden.

Daniel bückte sich, hob ihn auf und sah Worte in derselben Handschrift wie auf dem Blatt Papier an der Tür.

Rasch las er den Text.

Es ist nach der zweiten Stunde. Um mich herum reden und lachen die anderen Schüler und holen sich Snacks aus den glänzenden Automaten.

Ich beobachte, wie die Beliebten sich unterhalten. Ich beobachte, verachte und beneide sie, und gleichzeitig hasse ich mich, weil ich so sein möchte wie sie.

Ein Mädchen geht zur Seite und schafft eine Öffnung in dem kleinen Kreis. Ich trete hinein.

Doch niemand bemerkt mich. Sie reden einfach weiter und lachen auf ihre Wir-sind-alle-cool-Art, und ich weiß nicht, was ich sagen soll. Ich habe nichts zu sagen. Das Gespräch findet ohne mich statt.

Ich bin unsichtbar für die anderen.

Wenn mir etwas einfällt, das ich sagen könnte, reden sie schon über etwas anderes.

Der Rest war mit anderer Farbe geschrieben. Emily schien ihn später hinzugefügt zu haben.

Schließlich trete ich zurück, und der Kreis schließt sich wieder, wie eine heilende Wunde. Ich gehe zum Fenster, wickele meinen Schokoriegel aus und beobachte, wie die Gänse für den Winter nach Süden fliegen.
Während ich etwas Süßes esse.
Neben den glänzenden Automaten.

Es waren sehr traurige Worte. Daniels Gedanken kehrten zu Träumen zurück, zum Tod und der Geschichte, die Miss Flynn der Klasse vorgelesen hatte, über die junge Frau, die ein Filmstar sein wollte und nie den Mut aufbrachte, ihren Heimatort zu verlassen.

Er erinnerte sich daran, was er am Dienstag bei der

Beerdigung gedacht hatte, dass Emily ein Mädchen gewesen war, dem niemand Beachtung schenkte, das man einfach übersah, für das niemand Zeit hatte.

Bis zu ihrem Tod. Da *hatten* die anderen Schüler plötzlich Zeit und kamen zur Trauerfeier.

Manche Dinge auf der Welt schienen völlig verkehrt zu sein.

Daniel legte den Zettel in den Spiralblock zurück und begann zu blättern.

Fast sofort erstarrte er.

Ein Name erschien häufig, an den Rand geschrieben und mit einem Herz daneben.

Der Name seines besten Freundes.

Kyle Goessel.

33

Daniel starrte auf die Worte und blätterte weiter. Zwischen den Englisch-Aufgaben und Mathe-Gleichungen standen keine anderen Jungennamen, nur der von Kyle.

Emily schien in ihn verliebt gewesen zu sein, aber Kyle hatte sie angeblich überhaupt nicht gekannt.

Aber er weiß, wo sich ihr Spind befindet.

Und er hat sich ein bisschen komisch verhalten, als du ihn nach Emily gefragt hast.

Und beim Spind, in dem Ronnie eingesperrt gewesen war … Ty hatte gesagt, er wisse von Kyle und Emily. Was bedeutete das?

Kyle war mit Mia zusammen und er hätte Emily bestimmt nichts vorgemacht. So was passte nicht zu ihm. Und seit Daniel ihn kannte, hatte er sich nie mit jüngeren Mädchen eingelassen, erst recht nicht mit einem, das zwei Jahre jünger war als er.

Es schien wesentlich mehr hinter der Sache zu stecken, als es bisher den Anschein gehabt hatte. Daniel verglich es mit einem Rätsel, bei dem der Schein trog und die Dinge nicht so waren, wie sie auf den ersten Blick aussahen.

Außerdem wurde Daniel das Gefühl nicht los, dass

dies alles nicht nur mit Emily zu tun hatte, sondern vor allem mit ihrem Tod.

Mit ihrer Ermordung.

Als er darüber nachdachte, merkte er plötzlich, dass keine Geräusche mehr aus der Küche kamen.

Draußen tat sich etwas. Er blickte aus dem Fenster und sah einen Wagen, der auf die Zufahrt bog.

Rasch schloss er das Notizbuch – den Spiralblock – und legte ihn auf den Schreibtisch, genau so, wie er ihn vorgefunden hatte.

Unten ging jemand durch den Flur zur Treppe.

Daniel verließ das Zimmer und schloss die Tür. Er eilte ins Bad, benutzte die Toilette, betätigte die Spülung und wusch sich die Hände.

Als er aus dem Bad kam, stand Emilys Vater am Ende der Treppe, als wollte er Daniel den Weg versperren. »Er ist da. Ronnie. Ich habe ihm gesagt, dass du gleich herunterkommst.«

»Danke.« Daniel versuchte, den Gesichtsausdruck des Mannes zu deuten. Hatte er Verdacht geschöpft?

Bevor sich Mr Jackson umdrehte und wieder nach unten ging, glitt sein Blick zur Tür von Emilys Zimmer, und Daniel fühlte sich ertappt.

Mr Jacksons Blick verweilte länger an der Tür, als es Daniel lieb war, aber er sagte nichts und ging schließlich die Stufen hinunter.

Erleichtert folgte Daniel ihm nach unten.

Ronnie hängte seine Jacke an einen Haken neben der Tür. »Hallo, Daniel.«

»Hallo, Ronnie.«

»Danke, dass du gekommen bist.«

»Gern geschehen.«

Mrs Jackson erschien in der Tür, stellte sich vor und schüttelte Daniel die Hand. Sie musterte ihn neugierig. »Du kennst Ronnie von der Schule?«

»Er ist der Quarterback unserer Footballmannschaft«, sagte Ronnie.

»Sheriff Byers' Junge?«

Daniel nickte. »Ja.«

»Du bist bei der Trauerfeier in der Kirche in Ohnmacht gefallen, oder?«

Daniel hatte nicht unbedingt mit dieser Frage gerechnet, aber sie überraschte ihn auch nicht sonderlich. »Mir wurde schwindelig. Es tut mir leid. Ich …«

»Vielleicht wäre es besser, wenn du gehst.«

»Mom«, warf Ronnie ein. »Es ist alles in Ordnung.«

Daniel fragte sich, warum Mrs Jackson wollte, dass er ging, nur weil er in der Kirche in Ohnmacht gefallen war. Hielt sie ihn deshalb vielleicht für einen Störenfried? Oder glaubte sie, er hätte aus irgendeinem Grund eine Show abgezogen?

»Lass Ronnie und seinen Freund miteinander reden, Schatz«, wandte sich Mr Jackson mit sanfter Stimme an seine Frau. »Sie wollen nur …«

Er sprach nicht weiter, als Mrs Jackson einen eisigen Blick auf ihn richtete, sich abrupt umdrehte und fortging. Daniel konnte sich nicht einmal vorstellen, was diese Familie derzeit durchmachte und was auch immer Mrs Jacksons Gründe sein mochten: Er wollte nicht bleiben, wenn es ihr lieber war, dass er ging.

»Schon gut«, sagte er zu Ronnie und dessen Vater. »Ich sollte mich besser auf den Weg machen.«

»Aber du bist doch gerade erst gekommen«, wandte Ronnie ein.

Daniel hätte gern mit ihm gesprochen, aber nicht unter solchen Umständen. »Wir reden morgen in der Schule, okay?«

Mr Jackson presste die Lippen zusammen und folgte seiner Frau. Ronnie und Daniel blieben allein zurück.

»Können wir miteinander reden, während ich dich zu deinem Wagen begleite?«, fragte Ronnie.

»Klar.«

Als sie das Haus verließen, sagte Ronnie: »Weißt du, meine Mutter ... Derzeit geht es ihr nicht gut.«

»Ich verstehe. Du brauchst nichts zu erklären.«

Daniel erinnerte sich an das Foto, das Emily am Windy Point von sich selbst und Trevor gemacht hatte. »In der Zeitung habe ich gelesen, dass Emily einen Spaziergang am See machte. Hat sie das oft getan?«

»Nicht sehr oft, aber es war auch nicht ungewöhnlich. Sie hinterließ eine Nachricht, in der es hieß, dass sie mit Trevor loswollte, und dann ... Na ja, du weißt, was passiert ist.«

Daniel dachte an die Worte von Emilys Geist, der ihm gesagt hatte, dass Trevor im Wagen gewesen war. Er wollte Ronnie danach fragen, aber wie er es auch drehte und wendete, es hätte zu seltsam geklungen. Woher hätte er wissen sollen, dass der Hund im Wagen gewesen war? Falls das überhaupt stimmte.

Er lenkte das Gespräch in eine andere Richtung.

»Hast du eine Ahnung, was sich im Medaillon ihrer Halskette befand?«

Ronnie sah ihn erstaunt an. »Woher weißt du davon?«

»Emily trug sie auf einigen Fotos in der Kirche. Ich dachte mir, dass ihr die Kette etwas bedeutet haben muss, wenn sie sie so oft trug.«

»Ja, kann sein. Ich weiß nicht genau. Ich glaube, im Medaillon befand sich das Bild eines Jungen, in den sie verknallt war. Aber wenn du wissen willst, worüber ich mit dir reden wollte: über ihr Handy.«

»Was ist damit?«

»Sie hatte es nicht dabei, als man ihre Leiche fand.«

»War es nicht in ihrer Handtasche?«

»Nein. Meistens hatte sie es in der Hosentasche.

Kann ihr das Handy unter Wasser aus der Hosentasche gerutscht sein?

Nein.

Es sei denn, sie ist von der Klippe gestürzt. Aber wie kam dann die Brille auf den Strand?

Daniel fragte sich, ob der Umstand, dass Emily ohne Handy gefunden wurde, bei der Polizei Alarmglocken läuten ließ. Hatte sein Vater bereits entsprechende Nachforschungen angestellt? Was die Ermittlungen betraf, hatte er keine Einzelheiten genannt – das durfte er auch gar nicht.

Wenn er die beschädigte Brille erwähnt hätte, wäre es ihm vielleicht möglich gewesen, mehr Informationen von Ronnie zu bekommen, aber Daniel fühlte sich noch immer an das Versprechen seinem Vater gegenüber gebunden. Außerdem wollte er Emilys Eltern nicht auch noch mit dem Verdacht belasten, dass ihre Tochter vielleicht ermordet worden war.

Ronnie denkt das bereits.

Trotzdem verzichtete Daniel darauf, die Brille zu erwähnen. Stattdessen fragte er Ronnie nach der Sache, die er in der Schule angesprochen hatte. »Deine Schwester konnte also gut schwimmen.«

»Sogar sehr gut. Sie nahm an Schwimmwettkämpfen in Madison teil, bevor wir hierherzogen. Sie war richtig gut.«

»Und sonst?«

»Sie dachte daran, sich im nächsten Semester Mr McKinneys Mathe-Gruppe anzuschließen.« Ronnie zögerte. »Um neue Freunde zu gewinnen.«

»Verstehe.«

»Wirst du versuchen herauszufinden, was am Lake Algonquin geschah? Was dort wirklich geschah?«

Versprich nichts, das du nicht halten kannst.

Daniel versprach es trotzdem.

»Ja, das werde ich.«

34

Kaum saß Daniel wieder in seinem Wagen, schickte er Kyle eine Nachricht – er sollte ihn so bald wie möglich anrufen.

Dann fuhr er nach Hause.

Dunkle Wolken zogen über den Himmel.

Ein Unwetter kündigte sich an.

Als Daniel die Garage betrat, traf er dort auf seinen Vater, der am Werktisch stand und seine Waffe reinigte.

Er fühlte sich versucht, das fehlende Handy zu erwähnen, aber es hätte seinen Vater bestimmt nicht gefreut zu erfahren, dass er sich noch immer mit Emilys Tod beschäftigte.

»Mom hat mich heute Morgen angerufen.«

Sein Vater ließ das Tuch sinken, mit dem er den Lauf der Waffe geputzt hatte. »Tatsächlich?«

»Ja. Sie möchte am kommenden Freitag beim Footballspiel zusehen. Sie hat mir gesagt, dass du sie nach meinem Blackout beim Homecoming-Spiel angerufen hast.«

»Sie ist deine Mutter, Dan. Sie hat ein Recht darauf zu erfahren, wie es dir geht. Stell dir vor, was ich von ihr zu hören bekommen hätte, wenn sie erst später von deiner

Bewusstlosigkeit und der Untersuchung im Krankenhaus erfahren hätte.«

»Warum hat sie uns verlassen?«

Daniels Vater schwieg.

»Ich habe sie gefragt und sie wollte es mir nicht sagen. Ich meine, es war klar, dass ihr Probleme hattet. So weit verstehe ich alles, aber …«

»Ich möchte jetzt nicht darüber reden, Dan.«

»Ja, ich weiß, aber …«

»Nicht jetzt.«

Daniel ließ nicht locker. »Gab es … Gibt es jemand anderen?«

»Zur richtigen Zeit werde ich dir alles erklären.«

»Das hat sie auch gesagt. Sie meinte, die Zeit sei noch nicht reif.«

»Na bitte.«

»Ich habe sie gefragt, wie lange es noch dauert, bis die Zeit reif ist. Aber darauf wusste sie keine Antwort. Vielleicht kannst du es mir sagen.«

»Nein, es gab keinen anderen. Sie wollte nur lieber allein sein anstatt bei mir.«

Und bei mir, dachte Daniel. *Das Alleinsein ist ihr lieber als die Gesellschaft ihres Sohnes.*

Er war nicht ganz zufrieden mit der Antwort seines Vaters, ließ es zunächst aber dabei bewenden. Anstatt erneut nach den Gründen zu bohren, sagte er: »Sie möchte, dass ich zum Arzt gehe. Angeblich stimmst du ihr zu.«

»Wir halten es beide für das Beste. Ich wollte es mit dir besprechen, aber bisher hatten wir noch keine Gelegenheit, richtig miteinander zu reden. Ich habe für morgen einen Termin in Superior vereinbart.«

»Was? Morgen habe ich Schule und am Nachmittag Footballtraining. Das darf ich nicht verpassen.«

»Ich rufe die Schule an und entschuldige dich. Ich spreche auch mit Coach Warner. Bestimmt hat er Verständnis.«

»Ich will nicht zum Arzt, Dad.«

»Das verstehe ich. Aber in diesem Fall ist das keine Bitte.«

»Wir haben ein Spiel am Freitag ...«

»Daniel. Du wirst dich untersuchen lassen.«

»Untersuchen?« Plötzlich fiel ihm etwas ein. »Warum Superior? Warum nicht zu unserem Hausarzt?«

»Ich habe eine Überweisung. Zu einem Spezialisten, einer Neurologin.«

Die Anspannung zwischen ihnen wuchs.

Daniels Vater brach das Schweigen. »Morgen früh um acht fahren wir los.«

An der Highschool gab es eine Regel, die lautete: Wenn man morgens den Unterricht versäumte, durfte man nachmittags nicht trainieren und abends an keinem Spiel teilnehmen.

Hinzu kam: Wenn Daniel morgen nicht zur Schule ging, konnte er nicht herausfinden, warum Stacy ihn beim Homecoming-Ball versetzt hatte. Und er konnte nicht mit Kyle über Emily reden und ihn fragen, ob er gewusst hatte, dass Emily in ihn verknallt gewesen war.

Sicher, er hätte sie anrufen oder ihnen eine SMS schicken können, aber es ging um Angelegenheiten, die besser persönlich besprochen werden sollten. Und Stacy reagierte ohnehin nicht auf seine Textnachrichten.

Daniel sagte nichts und ging in die Küche. Am liebsten hätte er die Tür hinter sich zugeschlagen, um zu zeigen, was er von der ganzen Sache hielt, aber er ließ sie offen. Aus irgendeinem Grund schien das eine deutlichere Botschaft zu sein.

Doch als er sein Zimmer erreichte, knallte er die Tür zu. Zorn strömte von allen Seiten auf ihn ein.

Er ballte die Faust und schmetterte sie gegen die Trockenbauwand neben dem Fenster.

Eine Delle entstand.

Er starrte darauf.

Das sieht dir gar nicht ähnlich.

Was ist los mit dir?

Du veränderst dich. Du verlierst die Kontrolle.

Beunruhigt von dem, was er gerade getan hatte und was mit ihm passierte, ließ er die Delle in der Wand unter einem Mavericks-Poster verschwinden und sank dann aufs Bett.

Er überprüfte sein Handy.

Keine Nachrichten von Kyle oder Stacy.

Er setzte sich an den Schreibtisch und versuchte, sich auf die Hausaufgaben zu konzentrieren und alles andere zu vergessen.

Es klappte nicht.

Er schob die Bücher beiseite, ohne irgendetwas erledigt zu haben, und lenkte sich mit Gewichtheben ab, bis ihm Arme und Brust schmerzten. Anschließend genehmigte er sich ein sehr spätes Abendessen, bestehend aus einem Sandwich und übrig gebliebenen Spaghetti.

Erneut überprüfte er sein Handy und diesmal wartete eine Nachricht von Nicole auf ihn. Sie dankte ihm für den gestrigen Abend und fragte, ob er vielleicht einen ihrer Ohrringe in seinem Wagen gefunden hatte.

Nach kurzer Suche entdeckte er den Ohrring zwischen den Sitzen. Er schrieb Nicole, dass er morgen nicht in der Schule sein und ihr den Ohrring am Dienstag geben würde.

Sie antwortete, das sei in Ordnung und sie freue sich darauf, ihn wiederzusehen.

Daniel ging zu Bett, schloss die Augen und hoffte auf erholsamen Schlaf, den er bitter nötig hatte.

Doch seine Hoffnung erfüllte sich nicht.

Um vierzehn Minuten nach drei erwachte er voll angezogen, frierend und klatschnass.

35

Daniel öffnete die Augen.

Es war noch immer dunkel im Zimmer. Nur wenig Licht kam durchs Fenster, von den Lampen weiter unten an der Straße.

Es gab ein Gewitter, und zuerst dachte Daniel, dass ihn vielleicht der Donner geweckt hatte.

Ja, er befand sich noch im Bett. Er sah an sich herab und stellte fest, dass er angezogen war und auf dem Laken lag und dass alles nass war: Hemd, Hose, Socken und Decke.

Was in aller Welt ...? Warum bist du nass? Warum bist du angezogen? Ist das ein Traum?

Daniel blinzelte, ballte die Faust und spürte einen Schmerz, der ihn an den dummen Schlag gegen die Wand erinnerte.

Ja.

Er war wach.

Er fühlte das Bett.

Ja, es war nass, kein Zweifel.

Er rechnete halb damit, dass Emily in seinem Zimmer oder am Fenster erscheinen würde, dass sie am Glas kratzen würde wie in dem alten Film *Brennen muss Salem*, als die Vampire beim Haus des Jungen erschienen und mit den Fingerspitzen über die Fensterscheiben kratzten, weil sie ins Haus eingeladen werden wollten.

Doch Emily erschien nicht.

Nichts Ungewöhnliches passierte.

Daniel sah auf die Uhr. Viertel nach drei.

So nass zu werden, hätte ihn eigentlich sofort wecken müssen. Es ergab überhaupt keinen Sinn, dass er angezogen war und dass die Sachen vollkommen durchnässt waren.

Er setzte sich auf.

Es regnete in Strömen.

Vermutlich war er draußen gewesen.

Er schaltete die Lampe auf dem Nachtschränkchen ein, sah sich um und stellte fest, dass seine Stiefel neben der Kommode lagen.

Die Sohlen waren voller Dreck.

Eine Spur aus Schmutz und Wasser führte in den Flur.

Schlafwandeln? So etwas war ihm nie zuvor passiert – zumindest erinnerte er sich nicht daran –, aber eine andere Erklärung fiel ihm nicht ein.

Glaubst du wirklich, dass du als Schlafwandler nach draußen gegangen bist, in den Regen, ohne aufzuwachen? Und dann bist du zurückgekehrt, hast die Stiefel ausgezogen und dich aufs Bett gelegt?

Es war vollkommen unglaublich, aber auch nicht verrückter als die anderen Dinge, die er seit einer Woche erlebte.

Daniel schwang die Beine vom Bett und stand auf. Ihm war ein wenig mulmig zumute, als er der Spur folgte, aber er fühlte sich auch dazu verpflichtet. Er war draußen gewesen. Warum?

Wenn du als Schlafwandler während des Gewitters nach draußen gegangen bist, hätte dich der Regen wecken müssen.

Doch das schien nicht der Fall gewesen zu sein.

Er erinnerte sich nicht daran, sich angezogen zu haben, nach draußen gegangen und dann in sein Zimmer zurückgekehrt zu sein. Er wusste auch nicht, wie lange er angezogen und nass auf dem Bett gelegen hatte.

Ob schlafend oder nicht, er war draußen gewesen und würde keine Ruhe finden, bevor er nicht herausgefunden hatte, *wo* er gewesen war.

Nasser als nass konnte man nicht werden und deshalb zog sich Daniel nicht um. Allerdings wollte er vermeiden, noch mehr Schmutz im Haus zu verteilen, weshalb er beschloss, die Stiefel erst anzuziehen, wenn er die Haustür erreichte.

Er nahm sie, verließ das Zimmer und folgte leise der Spur, die er zuvor zurückgelassen hatte.

Wenn sein Vater in den Flur gekommen wäre … Daniel hätte nicht gewusst, wie er erklären sollte, dass er klatschnass war und was er draußen gemacht hatte.

Am Ende des Flurs kam genug Licht von den Straßenlaternen durchs Wohnzimmerfenster, um die Spur aus Regenwasser und Dreck auf dem hölzernen Boden deutlich zu erkennen.

Der Wind zischte übers Dach, und es donnerte so laut, dass die Fenster klapperten, aber im Schlafzimmer von Daniels Vater rührte sich nichts, soweit er das feststellen konnte.

Dann legten Regen und Wind eine kurze Pause ein und eine sonderbare Stille breitete sich aus. Das Haus schien den Atem anzuhalten.

Daniel schlich durch den Flur und versuchte, so leise wie möglich zu sein, vor allem als er an der Tür seines Vaters vorbeikam.

Normalerweise schlief er immer tief und fest, aber als Daniel die Tür seines Vaters erreichte, hörte er drinnen das Bett knarren, als sich sein Vater auf die andere Seite drehte. Oder aufstand.

Daniel erstarrte und wartete darauf, dass sich das Knarren wiederholte.

Sein Herz schlug so heftig, als wollte es ihm aus der Brust springen.

Er horchte und rechnete damit, dass sich gleich die Tür öffnete und sein Vater vor ihm stand. Aber nichts dergleichen geschah. Es blieb alles still im Haus, bis Wind und Regen wieder lauter wurden und einen Teil der unheimlichen Stille vertrieben.

Wasser tropfte von seiner nassen Kleidung und sammelte sich auf dem Flurboden zu einer Lache.

Stunden schienen zu vergehen, obwohl es in Wirklichkeit nur ein oder zwei Minuten waren. Als Daniel keine weiteren Geräusche aus dem Zimmer hörte, schlich er durch den Flur und folgte der nassen, schmutzigen Spur.

Seine Augen hatten sich an die Dunkelheit gewöhnt, und deshalb konnte er weiter vorn den Bereich erkennen, wo der Flur auf der einen Seite in die Küche und auf der anderen ins Esszimmer überging.

Er hatte angenommen, dass die Spur zur vorderen Tür führte, aber das war nicht der Fall, wie er jetzt sah. Sie führte vielmehr zur Hintertür, durch die man die Terrasse und den Garten erreichte. Direkt hinter dem Garten lag ein Waldstück.

Offenbar hatte Daniel das Haus zuvor durch die Hintertür verlassen.

Als er die Tür öffnete, flackerte ein Blitz, und in seinem Licht sah er eine Schaufel, die an der Seite des Hauses lehnte, unter dem kleinen Vordach, das sie vor dem strömenden Regen schützte.

Klumpen aus feuchter Erde klebten daran.

Daniel fragte sich, ob er etwas ausgegraben hatte.

Oder etwas *ver*graben.

Aus irgendeinem Grund – vielleicht wegen des Regens – hatte die Nacht den feuchten, erdigen Geruch des Frühlings, anstatt nach den welken Blättern des Herbstes zu riechen. Das verstärkte Daniels Gefühl der Desorientierung.

Man hätte meinen können, dass er aus seinem normalen Leben in eine andere Welt gerutscht war, in der die Zeit nicht den üblichen Regeln gehorchte, sondern nach Belieben vor- und zurückströmen konnte, ohne an die Reihenfolge der Jahreszeiten gebunden zu sein. Und sie nahm ihn mit, ob er wollte oder nicht.

Erneut versuchte er sich daran zu erinnern, draußen gewesen zu sein. Er hoffte, dass ihm irgendetwas einfiel, etwas, das ihm einen Hinweis darauf geben konnte, was vor sich ging und warum er das Haus zuvor verlassen hatte.

Aber es war zwecklos, sein Gedächtnis gab nichts preis.

Die nahen Straßenlampen warfen ein gespenstisches Licht durch die Nacht, gedämpft vom Regen.

Daniel sah den nahen Wald als einen dunklen Schatten und die Umrisse der Nachbarhäuser, aber das war es auch schon. Er bezweifelte, dass er finden konnte, was er hier draußen ausgegraben oder vergraben hatte.

Wieder zerriss ein Blitz das schwarze Tuch der Nacht.

Die Fußspuren endeten am Rand der Terrasse.

Fünfzehn Meter vor Daniel erstreckte sich der Garten.

Dahinter lag der Wald.

Daniel wollte nicht riskieren, seinen Vater zu wecken, indem er die Terrassenlampe einschaltete.

Er kehrte ins Haus zurück und holte die Stirnlampe, die er bei seinen Höhlenwanderungen benutzte, aus einer der Schubladen in der Küche, wo er sie aufbewahrte, für den Fall, dass der Strom ausfiel.

Dann trat er wieder nach draußen auf die Terrasse, schaltete die Stirnlampe ein, zog die Stiefel an und schloss leise die Tür hinter sich.

Mit der Schaufel in der Hand stapfte er durch Nacht und Regen.

36

Heftiger Regen prasselte auf ihn herab und der Wind schien ihn zum Haus zurücktreiben zu wollen.

Daniel richtete das Licht der Stirnlampe auf den Boden vor seinen Füßen und schirmte sich mit einer Hand die Augen ab.

Erst vor einigen Tagen hatte er das Laub zusammengeharkt, aber der Wind hatte noch mehr welke Blätter von den Bäumen gerissen, und sie lagen wie ein nasser Teppich auf dem Gras. Regentropfen hämmerten darauf, wie ein lauter Trommelwirbel in der Nacht.

Fußspuren waren hier nicht mehr zu erkennen.

Daniel schaute sich um, erkannte aber nirgends Spuren, die darauf hindeuteten, dass jemand – er – gegraben hatte.

Er stellte sich eine imaginäre Linie vor, die die Spur von der Tür zum Terrassenrand verlängerte, und leuchtete mit der Stirnlampe in die entsprechende Richtung.

Der Garten lag zwischen ihm und dem Wald. Seine Mutter hat sich darum gekümmert und ihn gepflegt, aber inzwischen war der Garten halb verwildert. Der durch den Wald führende Weg begann dort drüben, und …

Nein.

Plötzlich fiel ihm etwas ein und Unbehagen erfasste ihn.

Als seine Mutter vor sechs Monaten gegangen war, hatte sie ihren Welpen Akira bei ihm und seinem Vater zurückgelassen. Drei Monate später war Akira aus dem Haus gelaufen und von einem Wagen überfahren worden. Daniel und sein Vater hatten sie hier draußen begraben, etwa sechs Meter hinter dem Garten, am Rand des Weges durch den Wald.

Sie hatten einen großen Stein auf das Grab gelegt, um die Stelle zu markieren und Aasfresser daran zu hindern, den Kadaver auszugraben.

Daniel leuchtete mit der Stirnlampe. Am Rand des Lichtscheins war der Boden bewegt worden, dort, wo sie vor drei Monaten Akira begraben hatten. Ein Haufen Erde lag neben einem Loch. Der große Stein lehnte an einem nahen Baumstamm.

Jemand hatte Akiras Grab geöffnet.

Nicht *jemand*. Er, Daniel.

Von dort, wo er stand, konnte er nicht ins offene Grab sehen.

Daniel nahm die Schaufel, stapfte durch den Regen und näherte sich dem Loch im Boden.

37

Leer.

Das Grab war leer. Wo befanden sich die Knochen, die von Akira übrig geblieben sein mussten?

Du hast sie irgendwohin gebracht.

Der Wind fauchte, und Regen schlug ihm ins Gesicht, während Daniel nachdachte.

Er sah sich um, ohne etwas zu finden: keine Knochen, keine Kadaverreste, kein Hinweis darauf, dass ein toter Hund in dem Loch gelegen hatte. Er suchte auch tiefer im Wald entlang des Weges, ohne Ergebnis.

Schließlich gab er die Suche auf, füllte das Loch und drückte die Erde, so gut es ging, mit der Schaufel fest. Dann legte er Blätter darauf und zum Schluss den Stein.

Wenn jemand hierherkam und wusste, wonach er Ausschau halten musste, würde er erkennen, dass das Grab geöffnet worden war. Aber es fiel Daniel kein Grund ein, warum sich jemand an diesem Ort umsehen sollte.

Wohin hast du den Kadaver gebracht, Daniel? Was hast du mit den Knochen gemacht?

Zwei Fragen, die schwer auf ihm lasteten.

Erneut versuchte er sich daran zu erinnern, was früher in der Nacht geschehen war, als er schlafend im Bett hätte liegen sollen, doch wieder präsentierte ihm sein Gedächtnis nur Leere.

Nachdem er das Grab einigermaßen in Ordnung gebracht hatte, ging er zurück zum Haus, machte die Schaufel sauber und stellte sie in die Garage. Er zog die nassen Sachen aus und steckte sie in die Waschmaschine.

So leise wie möglich beseitigte er die Spur im Flur, wischte das Regenwasser mit Lappen und alten Handtüchern auf.

Dabei dachte er daran, dass er mit Kyle darüber gesprochen hatte, Emilys Grab einen Besuch abzustatten.

Um dort nach Hinweisen zu suchen.

Vielleicht war das der unterbewusste Auslöser gewesen.

Vielleicht war er deshalb ihm Schlaf aufgestanden und nach draußen gegangen.

Beim Saubermachen befürchtete er mehrmals, seinen Vater geweckt zu haben, doch er kam nicht aus seinem Zimmer.

Schließlich wrang Daniel die schmutzigen Lappen und Handtücher aus und steckte sie zu seinen Sachen in die Waschmaschine. Er wollte sie gleich am Morgen einschalten, nicht jetzt, denn sein Vater hätte die Maschine bestimmt gehört.

Er verstaute die Stirnlampe, schlich zu seinem Zimmer, zog das nasse Laken vom Bett und stopfte es ebenfalls in die Waschmaschine.

Da auch die Matratze nass war, ließ er sie unbedeckt, damit sie trocknen konnte. Er versuchte in seinem Schlafsack auf dem Boden zu schlafen.

Doch er fand keine Ruhe. Wenn er einmal einschlief, erwachte er schon nach wenigen Minuten, und immer wieder quälte ihn der Gedanke an Akiras fehlende Überreste. Auf diese Weise verbrachte er den Rest der Nacht, bis sein Wecker um halb acht läutete.

Daniel gähnte und zog sich an. Normalerweise trank er keinen Kaffee, aber an diesem Morgen brauchte er Koffein, um wach zu werden und es auch zu bleiben.

Er wollte gerade die Waschmaschine einschalten, als sein Vater hereinkam. »Damit legst du früh los.«

»Einige meiner Sachen müssen gewaschen werden.«

»Sie werden nicht fertig, bis wir losfahren, und wir könnten sie erst heute Nachmittag zum Trocknen aufhängen, wenn wir zurückkommen.«

Die Anspannung von ihrem Gespräch in der Garage gestern Abend hatte sich noch nicht ganz aufgelöst. Eine gewisse distanzierte Kühle haftete jedem Wort an.

»Ich hab schon Waschmittel reingetan. Wenn die Maschine jetzt läuft, ist bei unserer Rückkehr alles fertig.«

Sein Vater dachte darüber nach. Daniel befürchtete, dass er erneut widersprechen würde, aber stattdessen wechselte er das Thema. »Hast du schon gefrühstückt?«

»Nein, noch nicht.«

»Beeil dich. Wir müssen um acht losfahren, wenn wir pünktlich sein wollen.«

»Ja, alles klar.«

Sein Vater ging in die Küche. Daniel stützte sich mit einer Hand an der Waschmaschine ab und seufzte erleichtert. Für einen Moment hatte er befürchtet, dass sein Vater die Maschine öffnen und die schmutzigen Handtücher sehen würde.

Du hast Akira ausgegraben.

Im Schlaf.

Zwar handelte es sich ganz offensichtlich um eine seltsame Form des Schlafwandelns und nicht um eine Halluzination, aber Daniel musste wieder an seine Recherchen über die Ursachen denken.

Ein Hirntumor.

Eine Kopfverletzung, von der er nichts wusste.

Oder weil er offenbar immer mehr den Kontakt zur Realität verlor ... Schizophrenie.

Vielleicht wurde er tatsächlich verrückt.

Die Vorstellung, den Verstand zu verlieren, machte ihm noch mehr Angst als die Möglichkeit, dass in seinem Gehirn ein Tumor wuchs.

Was, wenn er, anstatt das Grab zu öffnen, auf die Straße vor ein Auto gelaufen wäre? Oder wenn er mit seinem Wagen losgefahren wäre und einen Unfall verursacht hätte?

Daniel hatte von Leuten gelesen, die im Schlaf Familienangehörige getötet hatten. Was wenn er seinen Vater angegriffen hätte?

Nein, das konnte nicht so weitergehen. Die Visionen, die Albträume, das Schlafwandeln. Er brauchte Antworten, bevor etwas Schlimmes geschah.

So ungern er es auch zugab: Je eher er sich untersuchen ließ, desto besser.

Er schaltete die Waschmaschine ein und holte sich

Kaffee und etwas zu essen. Dann nahm er seinen Laptop, damit er während der Fahrt oder im Wartezimmer des Arztes an den Hausaufgaben für Geschichte arbeiten konnte.

Als er das Haus zusammen mit seinem Vater verließ, sah er plötzlich, was er mit Akiras Leiche gemacht hatte.

Er hatte sie auf die Motorhaube des Wagens gelegt, den sein Vater fuhr.

38

Sein Vater starrte auf den regennassen Kadaver des Hundes und sah dann Daniel an.

»Was weißt du darüber, Daniel?«

Warum hast du Akiras Reste auf die Motorhaube gelegt? Was ist los mit dir?

»Ich weiß nicht, warum jemand so etwas tun sollte.« Daniel fühlte sich seltsam leer. Ihm war ein bisschen schwindelig, als stünde er auf weichem, sandigem Boden und als glitte er immer mehr in eine Welt, in der er nicht mehr zwischen Realem und Unwirklichem unterscheiden konnte.

Du verlierst dich im Irrealen, bist für immer in einem Traum gefangen.

Er erinnerte sich an die Worte, die er für seinen Blogeintrag geschrieben hatte, an dem Abend, als Kyle bei ihm gewesen war. *Dunkle Vögel, die das faulige Fleisch seiner dunklen Träume fressen. Die daran picken, bis nur die Knochen übrig bleiben.*

Ja.

Bis nur die Knochen übrig bleiben.

Und sie zerreißen das Gewebe der Vernunft.

Deiner Vernunft.

Zum Glück waren die Hundereste so alt, dass kein

Verwesungsgestank mehr von ihnen ausging. Sie rochen nur nach Moder und die Regennässe verstärkte diesen Geruch.

»Wie viele Personen wissen, wo Akira begraben ist?«

»Nur wir und Kyle«, sagte Daniel.

Sein Vater zählte eins und eins zusammen. »Die Wäsche. Jetzt versteh ich. Aber warum hast du es getan? Was ist los mit dir?«

Vielleicht hätte sich Daniel etwas besser gefühlt, wenn sein Vater zornig gewesen wäre, aber seine Stimme blieb ruhig. Nur tiefe Sorge erklang darin.

»Ich weiß es nicht«, sagte Daniel. »Ich erinnere mich an nichts.«

»Aber es war nicht Kyle, oder?«

Eine lange Pause. »Nein.«

Jetzt kommt's.

»Steig ein.«

Sein Vater holte einen Müllbeutel sowie die Schaufel aus der Garage und trug den Kadaver hinters Haus. Als er zurückkehrte, sagte er nur: »Wir kümmern uns später darum.«

»Ehrlich, Dad, ich weiß nicht, was passiert ist. Ich bin nass aufgewacht. Offenbar bin ich als Schlafwandler unterwegs gewesen.«

»Na schön.« Die Sorge blieb in der Stimme seines Vaters. »Was ist mit Kopfschmerzen? Hattest du welche, als du gestern Abend zu Bett gegangen bist? Tut dir jetzt der Kopf weh?«

»Nein. Bin ich jemals zuvor geschlafwandelt? Als ich klein war?«

»Nur einmal.«

»Wann?«

»Als du fünf warst. Nach dem Tod deines Großvaters. Deine Mutter und ich waren im Wohnzimmer und du bist an uns vorbei zur Tür gegangen.«

»Wohin wollte ich?«

»Das haben wir dich gefragt. Du hast geantwortet, du wolltest ihn finden.«

»Wen? Meinen Großvater? Aber er war doch tot.«

»Ja.« Daniels Vater ließ den Motor an. »Das war er.«

Daniel fragte sich, was das bedeutete. Was stimmte nicht mit ihm? Er hoffte, dass er in Superior eine Antwort auf diese Frage finden würde.

39

Der Morgen verging mit einigen Untersuchungen: Kernspin, ein CAT-Scan und einige andere, von denen Daniel noch nie etwas gehört hatte. Es war fast Mittag, als schließlich die Neurologin kam, um die Ergebnisse mit Daniel und seinem Vater zu besprechen.

Sie war eine zierliche Frau mit großen braunen Augen, einer Drahtgestellbrille und kurzem Haar. Ihr Lächeln wirkte ein wenig unsicher, vielleicht deshalb, weil sie oft schlechte Nachrichten überbringen musste und versuchte, dabei möglichst positiv zu bleiben.

Daniel sah die Sorge im Gesicht seines Vaters – sie wies deutlich darauf hin, wie sehr ihm sein Sohn am Herzen lag.

Daniel vermutete, dass sein Vater nicht nur an die beiden Blackouts in der vergangenen Woche dachte. Zweifellos ging ihm auch die Sache mit Akira durch den Kopf.

Sie saßen im Büro der Ärztin, in zwei Ledersesseln vor ihrem Schreibtisch. Diplome hingen an den Wänden, dicke medizinische Fachbücher standen in den Regalen. Durch das Fenster hinter dem Schreibtisch konnte man den gegenüberliegenden Park sehen. Eine Mutter spielte dort mit ihren beiden kleinen Kindern im Sonnenschein.

Die Ärztin sah sie an. »Nach meinem bisherigen Kenntnisstand lässt sich ein Hirntumor ausschließen und dafür können wir schon einmal dankbar sein.« Sie legte eine Pause ein, vielleicht um ihnen Gelegenheit zu geben, ihr zuzustimmen. Aber Daniel und sein Vater schwiegen und warteten gespannt.

Die Neurologin fasste die Untersuchungsergebnisse zusammen und sagte: »Rein körperlich ist mit Ihnen alles in Ordnung, Daniel. Das ist eine gute Nachricht.« Es klang so, fand Daniel, als ob es auch eine schlechte Nachricht gäbe.

Rein körperlich ist alles in Ordnung. Also muss es etwas in deinem Kopf sein. Darauf läuft es doch hinaus.

Und das war eine schlechte Nachricht, denn wenn er keinen Tumor hatte, blieben nicht viele Erklärungen für die Halluzinationen übrig. Dann blieb praktisch nur noch Schizophrenie.

»Und was heißt das konkret für uns?«, fragte sein Vater.

»Es gibt da einen anderen Arzt, an den Sie sich vielleicht wenden sollten, bei Ihnen in Beldon.« Die Neurologin klang ein bisschen zu munter und fröhlich bei diesen Worten.

»Ein Zweitbefund?«

Die kleine Frau zögerte kurz. »In gewisser Weise.«

Daniel ahnte, welche Art von Arzt die Neurologin meinte.

»Sie haben die Untersuchungen durchgeführt und ausgewertet«, sagte sein Vater. »Ihrer Meinung nach können wir einen Hirntumor ausschließen. Halten Sie es für nötig, dass sich ein Kollege von Ihnen die Untersuchungsergebnisse ansehen sollte?«

Es folgte eine Stille, die tiefes Unbehagen in Daniel weckte. Inzwischen musste auch sein Vater verstanden haben, worauf die Neurologin hinauswollte. Vielleicht wartete er auch nur darauf, dass sie es bestätigte.

Schließlich antwortete sie: »Nein, es geht mir nicht unbedingt darum. Ich habe betont, dass körperlich mit Daniel alles in Ordnung ist.«

»Körperlich.« So wie er es betonte ... Er schien in den gleichen Bahnen zu denken wie Daniel.

»Ja.« Das Gespräch schien der Frau immer unangenehmer zu werden. Sie holte eine Visitenkarte hervor. »Ich habe seine Nummer auf die Rückseite geschrieben. Er hat Erfahrung mit diesen Dingen.«

»Und was sind ›diese Dinge‹?«, fragte Daniels Vater scharf.

»Nun ... Sie haben mir vom Schlafwandeln in der vergangenen Nacht erzählt ...«

»Was soll das heißen? Dass mein Sohn die Hilfe eines Psychiaters braucht?«

»Ihre Schilderungen deuten darauf hin, dass Daniel in letzter Zeit großem Stress ausgesetzt war: die Beerdigung seiner Mitschülerin, der Druck, vor den Talentscouts eine gute Leistung beim Football abzuliefern ...«

»Es liegt nicht am Stress«, warf Daniel ein. »Das ist nicht der Grund.« Die Halluzinationen hatte er verschwiegen, um nicht alles noch schlimmer zu machen.

Sein Vater schüttelte den Kopf. »Mein Sohn braucht keinen Psychiater.«

Die Ärztin hielt ihm noch immer die Visitenkarte hin. »Es ist keine Schande, wenn man …«

»Ich danke Ihnen für Ihre Zeit.« Daniels Vater stand auf.

»Er ist sehr gut«, sagte die Neurologin. »Besuchen Sie ihn einfach mal. Wenn Sie dann nicht zufrieden sind, können Sie wenigstens sagen, alles versucht zu haben.«

»Danke, aber das ist nicht nötig.« Er bedeutete Daniel, mit ihm zusammen das Büro zu verlassen.

Die Ärztin wollte die Visitenkarte einstecken, überlegte es sich dann aber anders und bot sie Daniels Vater noch einmal an. »Falls Sie es sich anders überlegen.«

Daniel glaubte zwar, dass sein Vater nicht vorhatte, den Psychiater anzurufen, aber er nahm die Karte trotzdem entgegen und ließ sie in seiner Jackentasche verschwinden.

Dann dankte er der Ärztin mit erzwungener Höflichkeit und führte seinen Sohn hinaus.

Daniel wunderte sich darüber, warum sein Vater so dagegen war, einen Psychiater zu besuchen. Dafür fiel ihm nur ein Grund ein: Kurz vor der Trennung hatten seine Eltern einige Male einen Eheberater besucht, und das war nicht besonders gut gelaufen.

Berater, Psychologen, Psychiater, es spielte keine Rolle. *Sie würden alle nach einer Sache suchen: nach etwas, das in deinem Kopf nicht stimmt.*

Körperlich mag mit dir alles in Ordnung sein, aber geistig …

Draußen warf Daniels Vater die Visitenkarte in einen Mülleimer. »Lass uns was essen.«

»In Ordnung.«

Als sie wieder im Wagen saßen und unterwegs waren, fragte Daniel: »Was willst du Mom sagen?«

»Genau das, was die Ärztin gesagt hat.«

»Und das wäre?«

»Dass mit dir alles in Ordnung ist.«

Was natürlich nicht *genau* das war, was die Ärztin gesagt hatte. Aber Daniel hatte das Gefühl, dass er besser nicht darauf hinweisen sollte.

»Worauf hast du Appetit?«, fragte sein Vater.

»Egal. Mir ist alles recht.«

»Wie wär's mit einem Jumbosandwich? Auf dem Weg hierher habe ich ein Subway-Restaurant gesehen.«

Die Sache mit dem Hundekadaver hatten sie nur der Ärztin gegenüber erwähnt, ohne vorher oder nachher miteinander darüber gesprochen zu haben. Daniel rechnete damit, dass ihn sein Vater jetzt darauf ansprechen würde, aber das war nicht der Fall.

Sie waren noch fünfzehn Fahrminuten von Beldon entfernt, als Daniels Vater vom Highway abbog und über selten benutzte Landstraßen in der Nähe des Nationalforstes und dem Weg nach Wolf Cave fuhr.

»Wohin fahren wir?«, fragte Daniel.

»Ich möchte, dass du mir etwas zeigst.«

»Was denn?«

»Ich möchte, dass du mir zeigst, wo genau du die Brille am Strand des Lake Algonquin gefunden hast.«

40

Daniel ging mit seinem Vater über den Weg, der am Ufer des Sees entlangführte, und schließlich erreichten sie den kleinen Strand, den er mit Stacy besucht hatte.

Das Gewitter in der vergangenen Nacht war natürlich längst weitergezogen und hatte zu einem Wetterwechsel geführt. Es war nicht mehr so kalt und regnerisch wie am Samstag. Nur wenige Wolken zeigten sich an einem strahlend blauen Himmel.

Es sah nach einem Sommertag mitten im Herbst aus.

Daniel erinnerte sich an den Frühlingsduft in der vergangenen Nacht. Wieder hatte er das sonderbare Gefühl, dass die Jahreszeiten durcheinandergerieten.

»Dort drüben, Dad.«

Sie gelangten zu der Stelle, wo Daniel die Brille gefunden hatte.

Sein Vater schwieg und sah sich um. Daniel gewann den Eindruck, dass er nach etwas suchte. Aber wonach, das wusste er nicht.

Er trat etwas Sand beiseite, blickte zur alten Feuerstelle und schätzte die Entfernung zum Weg ab, der nach oben führte, zum höchsten Punkt von Windy Point.

So geduldig wie möglich wartete Daniel darauf, dass

sein Vater etwas sagte, und schließlich fragte er: »Was denkst du?«

»Du hattest recht mit der Entfernung von der Klippe, und auch mit dem Wasser: Es ist nicht so hoch gestiegen, dass es diesen Teil des Strandes erreichen konnte. Bist du ganz sicher, dass du die Brille hier gefunden hast?«

»Ja.«

Sein Vater ging in die Hocke, grub im Sand und suchte vielleicht nach dem fehlenden Brillenglas. Als er nichts entdeckte, richtete er sich wieder auf. »Du hast mir gesagt, dass du hierhergekommen bist, um Aufschluss zu gewinnen.«

»Ja.«

»Aufschluss worüber?«

»Wie meinst du das?«

»Ich meine, auf welche Fragen wolltest du hier Antworten finden?«

»Es ging um Emilys Tod. Ich habe versucht, damit fertigzuwerden.«

Das stimmte zum Teil.

Aber er hatte auch nach einer Antwort auf die Frage gesucht, warum ihm Emily nach ihrem Tod zweimal erschienen war.

»Wieso hast du geglaubt, das ausgerechnet hier schaffen zu können?«, fragte sein Vater. »Mit ihrem Tod fertigwerden?«

Daniel rang mit sich selbst. Wie viel sollte er seinem Vater anvertrauen? Wenn er ihm von den Halluzinationen erzählte, glaubte er bestimmt, dass er übergeschnappt war, erst recht nach der Sache mit Akira.

Er weiß bereits, dass hier etwas nicht stimmt. Ich meine, du spazierst mitten in der Nacht nach draußen, noch dazu während eines Unwetters, gräbst den toten Hund deiner Mutter aus und legst ihn auf die Motorhaube des Wagens. Und dann vergisst du alles. Normal ist das bestimmt nicht, oder?

Sein Vater wartete.

»Ich habe Dinge gesehen.«

»Dinge?«

»Emily. Sie ist mir zweimal erschienen und hat mich aufgefordert, ihre Brille zu suchen. Außerdem hat sie mir gesagt, dass Trevor im Wagen war.«

»Trevor?«

»Ihr Hund.«

Daniel rechnete damit, dass sein Vater ähnlich reagierte wie Kyle, dass er sagte, Emily sei tot und könne nicht mit ihm reden.

Doch er schwieg.

Er musste glauben, dass mit seinem Sohn etwas nicht stimmte. Er musste an seinem Verstand zweifeln.

Da er die Halluzinationen bereits erwähnt hatte ... Daniel beschloss, auch den Rest zu erzählen. »Ich habe gesehen, wie sie sich in ihrem Sarg aufsetzte, bei der Trauerfeier in der Kirche. Und beim Homecoming-Spiel ging sie übers Spielfeld, direkt auf mich zu.«

»Bist du hierhergekommen, weil du dachtest, dann würden die Visionen aufhören?«

Daniel musterte seinen Vater und versuchte zu erraten, was er dachte.

»Vielleicht habe ich das gehofft«, sagte er.

»Eben hast du gesagt, sie erschien dir beim Footballspiel. Vor dem Zusammenprall mit dem anderen Spieler?«

»Ja. Deshalb habe ich gezögert. Und durch das Zögern kam es zu dem Zusammenprall.«

Daniels Vater schwieg und überlegte.

»Glaubst du, ich werde verrückt?«, fragte Daniel.

»Nein«, erwiderte sein Vater, aber er antwortete nicht sofort, und Daniel fragte sich, wie ehrlich er war.

»Denkst du an den anderen Arzt?«, fragte er. »An den Psychiater?«

Diesmal kam die Antwort sofort. »Ganz gleich, was hier passiert ist ... Wir müssen dafür sorgen, dass die Visionen – oder was auch immer es ist – aufhören.«

Das finde ich auch.

»Du meinst also, ich sollte zu ihm gehen?«

»Ich will dich nicht anlügen. Nach dem, was gestern Nacht passiert ist ... Na ja, es kann zumindest nicht schaden, wenn du diese Sache mit einem Spezialisten besprichst.«

»In Superior hast du nichts davon gehalten.«

»In Superior habe ich nicht gewusst, dass ein totes Mädchen zu dir spricht.«

Daniel erwähnte nicht die Male, die an seinem Arm erschienen waren. »Na schön. Ich rede mit ihm.«

»Ich rufe ihn morgen früh an.«

»Du hast seine Visitenkarte weggeworfen.«

»Ich erinnere mich an seinen Namen.« Er setzte sich in Bewegung und ging über den Weg. »Dr. Fromke.«

»Und seine Nummer?«

»An die erinnere ich mich auch.«

Man musste gut aufpassen, um sich eine Telefonnummer zu merken, wenn man nur einen kurzen Blick auf eine Visitenkarte warf. Vielleicht, dachte Daniel, hatte sein Vater schon im Büro der Neurologin entschieden, dass er den Psychiater besuchen sollte.

Während der Heimfahrt war Daniel tief in Gedanken versunken.

Als sie zu Hause eintrafen, sagte sein Vater, dass er sich allein um Akira kümmern würde.

Daniel fragte sich, ob er den Hund allein begraben wollte, damit sein Sohn nicht wusste, wo sich das neue Grab befand. Befürchtete er, dass Daniel erneut mitten in der Nacht aufstand, um den Kadaver auszugraben?

Das Vertrauen, das während der vergangenen Monate zwischen ihnen entstanden war, schien zu bröckeln. Wegen der Dinge, die für Daniel außer Kontrolle geraten waren.

Nach dem Essen wurde ihm klar, dass er noch immer nicht mit Kyle, Stacy oder Nicole gesprochen hatte. Er fühlte das Bedürfnis, sich mit ihnen in Verbindung zu setzen.

Daniel dachte darüber nach.

An wen sollte er sich zuerst wenden? An Kyle, Nicole oder Stacy?

Er entschied sich für Nicole.

41

»Hallo?«, meldete sich Nicole.

»Ich bin's, Daniel.«

»Hey. Wo bis du heute gewesen?«

Er hatte ihr gestern Abend nur gesagt, dass er heute nicht zur Schule kommen würde, ohne ihr den Grund zu nennen. »Ich hatte einen Arzttermin.«

»Ist alles in Ordnung?«

»Ja. Ich bin okay, vollkommen okay.«

»Ich habe die Hausaufgaben für dich notiert«, sagte Nicole. »Ich meine für den Unterricht, den wir gemeinsam haben.«

»Danke.«

»Miss Flynn hat nach dir gefragt. Ich hab das für ein bisschen seltsam gehalten, ich meine, es kommt immer wieder vor, dass Schuler krank werden und den Unterricht versäumen. Aber sie hat mich gefragt, wo du bist.«

»Hm.«

Warum hat sie Nicole gefragt? Sie weiß von deiner Freundschaft mit Kyle. Hätte sie nicht ihn fragen sollen?

Schließlich kam Daniel auf den Grund für den Anruf zu sprechen. »Treffen wir uns morgen, damit ich dir den Ohrring geben kann?«

»Oh. Ja, gut, wann es dir passt.« Nicole fügte hinzu: »Ich muss dir etwas sagen, Daniel.«

»Ja?«

Sie holte tief Luft. »Vorgestern Abend, als du mich nach Hause gebracht hast, als ich im Wagen saß und Ty das Messer zog, als der Typ gegen die Fenster schlug … Ich war … Ich meine, ich hatte richtig Angst.«

»Das verstehe ich.«

»Wirklich?«

»Ja.«

»Ich war mir nicht sicher.«

»Manchmal verberge ich das eine oder andere.«

»Oh.« Nicole schien nicht zu wissen, was sie davon halten sollte. »Aber du hast mir auch ein Gefühl von Sicherheit gegeben. Ich habe dir vertraut. Ich meine, als du bereit warst, gegen alle vier zu kämpfen, um mich zu beschützen … Das war ziemlich beeindruckend.«

»Ich hätte nicht zugelassen, dass dir etwas passiert.«

»Ich weiß.«

Und ich werde nicht zulassen, dass dir etwas passiert.

»Jedenfalls, danke.«

»Schon gut.«

»Wir sehen uns morgen.«

»Nach der vierten Stunde?«

»Nach der vierten Stunde«, bestätigte Nicole. »Perfekt.«

Jetzt zu Kyle.

Emily hatte seinen Namen überall in ihr Notizbuch geschrieben, in den Spiralblock, und bisher hatte Daniel noch keine Gelegenheit gefunden, mit ihm darüber zu reden. Er hätte lieber persönlich mit ihm gesprochen, wollte aber nicht länger warten, und deshalb rief er ihn an.

Als Kyle abnahm, stellte er zuerst die üblichen Fragen, bevor sie auf den Kern der Sache zu sprechen kamen.

»Wo bist du heute gewesen?«

»Beim Arzt.«

»Weshalb?«

»Wegen meinem Kopf.«

Und so weiter.

Daniel erzählte vom Schlafwandeln und davon, was er mit Akira gemacht hatte.

»Meine Güte, Kumpel, hier ist eindeutig Schluss mit lustig. Das dürfte dir doch klar sein, oder?«

»Das Schlimmste ist: Ich erinnere mich an nichts. Ich habe mich angezogen, bin während des Gewitters nach draußen gegangen, habe das Grab geöffnet und mich anschließend wieder ins Bett gelegt. Aber an nichts davon erinnere ich mich. Totaler Filmriss. Du hast neulich davon gesprochen, Emilys Grab zu besuchen … Ich frage mich, ob das der Auslöser gewesen sein könnte.«

»Tja, ich weiß nicht. Könnte sein. Ich meine, vielleicht hast du daran gedacht. Oder vielleicht hast du den Hund deiner Mutter ausgegraben, weil du an den anderen Hund gedacht hast, an Trevor.«

Diese Möglichkeit war neu für Daniel.

»Hör mal, Kumpel«, fuhr Kyle fort, »als ich gestern auf Michele aufgepasst habe … Dabei ging mir noch einmal alles durch den Kopf. Ich meine, Geister und so.

Michele hat da ein Kätzchen, das sie Toni nennt und das nur für sie existiert. Sie redet die ganze Zeit mit ihm. Als ich sie dabei beobachtet habe, musste ich an die Dinge denken, die manche Leute sehen, obwohl sie gar nicht da sind, an das, was real ist und was nicht. Ich bin mir noch immer nicht sicher, ob ich an Geister glaube, aber gestern hab ich online ein bisschen recherchiert. Hast du jemals etwas von ›wachen Albträumen‹ gehört?«

»Von wachen Albträumen?«

»Die sind wie Albträume, aber man hat sie am Tag. Wie Wachträume, nur viel schrecklicher. Man erlebt sie, während man wach ist.«

»So was wie Halluzinationen?«

»Ich glaube, man könnte es so nennen. Vielleicht passiert das mit dir.«

»Ich werde darüber lesen. Morgen ruft mein Vater einen Seelenklempner an, mit dem ich reden soll.«

»Einen Psychiater?«

»Ja.«

Frag ihn nach Emily. Erzähl ihm von dem Notizbuch.

Doch Kyle sprach, bevor Daniel Gelegenheit fand, dieses Thema anzuschneiden. »Hast du deinem Vater davon erzählt? Von den Visionen und allem?«

»Na ja, dass Akiras Kadaver auf der Motorhaube seines Wagens lag, deutete ziemlich klar darauf hin, dass mit mir was nicht stimmt.«

»Und es klingt so, als würde es noch schlimmer.«

»Danke für die kleine Erinnerung.«

»Bin immer gern zu Diensten.«

Daniel blickte auf das Tagebuch, das am Rand des

Schreibtisches lag. »Erinnerst du dich an den Blogeintrag, den ich für Teach geschrieben habe?«

»Ja.«

»Als wir heute vom Arztbesuch heimfuhren, fiel mir ein anderes Bild ein.«

»Wie sah es aus?«

»Ich habe abblätternden Schmutz gesehen, als ich die Hände an dem rieb, was real zu sein schien, und dabei löste sich eine Schicht von der Realität.«

»Hast du gerade ›abblätternder Schmerz‹ gesagt?«

»Schmutz, nicht Schmerz.«

»Verstehe.«

Daniel erinnerte sich an die Kopfschmerzen.

Abblätternder Schmerz.

Wäre gar nicht schlecht als Beschreibung.

»Dir fallen ziemlich ungewöhnliche Bilder ein: abblätternder Schmutz der Realität; Geier, die an den Knochen deiner Träume picken. Woher kommt das alles?«

»Keine Ahnung.«

»Man könnte meinen, dass ein Teil deines Gehirns erwacht, der bisher nicht aktiv gewesen ist.«

Vielleicht ist das die Erklärung dafür, dass du Dinge siehst und schlafwandelst und so.

Vielleicht hat es etwas mit den Kopfschmerzen zu tun.

»Möglich.«

Aber warum?

Und warum jetzt?

»Wie lief gestern des Treffen mit Ronnie?«, fragte Kyle.

»Gut. Er hat mir gesagt, dass Emilys Handy nie gefunden wurde.«

»Deinem Tonfall entnehme ich, dass du das für verdächtig hältst.«

»Er meinte, normalerweise trug sie es in der Hosentasche, nicht in ihrer Handtasche. Ich bezweifle, dass die Strömung es aus der Hosentasche gerissen hat.«

Und sie scheint nicht von der Klippe gefallen zu sein, wenn man bedenkt, wo ich die Brille gefunden habe, dachte Daniel, sprach den Gedanken aber nicht aus.

»Ich frage mich, wer die letzte Person gewesen sein mag, mit der Emily gesprochen oder der sie eine Textnachricht geschickt hat«, sagte Kyle. »Das gäbe uns einen wichtigen Hinweis auf die Person, mit der sie am See gewesen ist.«

Eine Pause folgte, und Daniel hielt den Zeitpunkt für gekommen, den Grund für seinen Anruf anzusprechen.

»Hast du gewusst, dass Emily in dich verliebt war, Kyle?«

»Wovon redest du da? Hat Ronnie dir das gesagt?«

»Nein. Ich habe ihr Notizbuch gesehen, als ich dort war. Darin steht überall dein Name geschrieben, mit Herzen daneben.«

Stille. »Ich hatte keine Ahnung, dass es so ernst war.«

»Du wusstest also davon?«

»Ich meine, ich habe gehört, dass ich ihr gefiel, aber ich bin mit Mia zusammen. Außerdem war Emily zwei Jahre jünger. Sie konnte kaum damit rechnen, dass zwischen uns was laufen würde.«

Das entsprach Daniels früheren Überlegungen. »Du hast mir gesagt, du hättest sie überhaupt nicht gekannt.«

»Ja. Nein. Ich meine, ich bin ihr einige Male im Flur

begegnet und habe Hallo gesagt. Das ist alles. Ihr Spind war nicht weit von meinem entfernt. Ich habe nur versucht, höflich zu sein.« Kyle zögerte. »Sie muss das irgendwie in den falschen Hals gekriegt haben.«

»Ja. Ich glaube, Ty hat das Notizbuch gesehen. Wie auch immer …«

»Deshalb hat er dich am Samstag darauf angesprochen?«

»Ja, und deshalb hat er gesagt, er wüsste über dich und Emily Bescheid. Als Ronnie in dem Spind steckte und wir uns Ty entgegengestellt haben.«

»Glaubst du wirklich, jemand könnte Emily umgebracht haben?«

»Ja.«

Kyle überlegte einen Moment. »Hältst du es für möglich, dass Ty dahintersteckt?«

Bisher hatte Daniel nur an die Möglichkeit gedacht, dass Emily umgebracht worden war. Über den Täter hatte er sich noch keine Gedanken gemacht. »Ich weiß nicht.«

»Es würde erklären, warum er weiß, was in Emilys Notizbuch geschrieben steht.«

»Dafür gibt es auch andere mögliche Erklärungen.«

»Vielleicht«, sagte Kyle.

»Mein Vater möchte, dass ich aufhöre, Nachforschungen in Hinsicht auf Emilys Tod anzustellen. Er glaubt, dass ich herumschnüffele. Ich soll alles ihm überlassen.«

»Und was hast du gesagt?«

»Ich habe ihm versprochen, es ruhen zu lassen.«

»Ah. Also kein Ausflug zum Friedhof?«

»Mal sehen. Ich hatte in letzter Zeit einige sehr beängstigende Erlebnisse – das Ausgraben von Akira ist der bisherige Höhepunkt. Ich muss Antworten finden, und zwar schnell, bevor ich etwas Gefährliches anstelle, das ich später bereue.«

»Und du glaubst, dir selbst helfen zu können, wenn du dieser Sache auf den Grund gehst?«

»Das hoffe ich sehr.«

»Ich helfe dir gern, wenn ich helfen kann, aber wenn Emily wirklich ermordet worden ist … Als Täter käme praktisch jeder infrage. Ich glaube, du solltest niemandem trauen …«

»Bitte sag mir nicht, dass ich niemandem trauen soll«, erwiderte Daniel.

»Warum?«

»Wenn in Filmen jemand dem Protagonisten sagt, er solle niemandem trauen … Dann kann man davon ausgehen, dass es genau diese Person ist, die ihn später verrät.«

Kyle antwortete nicht sofort. »Verstehe. Natürlich möchte ich nicht, dass du mich verdächtigst.«

»Oder du mich.«

»Wir sehen uns morgen.«

»Alles klar.«

Abblätternder Schmerz.

Kein schlechtes Bild.

Daniel nahm das Tagebuch, notierte seine Eindrücke von abblätternder Realität und schrieb dann:

Der Junge war nicht ganz auf diesem Weg, rutschte nicht ganz ins Grauland.

Er erinnerte sich daran, wie es gewesen war. Das war der schwerste Teil: zu wissen, dass er einst feste Wurzeln in der Realität gehabt hatte. Damals war er der Überzeugung gewesen, einigermaßen normal zu sein.

Aber jetzt sah alles anders aus. Er hatte die Welt des Gewöhnlichen verlassen und bewegte sich am Rand des Wahnsinns.

Alles in wenigen Tagen.

Wie lange dauerte es, den Verstand zu verlieren? Es gibt immer einen Kipppunkt, wie bei einer Lawine: Das zusätzliche Gewicht einiger weniger Flocken reicht aus, um all den Schnee in Bewegung zu setzen.

Und wenn die Lawine erst einmal den Berg hinunterrollt, kann nichts sie aufhalten.

Daniel fragte sich, ob eine der Visionen wie eine Lawine für ihn sein konnte, ob sie ihn packte und ganz auf die andere Seite stieß, dorthin, wo der Wahnsinn regierte.

Kann man zur Vernunft zurückkehren, wenn man verrückt geworden ist?

Grauland.

Gefangen zwischen Schwarz und Weiß.

Eine scheußliche Vorstellung.

Daniel ging online und suchte nach Informationen über Albträume, die man nicht nur in der Nacht haben konnte, wenn man schlief, sondern auch tagsüber, wenn man wach war. Künstler und andere sehr kreative Menschen – Maler, Bildhauer, Komponisten und Schriftsteller – konnten mehrere solcher Albträume im Monat haben.

Schizophrene bekamen mehrere lebhafte und beängstigende Träume pro Woche.

Auch wenn sie wach waren.

Die Barriere zwischen Wirklichkeit und Irrealem schien für manche Menschen dicker zu sein als für andere. Bei ihm schien sie immer dünner zu werden.

Oder vielleicht gab es bei ihm gar keine Barriere mehr.

Daran dachte Daniel, als er den Müll nach draußen bringen wollte und feststellte, dass die Tür verschlossen und verriegelt war.

Das hat dein Vater getan, damit du im Haus bleibst, wenn du wieder schlafwandelst.

Natürlich wäre es einem Schlafwandler ohne Weiteres möglich gewesen, eine abgeschlossene Tür aufzuschließen. Aber soweit Daniel wusste, hatte sein Vater die Tür nie verriegelt. Dass er es an diesem Abend getan hatte, zeigte deutlich, wie besorgt er war.

Daniel trug den Müll nach draußen, kehrte ins Haus zurück und schickte Stacy eine Textnachricht.

Keine Antwort.

Seine Matratze war noch immer feucht von der letzten Nacht, weshalb er erneut seinen Schlafsack hervorholte.

Bevor er hineinkroch, schob er die Kommode vor die Tür. Er wusste nicht, ob es helfen würde, aber wenn er in dieser Nacht mit der Absicht aufbrach, Akiras Grab zu suchen, würde ihn die Kommode wenigstens ein bisschen aufhalten.

42

Kein Schlafwandel-Problem in der Nacht.

Zum Glück.

In der Schule bat Kyle noch einmal darum, Stacy vorgestellt zu werden, und Daniel versprach es ihm. Obwohl er befürchtete, dass ihm kein besonders angenehmes Gespräch mit ihr bevorstand, denn immerhin hatte sie ihn am Samstagabend sitzen lassen.

»Weißt du noch, dass wir über einen Abstecher zum Friedhof gesprochen haben?«, fragte Kyle.

»Ja.«

»Ich denke, wir sollten uns nach deinem Footballtraining heute Nachmittag auf den Weg machen. Nach der Schule arbeite ich ein paar Stunden im Rizzo's, aber um sechs habe ich frei.«

»Wenn der Ansturm zum Abendessen losgeht?«

»Ich werde abgelöst.«

»Glaubst du wirklich, wir sollten uns auf dem Friedhof umsehen?«

Kyle zuckte die Schultern. »Wer weiß, vielleicht findest du dort einige der Antworten, die du suchst.«

Daniel erinnerte sich daran, dass Emily auf dem Friedhof St. Andrew begraben war.

»Und vielleicht hört deine Schlafwandlerei auf, wenn

du dort gewesen bist«, fügte Kyle hinzu. »Ich schätze, es war der Gedanke an den Friedhofsbesuch, der dich dazu gebracht hat, mitten in der Nacht aus dem Bett zu steigen und den Hund auszugraben.«

Sie verabredeten sich um halb sieben am Friedhof.

Nach der dritten Stunde überprüfte Daniel sein Handy auf Textnachrichten und fand eine von seinem Vater. Er hatte einen Termin mit dem Psychiater vereinbart: um 16:00 Uhr am Donnerstag.

»Ich rede mit dem Trainer und entschuldige dich bei ihm, wenn du möchtest«, schrieb Daniels Vater.

Daniel hatte das Footballtraining bereits gestern Nachmittag versäumt. Die Aussicht, es noch einmal zu verpassen, erfreute ihn nicht gerade.

»Was ist mit morgen?«, schrieb er seinem Vater. »Keine Schule.«

»Hab's versucht. Es geht erst am Donnerstag«, antwortete dieser.

»Ich rede selbst mit dem Trainer«, schrieb Daniel.

Nach der vierten Stunde traf er sich mit Nicole und gab ihr den Ohrring zurück. Sie sprachen kurz über Samstagabend. Sie dankte ihm dafür, dass er den Ohrring gefunden hatte. Als sie zu ihrem Unterricht ging, holte Daniel noch einmal sein Handy hervor. Noch immer keine Nachricht von Stacy. Er hatte sie den ganzen Tag nicht gesehen. Konnte es sein, dass sie ihm absichtlich aus dem Weg ging?

Daniel spielte mit dem Gedanken, nach ihr zu suchen, entschied sich dann aber dagegen. Er hatte oft genug versucht, Kontakt mit ihr aufzunehmen. Wenn sie mit ihm reden wollte ... Sie hatte seine Nummer und konnte ihn jederzeit anrufen. Es lag bei ihr.

Der Rest des Nachmittags und das Footballtraining vergingen auf eine angenehm normale Art und Weise. Es fühlte sich gut an, dass die Dinge nicht noch mehr durch die Barriere zwischen Wirklichkeit und Einbildung rutschten.

Nach dem Training sprach Daniel mit Coach Warner und sagte ihm, dass er am Donnerstag wegen eines Arzttermins nicht zum Training kommen könne.

»Du warst doch erst gestern beim Arzt«, sagte der Trainer.

Daniel wollte nicht sagen, dass er zu einem Psychiater ging, und deshalb erwiderte er: »Das ist eine Nachuntersuchung.«

»Gibt es irgendeinen Grund, warum ich mir Sorgen machen sollte?«

»Nein. Ich kann diese Woche spielen. Kein Problem.«

»Halt mich auf dem Laufenden.«

»Mache ich.«

Auf dem Weg zum Friedhof, wo er Kyle treffen wollte, bekam er einen Anruf vom Talentscout der Ohio State University, der das Spiel am Freitagabend beobachtet hatte. Er fragte, wie es Daniel ginge. Daniel antwortete, es sei alles in bester Ordnung mit ihm, und danke der Nachfrage. Der Talentscout versprach, sich in der kommenden Woche noch einmal zu melden.

Der zum Friedhof St. Andrew führende Weg war ziemlich schlecht. Als Daniel die Landstraße verließ, wurde aus Asphalt fast sofort Schotter.

Schließlich erreichte er den Friedhof und stellte fest, dass dort nicht nur Kyle auf ihn wartete, sondern auch Nicole und Mia.

43

Bei der Begrüßung erfuhr Daniel, dass Kyle Mia gebeten hatte mitzukommen, und Mia hatte Nicole eingeladen.

»Es erinnert mich daran, dass Mädchen auch immer zusammen zur Toilette gehen«, sagte Kyle. »Ich meine, könnt ihr euch vorstellen, dass ein Junge sagt: ›He, Kumpel, ich muss mal pinkeln. Kommst du mit?‹«

»Das wäre echt komisch«, sagte Mia. »Aber bei Mädchen sieht die Sache anders aus, nicht wahr, Nicole?«

»Und ob.«

Trotzdem erschien es Daniel seltsam, dass Mia Nicole eingeladen hatte. Er vermutete, dass er der Grund dafür war.

Sie alle hatten den Friedhof schon einmal besucht, für ein Schulprojekt in der achten Klasse.

Damals hatten sie die Grabinschriften mit Papier und Zeichenstift durchgepaust, um Namen und Todesdatum zu bekommen. Ein sonderbares, makabres Projekt.

Daniel erinnerte sich daran, dass er die Inschrift eines Grabes aus dem Jahr 1924 abgepaust hatte. Dort lag ein Baby, das nur sieben Tage nach der Geburt gestorben war.

Emily Jackson hatte 5250 Tage länger gelebt.

Daniel zählte erneut: Er hatte 6103 Tage länger gelebt.

Zahlen.

Sie sprangen ihm regelrecht entgegen.

Ja, Miss Flynn hatte recht gehabt mit ihrem Kommentar zu Kyles Blogeintrag in der vergangenen Woche: *Der Sand rieselt schnell, für uns alle.*

Korn um Korn.

Moment für Moment.

Unaufhaltsam.

»Weiß jemand, wo sich Emilys Grab befindet?« Mias Frage riss Daniel aus seinen Gedanken.

»Ich hab keine Ahnung«, sagte Kyle. »Wir sollten uns verteilen und danach suchen. Paarweise. Mia, du kommst mit mir.«

»Einverstanden?«, wandte sich Daniel an Nicole.

»Ja, kein Problem.«

»Das Grab dürfte frisch sein«, sagte Mia ernst. »Es ist erst eine Woche alt.«

Eine Woche. Das ganze Leben des Babys.

Wenig und gleichzeitig viel.

Der Friedhof war groß und hügelig. Daniel vermutete, dass es eine Weile dauern würde, Emilys Grab zu finden. Die überall wachsenden Kiefern machten die Suche noch schwieriger.

Zwielicht.

Die Sonne stand tief und die Schatten waren lang.

Durchaus angemessen für einen Friedhof.

Während der Suche unterhielt Daniel sich mit Nicole. Er erzählte ihr nicht von seinen beunruhigenden Visionen, vertraute ihr aber an, dass Kyle und er vermuteten, Emily könne ermordet worden sein. »Ihr Bruder Ronnie hat uns gesagt, dass sie eine gute Schwimmerin war.«

»Vor deinem Eintreffen hat Kyle gesagt, ihr wolltet euch ansehen, was auf ihrem Grab liegt«, sagte Nicole leise. »Ob dort jemand etwas zurückgelassen hat, der bei ihr war, als sie starb.«

Daniel bemerkte, wie sie es ausdrückte. *Der bei ihr war, als sie starb.* Nicht: *Der sie umbrachte.*

»Ja.«

»Das ist ziemlich gruselig.«

»Ich bin bei dir.«

»Glaubst du wirklich, dass wir etwas finden könnten?«

Als Kyle vorgeschlagen hatte, Emilys Grab zu besuchen, war Daniel der Meinung gewesen, dass es durchaus einen Sinn hatte. Aber jetzt begann er immer mehr daran zu zweifeln.

Wahrscheinlich vergeudeten sie ihre Zeit.

»Ich weiß es nicht.«

Daniel erzählte von Emilys Notizbuch und dass Kyles Name an den Rand geschrieben war. Nicole erwiderte, sie habe von einem Mädchen aus einem der unteren Jahrgänge gehört, dass in Kyle verknallt gewesen sei. Um wen es sich dabei gehandelt habe, hatte sie nicht gewusst. »Jessica Trays Schwester hat einmal beobachtet, wie Emily Herzen in ihr Notizbuch malte. Offenbar sind sie für Kyle gewesen.«

Sie erreichten eine kleine Anhöhe und fanden das Grab.

Emilys Name sowie ihr Geburts- und Todesdatum standen auf einem Schild, das darauf wartete, durch einen Grabstein ersetzt zu werden, der offenbar noch nicht fertig war. Darunter las Daniel die Worte: »Geboren, um geliebt zu werden.«

Als er das Grab betrachtete, dachte er an Ronnies Mutter und ihr seltsames Verhalten, als er im Haus der Jacksons gewesen war.

Sie hatte dieses Mädchen zur Welt gebracht.

Und dann hatte sie es beerdigen müssen.

So etwas musste unglaublich hart sein und trotz der ablehnenden Haltung ihm gegenüber war Daniel plötzlich voller Mitleid für sie.

Neben dem Schild lagen mehrere Blumensträuße auf dem Grab, vom Wind zerzaust und vom Regen aufgeweicht.

Die Blumen erinnerten Daniel an die Kommentare auf Emilys Facebook-Seite und daran, dass er sie für die modernen Beileidsbekundungen des einundzwanzigsten Jahrhunderts gehalten hatte.

Offenbar gab es doch auch noch die altmodische Art, um jemanden zu trauern.

Das fand er gut.

Jemand hatte ein kleines Windrad in den Boden gesteckt, doch es drehte sich nicht, da kein Wind wehte. Daneben lagen einige gerahmte Fotos, die eine lächelnde Emily und in der unteren linken Ecke Mr Ackermans Firmenlogo zeigten. Plastikhüllen schützten sie vor dem Wetter. Daniel stellte fest, dass jedes Bild Emily mit ihrer Halskette zeigte. Zwei Plüschtiere lagen auf dem Grab, nass und schmutzig vom Unwetter in der vergangenen Nacht.

Für einige Sekunden blieben Nicole und Daniel stumm. Dann riefen sie Kyle und Mia zu, dass sie das Grab gefunden hatten.

Eine Zeit lang starrten alle vier schweigend darauf hinab.

»Moment mal«, sagte Mia. »Diese Blumen … Einen solchen Strauß habe ich auch dort drüben bei dem anderen Grab gesehen.«

Sie ging los und die anderen folgten ihr über den Friedhof.

Auf einem Grab unweit der Straße, direkt neben dem Grabstein, lag ein Strauß Blumen, der genauso aussah wie einer von denen auf Emilys Grab.

Der Name auf dem Grabstein: Grace McKinney.

Die Frau von Mr McKinney, dem Mathelehrer.

Sie war vor zwei Sommern gestorben.

Die Inschrift lautete: »Geliebte Frau, zu früh gegangen.«

»Das ist ein bisschen bizarr, findet ihr nicht?«, sagte Mia. »Diese Blumen sind frisch, genau wie die auf Emilys Grab.«

»Ich weiß nicht«, erwiderte Kyle. »Mr McKinney kam wahrscheinlich hierher, um Blumen auf Emilys Grab zu legen, und bei der Gelegenheit brachte er auch welche für seine Frau mit. Oder umgekehrt.«

»Er war Emily's Lehrer«, sagte Daniel. »Es ist also gar nicht so seltsam, dass er Blumen auf ihr Grab gelegt hat.«

Bisher hatte niemand erwähnt, wie Grace McKinney

gestorben war. Daniel brachte es zur Sprache. »Sie starb nicht an einer Krankheit. Wisst ihr noch? Sie ertrank.«

Nicole blickte auf den Grabstein. »Ja. In ihrem Swimmingpool, oder? Sprang hinein und schlug mit dem Kopf auf den Grund.«

Mia nickte. »So heißt es jedenfalls.«

»Du glaubst doch nicht …«, begann Nicole.

»Keine Ahnung.«

Daniel führte sie zu Emilys Grab zurück, wo sich Nicole und Mia daranmachten, den Schmutz von den Plüschtieren zu entfernen.

»Sollten wir etwas sagen?« Nicole hielt den Teddybär in ihren Armen. »Ein Gebet oder ein paar Worte? Ich weiß nicht. Ich glaube, das sind wir ihr schuldig …«

Mia wandte sich an Kyle. »Übernimm du das.«

Er überlegte kurz und sprach dann mit sanfter, ruhiger Stimme: »Wenn ich auf den Pfaden der Nacht wandle, atme ich Fetzen der Dunkelheit. Wenn ich in die Melodie der Morgendämmerung trete, weichen die Schatten zurück.« Er legte eine kurze Pause ein. »Ich hoffe, du bist in die Melodie der Morgendämmerung getreten, Emily. Das hoffe ich sehr.«

Korn um Korn.

Unsere Momente verstreichen.

Und sie nehmen uns mit.

Nicole legte den Teddybär aufs Grab zurück. »Sollte man nicht feststellen können, ob Emily von der Klippe gestürzt ist? Ich meine, sollte sie sich beim Aufprall auf das Wasser nicht Knochen gebrochen oder innere Verletzungen erlitten haben?«

»Ich denke, von irgendwelchen Knochenbrüchen hätten wir gehört.« Daniel erinnerte sich daran, dass sein Vater eine Autopsie erwähnt hatte, die ohne besonderen Befund geblieben war. Der Fundort der beschädigten Brille legte nahe, dass Emily nicht von der Klippe gestürzt war, aber diesen Gedanken behielt Daniel für sich.

Wieder bei ihren Wagen fragte Kyle, ob er Daniel kurz allein sprechen könne. Sie gingen einige Schritte, damit Mia und Nicole sie nicht hörten.

44

»Ich glaube nicht, dass es wie mit der Puppe ist«, sagte Kyle.

»Was ist nicht wie mit der Puppe?«

»Was hier abgeht. Ich glaube nicht, dass es wie mit der Puppe im Mansardenfenster drüben in Minnesota ist. Du weißt schon, die Geschichte, die ich dir erzählt habe.«

»Ich fürchte, ich verstehe nicht ganz, worauf du hinauswillst.«

Kyle holte sein Handy hervor. »Ich meine, dass etwas geschah und dann eine Geschichte kam und es fand.« Er tippte aufs Display und öffnete die Taschenrechner-App.

»Das ist doch nicht dein Ernst, Kyle. Das ist wohl kaum ein geeigneter Zeitpunkt.«

»Nein, ich möchte dich nur daran erinnern, wozu du imstande bist.«

»Das weiß ich auch so. Steck das Ding ein.«

Kyle hob das Handy, damit Daniel einen Blick aufs Display werfen konnte. »Dein Gehirn stellt Berechnungen an, zu denen sonst niemand imstande ist. Es geschieht unbewusst, auf eine Weise, die selbst du nicht wirklich verstehst. So wie bei mir mit Musik, erinnerst du dich?«

»Ja, aber was hat das mit dem zu tun, was hier geschieht?«

»Ich glaube, irgendwie verknüpfst du Dinge miteinander, denen sonst niemand Beachtung schenkt, wie die Sache mit Trevor, der auch am See war, und der Halskette, die Emily auf den Fotos trägt.«

»Aber wie?«

Kyle ließ sein Handy in der Hosentasche verschwinden. »Dir fallen bestimmte Dinge auf, in Zeitungen, Tweets oder in der Schule, was weiß ich, und dein Gehirn fügt das alles wie Mosaiksteine zu einem Bild zusammen.« Bei diesen Worten klopfte er sich an den Kopf. »Hier oben entsteht also ein Bild und dann hast du Visionen. Die Sache ist: Wir müssen entschlüsseln, was dir dein Unterbewusstsein mitzuteilen versucht.«

»Was ist mit Akira? Wie passt sie ins ›Bild‹?«

»Sie sollte uns zum Friedhof bringen.«

»Das war ursprünglich deine Idee.«

»Stimmt«, räumte Kyle ein. »Aber vielleicht hat es irgendetwas in deinem Kopf losgerüttelt, woraufhin dir klar wurde, dass ein Abstecher zum Friedhof helfen könnte. Oder wie ich vorher gesagt habe: Vielleicht hatte es etwas damit zu tun, dass du an Trevor gedacht hast.«

»Aber warum? Und warum beginnt das alles jetzt?«

Kyle schüttelte den Kopf. »Um herauszufinden, wie Emily wirklich starb? Ich weiß nicht recht. Du hast von abblätternder Realität gesprochen. Was passiert, wenn das geschieht, wenn du Dinge siehst?«

»Dann verschwimmt die Realität. Ich weiß, dass

etwas geschieht, was eigentlich nicht geschehen sollte, aber das ändert nichts daran, dass es völlig real aussieht. Und sich auch so anhört.«

»Und es fühlt sich real an. Wie die Male an deinem Arm, der Abdruck der Hand.«

»Ja.«

»Das ist also etwas anderes als wache Albträume oder Halluzinationen. Und ich glaube nicht, dass es unbedingt etwas mit Geistern zu tun hat.« Kyle überlegte kurz. »Die Realität verschwimmt ... Also ist es ein Verschwimmen. Wenn du die Dinge siehst, meine ich.«

Selbst wenn es Halluzinationen waren – Daniel war froh, sie als etwas anderes zu bezeichnen. »›Verschwimmen‹ klingt gut.«

»Ich glaube, wir sollten herausfinden, wie Mrs McKinney starb.«

»Das denke ich auch«, sagte Daniel. »So bald wie möglich.«

»Noch heute Abend?«

»Warum nicht? Treffen wir uns bei mir zu Hause?«

Kyle überlegte erneut. »Lass uns zu mir fahren. Dann besteht nicht die Gefahr, dass dein Vater hereinkommt und entdeckt, dass du noch immer Nachforschungen anstellst.«

»Guter Hinweis.«

Da Daniel seinem Vater versprochen hatte, die Angelegenheit ruhen zu lassen, fühlte er sich ein wenig schuldig. Normalerweise hielt er seine Versprechen, aber in diesem Fall war es wichtiger, die Wahrheit über Emilys Tod herauszufinden.

Bevor sie den Friedhof verließen, erklärten Daniel und Kyle den beiden Mädchen, was vor sich ging. Daraufhin wollten Mia und Nicole bei dem Treffen dabei sein. »Auch wir sind jetzt Teil dieser Sache«, sagte Mia mit fester Stimme. »Wir wollen genauso Antworten finden wie ihr.«

»Na schön«, sagte Kyle. »Gebt mir nur genug Zeit, meine kleine Schwester ins Bett zu bringen – ich muss ihr eine Gutenachtgeschichte erzählen. Wir treffen uns in einer Stunde bei mir.«

45

Poster seiner Lieblingsbands hingen an den Wänden von Kyles Mansardenzimmer. Seine elektrische Gitarre stand in der Ecke neben einem Schreibtisch, auf dem kaum eine größere Unordnung herrschen konnte.

Mia war bereits da, als Daniel eintraf, doch Nicole musste zu Hause noch einige Dinge erledigen.

»Wie ist der Plan?«, fragte Mia.

Alle drei hatten ihre Laptops geöffnet.

Daniel legte sofort los. »Wir müssen so viel wie möglich über Mrs McKinneys Tod herausfinden. Außerdem gibt es Geschichten über andere Leute, die am Windy Point ertrunken sind. Ich möchte wissen, ob es nur Gerede ist oder ob dort tatsächlich Menschen ums Leben gekommen sind.«

»Ich nehme mir das mit Windy Point vor«, bot sich Kyle an.

»Ich übernehme Mrs McKinney«, sagte Mia.

»Gut.« Daniel dachte nach. »Ich recherchiere Mr McKinneys Vergangenheit und versuche, mehr über ihn zu erfahren. Mal sehen, ob ich irgendwo etwas Verdächtiges finde.«

Sie arbeiteten schweigend. Nach einer Weile bat Mia die beiden Jungs, ihr mehr zu erzählen. »Mehr darüber, was eigentlich vor sich geht«, sagte sie. »Es gibt da etwas, das ihr für euch behaltet.«

»Das ist entweder anmaßend oder aufmerksam«, kommentierte Kyle.

»Aufmerksam. Ich bin ein Mädchen. Also?«

Daniel gab schließlich nach und schilderte seine Halluzinationen.

Mia nahm alles in sich auf. »Eine Art Makropsie.«

»Eine was?«

»Bei den Recherchen für meinen Roman über unerklärliche Dinge, die manche Menschen sehen, ich meine den Geister-Teil, bin ich auf eine seltsame Erkrankung gestoßen: Makropsie. Die Betroffenen sehen Objekte nicht so, wie sie wirklich sind, sondern größer. Eine ganz normale Mädchenbürste kann so groß erscheinen wie das Mädchen selbst. Oder ihre Puppe wird so groß wie das Haus und die Bettdecke riesig wie ein Berg. Das Gegenteil ist Mikropsie: Alles erscheint kleiner.«

»Wo ist da der Zusammenhang mit mir?«

»Er betrifft Perspektive und Differenzierung zwischen dem, was dein Bewusstsein für real hält und was wirklich real ist.«

»Wie stellt man fest, ob einem die Augen einen Streich spielen?«, fragte Kyle.

»Das ist der Punkt. Nicht die Augen spielen einem Streiche, sondern das Bewusstsein. Wir sehen, was das Gehirn uns zeigt, nicht die Augen. Deshalb funktionieren optische Täuschungen. Das Gehirn versucht, einen Sinn in bestimmten Dingen zu erkennen, und dabei gerät es durcheinander.«

Das traf es ziemlich gut, fand Daniel. Sein Gehirn versuchte, gewisse Dinge zu verstehen, und dabei wurde es immer verwirrter.

Nicole erschien, und da Daniel Mia eingeweiht hatte, erklärte er auch ihr, um was es ging.

Sie hörte stumm zu, ohne zu zeigen, was sie dachte. »Deshalb hast du mich nach Geistern und Dämonen gefragt?«

»Ja.«

Für einen Moment sprach niemand.

»Es haben nicht nur Blumen auf Emilys Grab gelegen«, sagte Daniel. »Ich habe Plüschtiere gesehen, ein Windrad und mehrere Fotos von Mr Ackerman. Er macht auch die Fotos von unserer Footballmannschaft. Manchmal kommt er in die Schule und fotografiert für das Jahrbuch. Auch beim Homecoming-Ball war er für Aufnahmen da.«

»Denkst du, was ich glaube, dass du denkst?«, fragte Mia.

»Keine Ahnung. Ich habe ihn bei der Trauerfeier bemerkt. Wir sollten nicht nur versuchen, mehr über Mr McKinney herauszufinden, sondern auch über Mr Ackerman.«

»Ich überprüfe die Website seines Fotostudios«, sagte Nicole. »Vielleicht gibt es dort Bilder von Emily und Mrs McKinney, so was in der Art.«

Sie recherchierten.

Zeit verging.

Mr Ackerman?

Mr McKinney?

War es wirklich möglich, dass einer von ihnen Emily umgebracht hatte?

Und was ist mit Grace McKinney? Hat ihr Tod etwas mit Emily zu tun?

Zu viele Fragen, zu wenige Antworten.

Schließlich setzten sie sich zusammen und tauschten die Ergebnisse aus.

»Nach dem, was sich online in Erfahrung bringen lässt, war Mrs McKinney allein, als sie ertrank«, sagte Mia. »Ihr Mann war im Keller mit irgendwelchen Tischlerarbeiten beschäftigt. Das hat er zumindest bei der Polizei ausgesagt. Er gab zu Protokoll, er hätte durch das Kellerfenster seine Frau ins Wasser springen sehen, aber sie kam nicht wieder hoch. Als er nach draußen lief, war es schon zu spät.«

»Nehmen wir an, er hat gelogen«, sagte Nicole. »Welches Motiv könnte er haben? Hatte seine Frau eine Lebensversicherung? Oder ging es vielleicht um irgendein Erbe?«

»Davon ist nirgends die Rede. Mr McKinney scheint nie ein Verdächtiger gewesen zu sein.«

»Und Emily?«, fragte Daniel. »Wenn er sie beide umgebracht hat ... Bräuchte er nicht ein anderes Motiv, um eine seine Schülerinnen zu ermorden?«

»Ja«, sagte Mia. »Da hast du vermutlich recht.«

»Motive sind ein bisschen wie Aale«, sagte Daniel und erinnerte sich an etwas, das ihm einmal sein Vater gesagt hatte. »Sie sind schlüpfrig und winden sich hin und her. Kaum hat man einen von ihnen in der Hand, entgleitet er einem schon wieder. War es Habgier? Zorn?

Hass? Es ist immer schwer, ein Motiv festzustellen, weil es so viele davon gibt.«

Kyle hatte keine Hinweise darauf gefunden, dass am Windy Point noch jemand gestorben war. Die Gerüchte schienen genau das zu sein: Gerüchte, die irgendwann einmal entstanden waren und seitdem ein Eigenleben führten, wie die Geschichte über die Puppe im Fenster.

»Also gut.« Kyle wandte sich an Daniel. »Was haben wir über Mr McKinney?«

»Nicht viel. Soweit es sich seinen Profilen bei den Websites der sozialen Medien entnehmen lässt, sind seine Hobbys Jagen, Angeln und Höhlenwandern. Er mag Countrymusic und Filme mit Jason Statham. Er kam vor drei Jahren in die Stadt, ist Mitglied der Jagdorganisation Whitetails Unlimited und als Single gelistet. Keine Kinder. Vor zwölf Jahren machte er seinen Abschluss mit Auszeichnung an der Wisconsin-Madison University.«

»Nichts Weltbewegendes«, sagte Mia.

»Nein.«

Da es nicht mehr über Mr McKinney gab, lenkte Daniel das Gespräch in eine neue Richtung. »Ich würde noch immer gern wissen, woher Ty weiß, was in Emilys Notizbuch geschrieben steht.«

»Das ist kein großes Rätsel«, sagte Mia. »Ich glaube, einer der Typen, mit denen er rumhängt, hat einen Bruder in Emily's Stufe. Emily mag eine Außenseiterin gewesen sein, aber vermutlich hat er das ein oder andere mitgekriegt.«

Nicole berichtete über Mr Ackerman. Auf der Website seines Fotostudios gab es keine Bilder von Mrs McKinney oder Emily. Nichts Ungewöhnliches. Keine Verbindung zwischen ihm und Mrs McKinney, abgesehen davon, dass sich das Studio in der Nähe ihres Hauses befand.

Als Nicole fertig war, dachten alle über das Herausgefundene nach. Dann bemerkte Nicole, wie spät es geworden war, und meinte, sie müsse nach Hause.

»Ich begleite dich zum Wagen«, sagte Daniel und nahm seine Jacke.

Die Nacht war kalt.

Daniel bot seine Jacke Nicole an, die sie sich um die Schultern legte. »Danke.«

»Gern geschehen.«

»Es muss schrecklich gewesen sein, solche Dinge zu sehen«, sagte sie. »Geister und so.«

»Verschwimmen.«

»Verschwimmen?«

»So hat Kyle die Erscheinungen genannt. Ein Verschwimmen der Realität. Wenn das geschieht, scheint sich für mich die Grenze zwischen der Realität und den Dingen, die eigentlich nicht real sein können, aufzulösen.«

Vielleicht existiert sie gar nicht mehr.

»Weißt du noch, als ich dir sagte, Jesus hätte seinen Jüngern bewiesen, kein Geist zu sein?«, erwiderte Nicole. »Dass er sie aufforderte, ihn zu berühren, weil Geister ›ohne Fleisch und Bein‹ sind? Auf diese Weise überzeugte er sie, real zu sein. Indem er sich berühren ließ.«

»Und wenn der Geist dich berührt? Bei der Trauerfeier in der Kirche packte Emily meinen Arm. Es blieben Male zurück, ein Abdruck ihrer Hand. Wenn du recht hast, hätte ich nichts fühlen dürfen, oder?«

Und hättest du etwas gefühlt, wenn es nur eine Halluzination gewesen wäre?

Die Hand hast du gespürt, das steht fest.

Es wurde immer rätselhafter.

»Hmm …« Nicole schien laut zu denken. »Ich kann nicht behaupten, das alles zu verstehen, aber es wäre doch einen Versuch wert, oder? Wenn dir Emily das nächste Mal erscheint … versuch sie zu berühren.«

»Du ahnst nicht, wie unattraktiv dein Vorschlag ist.«

»Wenn ich jetzt darüber nachdenke … Ich glaube, ich verstehe dich.«

Die Nacht schloss sich um sie.

Daniel wusste nicht recht, wie er sich von Nicole verabschieden sollte. Eine kleine Umarmung wäre vielleicht angemessen gewesen, doch seine Unsicherheit Mädchen gegenüber machte sich erneut bemerkbar, und so begnügte er sich damit, ihr nur die Hand auf den Arm zu legen. »Wir finden den Mörder, wenn Emily wirklich umgebracht wurde.«

»Ja.«

Mia kam aus dem Haus. »He, ihr beiden.«

Daniel merkte, dass seine Hand noch immer auf Nicoles Arm lag. Er zog sie zurück. »He.«

Nicole nahm die Jacke von den Schultern und gab sie ihm zurück.

Daniel verzichtete erneut auf eine Umarmung und sie

verabschiedeten sich. Dann kehrte Daniel zu Kyle zurück, um noch einmal mit ihm zu reden, bevor er ebenfalls nach Hause fuhr.

46

»Morgen ist Elternsprechtag«, sagte Kyle. »Hat dein Vater vor, mit irgendwelchen Lehrern zu reden?«

»Nein. Meine Noten sind gut genug.«

»Meine auch. Meine Mutter ist zufrieden damit. Also, was hast du vor?«

»Um halb vier hab ich Footballtraining, und das wär's auch schon«, sagte Daniel.

»Mr McKinney wird vorher in der Schule sein.« Es lag ein gewisser Schalk in Kyles Stimme.

»Und?«

»Was bedeutet, dass er dann nicht zu Hause ist.«

»Natürlich nicht. Ich verstehe nicht, was du ... Oh, du willst doch nicht etwa vorschlagen ...«

»Doch. Wir nehmen uns sein Haus vor, sehen uns draußen um und werfen einen Blick auf den Pool, in dem seine Frau ertrunken ist. Vielleicht finden wir ja was.«

»Seitdem sind zwei Jahre vergangen. Ich bezweifle, dass wir nach so langer Zeit noch etwas entdecken könnten, das ihn belastet.«

»Was ist mit dem Kellerfenster? Wir könnten die Sichtlinie überprüfen. Vielleicht hat er gelogen, als er aussagte, er hätte den Sprung seiner Frau gesehen.«

»Und wenn uns die Nachbarn bemerken?«

»Vielleicht genügt es, am Haus vorbeizuschlendern. Das ist doch nicht verboten, oder? Den richtigen Blickwinkel vorausgesetzt können wir möglicherweise den Hinterhof sehen. Mr McKinney wird in der Schule sein. Wenn er Emily ermordet hat – und auch seine Frau –, müssen wir so viel wie möglich herausfinden, bevor wir uns an deinen Vater wenden.«

Es war natürlich sinnvoll und richtig, mit Daniels Vater zur reden, aber bisher hatten sie nichts als Mutmaßungen. Sie brauchten etwas Konkretes, um den Sheriff einzuschalten.

»Na ja, es kann eigentlich nicht schaden, wenn wir am Haus vorbeigehen und uns dabei umsehen«, sagte Daniel. »An welche Uhrzeit hast du gedacht?«

»Ich muss später am Nachmittag arbeiten, und bei dir steht das Footballtraining auf dem Programm, richtig?«

»Ja.«

»Wie wär's mit 13:00 Uhr?«

»Müsste klappen.«

Sie fanden Mr McKinneys Adresse online.

»Ich kenne das Viertel«, sagte Kyle. »Hinter dem Haus gibt es einen Waldstreifen, der bis dorthin reicht, wo Mr Ackerman sein Fotostudio hat – Mias Freundin hat bei ihm Fotos machen lassen. Wir könnten durch den Wald gehen, die Lage sondieren und wieder verschwinden. Schnell und sauber.«

»Schnell und sauber?«

»Hab ich irgendwo in einem Buch gelesen. Das hat ein FBI-Beamter gesagt, glaube ich. Na, was hältst du davon?«

»Ja, das mit dem Wald klingt besser als ein Spaziergang am Haus vorbei. Außerdem ist der Pool vielleicht von einem Zaun umgeben, dann könnten wir ihn von der Straße gar nicht sehen.«

»Ja.«

»Gibt es eine Straße auf der anderen Seite des Waldstücks?«

»Ja.«

»Dort lassen wir die Autos stehen«, sagte Daniel.

»Alles klar.«

Vermutlich war es keine gute Idee, wie auch immer man es sah, aber als Daniel nach Hause fuhr, dachte er: Durch den Wald zu gehen und dabei einen Blick auf das Haus zu werfen, war eigentlich keine große Sache.

Erst recht nicht, wenn dieser Typ tatsächlich zwei Menschen ermordet hatte.

47

Als Daniel zu Hause eintraf, brannte nirgends Licht. Er nahm an, dass sein Vater bereits zu Bett gegangen war und schlich deshalb leise durchs Haus, um ihn nicht zu wecken.

Er wollte gerade ins Bett gehen, als er ein Geräusch am Fenster hörte.

Dann noch einmal.

Jemand klopfte an die Scheibe.

Die einzige Person, die ihm in den Sinn kam, war Kyle, aber das hielt er für ausgeschlossen. Kyle hätte ihm zuerst eine Nachricht geschickt.

Außerdem könnte er nicht so schnell hierhergekommen sein.

Ist es vielleicht Emily?

Ein weiteres Verschwimmen?

Er brannte nicht unbedingt darauf, den Vorhang beiseitezuziehen, aber er wollte wissen, wer – oder was – sich auf der anderen Seite befand.

Auf dem Weg zum Fenster hörte er das Klopfen zum dritten Mal.

Seine Anspannung wuchs, als er die Hand nach dem Vorhang ausstreckte, ihn zur Seite zog … und Stacy Clern sah.

Daniel öffnete das Fenster.

»Tut mir leid, wenn ich dich erschreckt habe«, sagte sie.

»Was machst du hier?«

Es überraschte ihn, sie zu sehen, aber verblüfft in dem Sinne war er nicht. Immerhin geschah es nicht zum ersten Mal, dass sie spät abends und unangekündigt bei ihm auftauchte.

»Ich muss mir dir reden. Darf ich hereinkommen?«

Daniel fühlte sich versucht, mit »Nein« zu antworten.

»Was gibt es denn?«

»Ich möchte das nicht durchs Fenster mit dir besprechen.« Ihre Stimme war gedämpft. Sie deutete auf die Fensterbank. »Darf ich?«

Es gefiel Daniel nicht, sie hereinzulassen, aber dieses Durchs-offene-Fenster-Reden war alles andere als ideal, und das Wohnzimmer kam nicht infrage – ein dort geführtes Gespräch hätte vielleicht seinen Vater geweckt.

Er machte das Fenster ganz auf. Stacy winkte seine helfende Hand beiseite und kletterte herein.

»Dein Zimmer gefällt mir.«

»Danke. Also, worum geht's? Was ist so wichtig, dass du um diese Zeit hierherkommst?«

»Ich wusste nicht, was ich sonst tun sollte. In der Schule bist du mir aus dem Weg gegangen ...«

»Wovon redest du da? Ich bin dir nicht aus dem Weg gegangen.«

»Ich dachte, es wäre vielleicht wegen des Balls.«

»Nein, ich ... Wegen des Balls?«

»Ich habe am Samstag darauf gewartet, dass du anrufst. Als wir am See waren, hast du gesagt, du würdest mich am Nachmittag anrufen.«

»Ich hab's versucht. Ich habe dir auch Textnachrichten geschickt, ohne eine Antwort zu bekommen.«

»Tatsächlich?«, erwiderte Stacy verwirrt. »Ich habe keine bekommen.«

»Nicht eine?«

»Nein.«

Daniel holte sein Handy hervor und vergewisserte sich, dass er die richtige Nummer hatte.

»Ja, das ist sie«, bestätigte Stacy. »Ich verstehe das nicht. Wie seltsam.«

»Erhältst du Mitteilungen von anderen Leuten?«

»Ja. Vielleicht hat es etwas mit der Telefongesellschaft zu tun.«

»Lass es uns jetzt gleich ausprobieren.«

»Mein Handy ist zu Hause. Schick mir eine Nachricht. Ich sehe nach, sobald ich daheim bin.«

Daniel schrieb einen kurzen Text und schickte ihn ab. Es fühlte sich nicht ganz richtig an, dass Stacy hier in seinem Zimmer saß, zumal die Sache mit Nicole voranzukommen schien – ihre Freundschaft schien sich nach und nach zu etwas mehr zu entwickeln.

»Ich habe lange über die Brille nachgedacht«, sagte Stacy. »Hat dein Vater etwas herausgefunden?«

»Nicht dass ich wüsste. Nein.«

»Hast du herausgefunden, wann Emily beim See gewesen ist? Vielleicht lässt sich feststellen, ob sich jemand zur gleichen Zeit dort aufgehalten hat.«

»Mein Vater möchte nicht, dass ich weitere Nachforschungen anstelle«, sagte Daniel.

»Oh.« Eine kurze Pause. »Wie geht es dir? Ich habe gehört, dass du gestern beim Arzt gewesen bist.«

Mann, das sprach sich schnell herum.

»Alles in Ordnung?«, fragte Stacy.

»Ja.«

Eigentlich bin ich mir da nicht so sicher. Ich habe Halluzinationen, die Realität verschwimmt …

»Weshalb der Arztbesuch? Wegen des Footballspiels und deiner kurzen Bewusstlosigkeit?«

»In gewisser Weise.«

»In gewisser Weise?«

Er überlegte, wie er antworten, wie viel er Stacy anvertrauen sollte. »Es sind da ein paar Dinge geschehen.«

Sie sah ihn besorgt an. »Ist alles in Ordnung mit dir, Daniel? Ich meine, wirklich in Ordnung? Mir scheint, du … Was ist los?«

Daniel wollte nicht von den Halluzinationen erzählen, vom Verschwimmen, beschloss aber, Stacy zumindest teilweise einzuweihen, damit sie das mit dem Arztbesuch verstand.

»Es liegt daran, wie ich bestimmte Dinge sehe.«

»Wie du bestimmte Dinge siehst?«

»Reale Dinge und andere, die nicht real sind.«

»Wie meinst du das?«

Daniel fragte sich, wie er es erklären sollte. Er sah sich um und schließlich hatte er eine Idee. Er hob eine Decke vertikal über sein Bett. Stacy stand neben seinem Schreibtisch, mit dem Rücken zur Wand. Er bemerkte, dass sie ungeduldig mit den Fingern an ihr Bein klopfte.

»Also …«, sagte er. »Stell dir vor, dass alles auf deiner Seite der Decke die Realität ist. Die Dinge, die du sehen, schmecken und fühlen kannst. Ich meine die Dinge, die tatsächlich existieren. Alles auf meiner Seite der Decke ist …«

»Nur eingebildet«, beendete Stacy den Satz für ihn. »Es existiert nur in deinem Kopf.«

»Ja. Nach dem, was ich in der vergangenen Woche herausgefunden habe, ist die Decke – die Barriere – in den Köpfen der meisten Menschen ziemlich dick. Dadurch wissen sie die ganze Zeit über, auf welcher Seite sie stehen.«

Daniel spürte Stacys Blick. Sie beobachtete ihn aufmerksam, vielleicht sogar wachsam.

»Eine Barriere, die uns dabei zu unterscheiden hilft, was real ist und was nicht.«

»Genau. Und jetzt stell dir die Decke als einen Duschvorhang vor, als etwas Durchsichtiges. Aber alles auf der anderen Seite bleibt verschwommen. Man weiß, dass es die andere Seite gibt …«

»Aber man kann auch zwischen den beiden Seiten unterscheiden.« Stacy klang erleichtert. »Man sieht den Unterschied.«

»Ja.«

»Und so ergeht es dir?«

Daniel zögerte. »Nein. Nicht ganz.« Er ließ die Decke fallen.«

»Die Barriere ist weg?«

»Ja.«

»Vollkommen weg?« Stacy wich noch ein Stück weiter von Daniel zurück.

Er nickte. Ein Moment verstrich.

Ein sehr angespannter Moment.

»Macht dir das jetzt Angst?«, fragte er.

Stacy ging nicht auf die Frage ein und sagte stattdessen: »Aber kannst du fühlen, dass dies real ist? Dass ich hier und jetzt vor dir stehe?«

»Ja«, erwiderte er.

Aber er war nicht sicher. Es gab überhaupt keine Gewissheiten mehr in seinem Leben.

Er befürchtete, den Verstand zu verlieren – das war offenbar die einzige Erklärung, denn die Neurologin hatte versichert, körperlich sei mit ihm alles in Ordnung.

Doch diese Einzelheiten behielt Daniel für sich.

»Ich sollte besser gehen.« Stacy schien sich in seiner Nähe plötzlich unwohl zu fühlen.

»Keine Sorge, es ist nur … Es gibt da einige Ungereimtheiten, und ich suche nach Erklärungen.«

»Ja.« Sie ging zum Fenster.

Er bot an, ihr beim Hinausklettern zu helfen, aber Stacy richtete einen sonderbaren Blick auf ihn. »Ich komme schon allein klar«, sagte sie. »Wir sehen uns morgen.«

Und dann war sie weg.

Daniel saß allein da und fragte sich, ob es richtig gewesen war, ihr vom Verschwimmen zu erzählen. Und er überlegte, wie sie weiter vorgehen sollten, um Licht ins Dunkel der rätselhaften Ereignisse zu bringen.

Die Plüschtiere und Blumen auf dem Grab, die beschädigte Brille, die Halskette, die auf Mr McKinney deutenden Hinweise – all das faszinierte und verwirrte ihn.

Vielleicht solltest du Stacys Rat beherzigen und versuchen herauszufinden, wer am Tag von Emilys Tod am See gewesen ist.

Nur wie?

Er wusste es nicht.

Erneut hörte er die Worte, irgendwo tief in seinem Innern. *Geh dieser Sache nach. Such die Wahrheit. Finde heraus, was geschehen ist.*

Ja.

Morgen.

Mr McKinneys Haus.

Kyle und er würden es sich ansehen und nach der Wahrheit suchen. Sie würden herausfinden, was sich herausfinden ließ, und dann verschwinden, bevor sie jemand sah.

48

Zwar musste er an diesem Tag nicht zur Schule, aber Daniel erwachte zur üblichen Zeit und ärgerte sich darüber – es wäre besser gewesen, ein wenig Schlaf nachzuholen.

Vielleicht steckte auch Schlafmangel hinter allem.

Hinter dem Verschwimmen und den wachen Albträumen.

Für immer in einem Traum gefangen.

Als er die Küche betrat, wollte sein Vater gerade los zur Arbeit.

»Kannst du dir diese Woche einen Tag freinehmen?«, fragte Daniel.

»Hoffentlich morgen. He, gestern Abend war mir, als hätte ich Stimmen aus deinem Zimmer gehört. War Kyle bei dir?«

»Nein, ich …« Fast hätte Daniel gelogen und behauptet, für ein Referat geübt zu haben, das er in der Schule halten musste. Aber diesmal entschied er sich für die Wahrheit. »Stacy war bei mir. Das Mädchen, von dem ich dir neulich erzählt habe.«

»In deinem Zimmer? So spät?«

»Es ist nicht so, wie du denkst. Wir haben nur miteinander geredet.«

»Ich möchte nicht, dass du spät abends Mädchen zu Besuch hast. Nicht allein in deinem Zimmer.«

»Ja, ich weiß. Entschuldige. Es war nur ... Na ja, es ergab sich so.«

»Wann lerne ich sie kennen?«

Daniel erinnerte sich. Sein Vater wusste nur von der Verabredung für den Homecoming-Ball, bei dem Stacy nicht erschienen war. »Äh ... ich stelle sie dir vor. Bei der nächsten Gelegenheit.«

»Aber nicht mitten in der Nacht.«

»Nein.«

»Übrigens, heute Morgen habe ich eine E-Mail vom FBI bekommen. Die einzigen Fingerabdrücke, die an der Brille gefunden wurden, sind entweder unvollständig oder stammen von dir.«

»Weil ich die Brille aufgehoben und in der Hand gehalten habe.«

»Ja.«

»Und wieso konnte das FBI feststellen, dass es meine Fingerabdrücke sind?«

»Ich hatte deine Abdrücke. Vom Kriminologie-Projekt im letzten Jahr, für deine Politik-Klasse. Ich habe sie dem FBI zusammen mit der Brille geschickt.«

»Oh.«

Eine weitere Sackgasse.

Weil er am Montag nicht in der Schule gewesen war, hatten sich ziemlich viele Hausaufgaben angesammelt. Einen Teil davon erledigte Daniel am Morgen, damit er mittags zusammen mit Kyle zum Waldstück hinter Mr McKinneys Haus fahren konnte.

Nicole hatte ihm die Hausarbeiten für den gemeinsamen Unterricht gegeben und jetzt las er die beiden Kapitel für Miss Flynn am Freitag.

Dichtung.

Den Sinn von Gedichten hatte Daniel noch immer nicht ganz begriffen. Meistens verzichtete Miss Flynn auf eine Analyse und ließ die Worte für sich selbst sprechen, anstatt wie andere Lehrer Erklärungen anzubieten. Also musste Daniel den Text wenigstens nicht sezieren.

Nach dem, was er in den letzten Tagen erlebt hatte, fühlte er sich von einem Gedicht auf besondere Weise berührt.

Es gibt einen Moment jenseits dieses Moments.
Ich fühle ihn, fragil, zart und hoffnungsvoll,
Süß gerissen aus dem Stoff des Gewandes der Zeit.
Ich berühre ihn, streiche mit den Fingerkuppen
Über seine Versprechen.
Und etwas regt sich tief in mir,
    staunt,
        heiter
        und wild.
        Könnte es sein, dass alles
        Wirklich eine Rolle spielt?
Der Wind schmeckt nach
Frühlingshafter Freiheit
Zu dieser Jahreszeit.

Alexi Marënchivek

Daniel versuchte nicht, das Gedicht Wort für Wort zu verstehen, sondern »seine Essenz zu trinken«, wie Miss Flynn es nannte. »Versucht nicht, das Gedicht zu verstehen«, hatte sie ihren Schülern einmal gesagt. »Versucht stattdessen, euch selbst besser zu verstehen, nachdem ihr es gelesen habt.«

Eins verstand er: Frühlingshafte Freiheit hatte er schon seit einer ganzen Weile nicht mehr gekostet, mindestens seit Emilys Tod nicht mehr.

Die Zeit verging schnell, und um 13:00 Uhr traf er sich mit Kyle am Waldstück, das sich hinter dem Haus von Mr McKinney erstreckte.

»Bist du sicher, dass wir das durchziehen wollen?«, fragte Kyle.

»Nein, eigentlich nicht. Aber ich möchte Antworten, und wenn wir etwas finden, während er fort ist ... Dann können wir meinem Vater davon erzählen und dafür sorgen, dass er etwas unternimmt. Doch zuerst müssen wir uns vergewissern, dass Mr McKinney nicht zu Hause ist.«

»Ich weiß nicht, wie wir das anstellen sollen, ohne an seine Tür zu klopfen, und das könnte ein bisschen kontraproduktiv sein.«

»Wie wär's hiermit«, sagte Daniel. »Wir rufen die Schule an, fragen nach ihm und behaupten, ein Elterntermin für heute Nachmittag müsste geändert werden, etwas in der Art.«

»Cool.« Kyle holte sofort sein Handy hervor und rief die Schule an. »Hallo?« Er versuchte seine Stimme zu verstellen, wodurch er wie jemand klang, der etwas im

Mund hatte. »Ist Mr McKinney da? Ich möchte einen Besprechungstermin für meinen Sohn am heutigen Nachmittag verschieben.«

Er wartete die Antwort ab und sagte: »Augenblick, das Baby schreit. Ich rufe zurück. Vielen Dank.«

Er legte auf.

»Mr McKinney ist in der Schule.«

»Gut«, sagte Daniel. »Dann lass uns gehen.«

49

Als sie durch den Wald zum Haus gingen, sagte Daniel: »Gestern nach meiner Rückkehr tauchte Stacy bei mir zu Hause auf.«

»Ach was. Stacy kreuzt mitten in der Nacht bei dir auf. Wirklich der Hammer.«

»Sie kam, um mich nach der Brille zu fragen.«

Das hatte Daniel nicht sagen wollen. Es rutschte ihm heraus, und er begriff erst, was er gesagt hatte, als Kyle wissen wollte, welche Brille er meinte.

Er atmete tief durch und erzählte ihm von der Brille, die er am Strand gefunden hatte, vom fehlenden Brillenglas und dem FBI, das Fingerabdrücke gesucht und nur seine gefunden hatte.

»Warum hast du mir bisher nichts davon gesagt?«

»Weil ich meinem Vater versprochen habe, mit niemandem darüber zu reden.«

»Das macht die ganze Sache noch viel mysteriöser.«

»Ich weiß. Jedenfalls, Stacy hat danach gefragt. Offenbar dachte sie, ich ginge ihr aus dem Weg, da sie meine Nachrichten von Samstag angeblich nicht bekommen hat. Du weißt schon, als ich versucht habe, sie wegen des Balls zu erreichen. Mit ihrem Handy-Account oder der Telefongesellschaft muss irgendetwas nicht in Ordnung sein.«

Als er das sagte, fiel ihm ein: Seit gestern Abend hatte er nichts mehr von Stacy gehört. Konnte es sein, dass sie auch die Testnachricht nicht bekommen hatte?

»Sie meinte, wir sollten herausfinden, wer sich sonst noch am See befand, als Emily starb«, fügte Daniel hinzu.

»Klingt sinnvoll. Aber wie?«

»Ich weiß nicht. Indem wir herumfragen?«

»Was hältst du von ihr?«

»Stacy?«

»Ja.«

»Wie meinst du das?«

»Ich meine, bist du noch immer an ihr interessiert?«

»Du meinst wegen Nicole?«

»Genau.«

Sie hatten fast das Ende des kleinen Waldes erreicht und Daniel konnte bereits Mr McKinneys Haus sehen. Der Pool schien von einem Holzzaun umgeben zu sein, der einen guten Meter hoch war.

»Keine Ahnung. Ich weiß es wirklich nicht. Ich dachte, Stacy hätte mich versetzt, aber da habe ich mich offenbar geirrt. Durch diese Sache wird das Durcheinander nicht gerade weniger.«

»Kann man wohl sagen.«

Eine Zeit lang beobachteten sie das Haus und die angrenzenden Grundstücke, um sicher zu sein, dass sich niemand in der Nähe befand. Dann betraten sie Mr McKinneys Grundstück und stellten fest, dass der Pool leer war.

Das Wasser schien für den Winter abgelassen worden

zu sein und dadurch wirkte das Becken wie ein großes, hungriges Maul. Ein Sprungbrett gab es nicht. Am Rand zeichnete sich die Wasserlinie ab.

Daniel blickte zum Haus. Eins der Kellerfenster zeigte in diese Richtung. Es war also durchaus möglich, das Mr McKinney die Wahrheit gesagt hatte. Aber wenn man den Zaun berücksichtigte, der den Pool umgab ... Dann schien der Blickwinkel nicht geeignet zu sein, um zu beobachten, wie seine Frau ins Becken gesprungen war.

Kyle gingen offenbar ähnliche Gedanken durch den Kopf. »Vielleicht hat er den Zaun später errichten lassen, nach ihrem Tod.«

»Vielleicht.«

Daniel stellte sich den Pool voller Wasser vor, und wie er mit der ertrunkenen Mrs McKinney ausgesehen hatte. Für einen Moment wurde das Bild schrecklich real, wenn auch nicht ganz so deutlich wie beim Verschwimmen, das Emilys Erscheinen betraf. Der Sommer schien zurückzukehren, brachte dem Wald Farbe, und der Pool vor ihm ...

»Alles in Ordnung, Kumpel?«

Daniel wandte den Blick vom Pool ab. »Was?«

»Bist du okay? Ich habe dich nach dem Keller gefragt.«

»Nach dem Keller?«

Kyle zeigte auf den externen Kellerzugang, eine von diesen Doppeltüren aus Holz, die sich nach außen öffnen ließen. Ein Vorhängeschloss hing dort, aber es war nicht zugeschnappt.

»Was genau hast du gefragt?«, sagte Daniel, obwohl er bereits ahnte, was Kyle vorhatte.

»Was hältst du davon, wenn wir einen Blick riskieren?«

»Du meinst, wir sollen uns drinnen umsehen?«

»Um den Blickwinkel vom Kellerfenster zum Pool zu überprüfen.«

Mehrere Sekunden lang starrten Daniel und Kyle schweigend auf die Kellertür.

Mr McKinneys Frau war tot.

Emily war tot.

Es gab keinen Beweis dafür, dass jemand sie ermordet hatte.

Vielleicht gibt es einen Hinweis darauf, dass er am See war. Vielleicht hat er dort geangelt, am Tag von Emilys Tod. Das könnte deinem Vater genügen, um genauere Nachforschungen einzuleiten.

»Er ist in der Schule«, sagte Kyle. »Er würde gar nicht erfahren, dass wir in seinem Haus gewesen sind.«

Du hast dir Emilys Zimmer angesehen. Das hier unterscheidet sich kaum davon.

Doch, es gab einen Unterschied. Hier lief es auf Einbruch hinaus. In ein fremdes Haus zu schleichen ... Das war etwas anderes, als bereits im Haus zu sein und auf der Suche nach der Toilette die falsche Tür zu öffnen.

»Noch gibt es nichts, das gegen ihn spricht.« Kyle betrachtete das Vorhängeschloss. »Kein Grund für deinen Vater, sich einen Durchsuchungsbefehl zu holen. Wir sind hier und Mr McKinney ist nicht da. Das ist unsere Chance, Antworten zu bekommen.«

Daniels Blick ging zu den anderen Häusern. Nur bei zwei von ihnen hatte man einen Blick auf Mr McKinneys Hinterhof und die Vorhänge waren zugezogen.

Wenn das Verschwimmen aufhören soll, musst du herausfinden, was vor sich geht.

Und dazu musst du Mr McKinney von der Liste der Verdächtigen streichen.

Dies bot dafür vielleicht die einzige Möglichkeit.

Sie näherten sich der Kellertür und Daniel nahm das Vorhängeschloss ab.

Dann zog er die beiden Türhälften auf und trat die Stufen zu Mr McKinneys Keller hinunter.

50

Der Keller war muffig und feucht, es roch schwach nach verdorbenem Obst.

Kyle schloss die Tür hinter ihnen.

Ein wenig Licht fiel durch den Spalt zwischen den beiden Türhälften und die zwei schmutzigen Fenster auf gegenüberliegenden Seiten – es war also nicht völlig dunkel im Keller.

Sie gingen die Treppe hinab.

Die Betonklötze, aus denen die Wände bestanden, zerbröckelten an einigen Stellen, und in den Löchern zeigte sich das Erdreich. Hier und dort waren Lehmbrocken zu Boden gefallen.

Holzregale an einer Wand enthielten Gläser mit Eingemachtem und Konserven. Eine dicke Staubschicht hatte sich darauf gebildet und an einigen der Dosen zeigte sich Rost. Offenbar hatte sie lange niemand mehr angerührt.

Auf der anderen Seite standen ein Wassererhitzer und daneben eine Werkbank. Über der Werkbank bemerkte Daniel eine Stecktafel mit Werkzeugen: Schraubenzieher, Zangen, Hämmer und so weiter. Einige davon wirkten altmodisch und waren vielleicht jahrzehntealt.

»Das Fenster zeigt in die richtige Richtung«, sagte Kyle.

»Ja.«

Sie gingen hinüber und blickten zum Pool.

Ja, der Zaun war zu sehen, aber jemand, der ins Becken sprang? Das schien ein bisschen weit hergeholt.

Halb fertige Holzteile lagen auf der Werkbank. Ein fast dreißig Zentimeter hoher Haufen aus Sägemehl hatte sich unter einer Schraubzwinge gebildet und stammte offenbar von Sägearbeiten.

Überall im Keller standen alte Möbel und Kartons, die teilweise anderthalb Meter hohe Stapel bildeten. Weitere Regale enthielten verstaubte, schimmelige Bücher.

Ein kleiner Kanonenofen erhob sich an der Wand neben der Treppe.

Daniel erkannte Höhlenausrüstung in einem der Regale: Seile, Knieschützer, ein Helm, Stirnlampen, ein Erste-Hilfe-Kasten. Daneben lagen Angelkästen und mehrere Angelruten.

Er horchte nach Bewegung im Haus über ihnen, doch nichts rührte sich. Dafür hörte er etwas im Keller: ein leises Kratzen in der Nähe der Regale mit dem Eingemachten.

Als er näher trat, um der Sache auf den Grund zu gehen, kam eine Ratte zum Vorschein, lief an der Wand entlang und verschwand durch ein Loch in einem Betonklotz.

Stille schloss sich an.

Daniel wollte nicht all die Kartons öffnen, aber er ging an den Regalen entlang und suchte nach Stellen, wo Staub fehlte oder Gegenstände lagen, die nicht hierherpassten, vielleicht Objekte, die ein Mörder als düsteres Andenken behielt, zum Beispiel Kleidungsstücke eines Mädchens oder ein Schmuckstück. Er fand nichts dergleichen.

Geh nach oben. Stell fest, ob sein Stundenplan Hinweise enthält.

Nein!

Doch. Du bist ja schon in seinem Haus. Macht das noch einen Unterschied? Du bist da und hast die Gelegenheit. Also versuche so viel wie möglich herauszufinden.

Vielleicht war er bereit, nach oben zu gehen.

Vielleicht auch nicht.

Er wollte sich auf jeden Fall vergewissern, dass niemand eingetroffen oder auf dem Weg ins Haus war.

Das Fenster, das sie bereits überprüft hatten, zeigte nach hinten. Das andere befand sich auf der gegenüberliegenden Seite, hoch in der Wand. Es sollte eigentlich möglich sein, von dort aus den Bereich vor dem Haus zu sehen.

Daniel schob eine Kiste unter das schmale, schmutzige Fenster, trat darauf, strich Spinnweben beiseite und blickte nach draußen.

Abgesehen von der leeren Kieszufahrt konnte er nicht viel erkennen.

»Wir sehen uns schnell oben um und verschwinden dann von hier«, sagte er.

»Einverstanden.«

Daniel stellte die Kiste an ihren Platz zurück und ging zur Holztreppe, die nach oben ins Erdgeschoss des Hauses führte.

Zusammen mit Kyle ging er die Stufen hoch und näherte sich der Tür, unter der ein wenig Licht zu sehen war.

51

Zwar glaubte Daniel, dass sie allein im Haus waren, aber er blieb instinktiv vorsichtig und so leise wie möglich.

Die sechste Stufe knarrte, als er sie mit seinem Gewicht belastete.

Auf der obersten Stufe fühlte er sich unwohl, als er den Knauf drehte und die Tür öffnete.

Die Küche.

Geschirr in der Spüle, ein Tisch mit vier Stühlen, geschlossene Schränke. Das Licht war ausgeschaltet, aber es kam Tageslicht durch das Fenster über der Spüle.

An der Tür des Kühlschranks waren eine Einkaufsliste, mehrere Fotos, eine Liste zu erledigender Dinge, Comicstrips und Notizen mit Magneten befestigt.

Daniel zählte achtundzwanzig Magneten, die neunzehn Objekte festhielten.

Er sah sich die Listen an und suchte nach Worten, die darauf hindeuteten, dass Mr McKinney angeln war, an dem Tag, an dem Emily gestorben war. Nichts.

Auf dem Herd standen eine Pfanne auf einer Kochfläche und ein Kessel auf einer anderen.

Sie schlossen die Kellertür. Daniel bemerkte nichts Außergewöhnliches. Er versuchte es mit der Tür neben dem Kühlschrank und stellte fest, dass sie zur leeren Garage führte.

Kyle sah sich die Fotos am Kühlschrank an.

»Irgendetwas Interessantes?«, fragte Daniel.

»Nichts Belastendes«, erwiderte Kyle. »Noch nicht.«

Das Wohnzimmer enthielt keine Überraschungen. Alles ruhig. Alles normal.

Eine Uhr an der Wand tickte vor sich hin. Es war eins dieser Geräusche, die man nach einer Weile überhaupt nicht mehr hörte, aber Daniel empfand das Ticken als sehr laut.

Er verglich es mit dem Rasseln des Zugs, der durch Beldon fuhr: Er hatte sich so sehr daran gewöhnt, dass er es nur noch dann bewusst wahrnahm, wenn ihn jemand darauf hinwies.

Aber wer neu in der Gegend war, dem fiel es natürlich auf.

Tick.

Er blickte durch den Flur und zu den Fotos an den Wänden.

Tack.

Langsam ging er durch den Flur und betrachtete die Bilder.

Es war ein Hochzeitsfoto darunter, und eins, das Mrs McKinney neben ihrem Mann an einem Berghang zeigte. Auf den nächsten beiden Bildern waren Höhlen zu sehen. Daniel war mit seinem Vater mehrmals in Wolf Cave gewesen und erkannte die beiden Hauptkammern. Auf einem der Höhlenbilder war der Mathematiklehrer mit dem Schulfotografen zusammen. Das letzte Foto zeigte Mr McKinney und Coach Jostens neben einem See – sie hielten einen Fisch, den sie offenbar gefangen hatten.

Also waren sie Freunde.

Das hatte Daniel bisher nicht gewusst.

Er sah sich noch einmal um und sein Herz schien dabei einen neuen Rhythmus zu finden und im Takt mit der Wanduhr zu schlagen.

Tick … tack … Tick … tack.

Die Tür zum Bad am Ende des Flurs stand ein Stück offen. Die Tür daneben …

Tick.

Wahrscheinlich führte sie ins Schlafzimmer …

Tack.

Während er auf Kyle wartete, drückte Daniel die Tür weiter auf und warf einen Blick ins Schlafzimmer. Als sein Freund eintraf, nahm er sich das Zimmer auf der anderen Seite des Flurs vor, und Kyle ging zum Schlafzimmerschrank.

In Mr McKinneys Arbeitszimmer fand Daniel drei Regale mit Büchern, im Halbkreis um einen selbst angefertigten Computertisch angeordnet, auf dem ein älterer Laptop und ein Drucker standen. Neben dem Drehstuhl vor dem Tisch bemerkte Daniel einen Abfallkorb, halb gefüllt mit zerknülltem Papier.

Ein Dutzend Highschool-Jahrbücher lagen in einem Regal, die letzten drei von Beldon High, die anderen von Roosevelt High und Coulee High. Allem Anschein nach hatte Mr McKinney zuerst an der Coulee High unterrichtet, bevor er ein Jahr an der Roosevelt verbracht hatte und dann nach Beldon gekommen war. Auf dem Schreibtisch stand das Foto eines Mathe-Klubs der Roosevelt High mit dem Emblem einer zusammengerollten Schlange und dem Namen »Die Nattern«.

Ein Gewehrständer enthielt eine Schrotflinte und zwei Jagdgewehre.

Es gab keine Kalender mit Hinweisen darauf, ob und wann Mr McKinney am Lake Algonquin gewesen war. Daniel rang kurz mit sich und überprüfte dann die zusammengeknüllten Blätter im Papierkorb. Nichts.

Im Gegensatz zu Emily Jacksons Zimmer wirkte dieses häusliche Büro nicht übermäßig ordentlich.

Es sah einfach nur normal aus.

Alles war ganz und gar normal.

»He«, rief Kyle aus dem Schlafzimmer. »Komm her. Ich habe etwas gefunden.«

Daniel eilte ins Schlafzimmer. Der Kleiderschrank war geöffnet und Kyle kniete vor einem offenen Schuhkarton.

Der Karton war leer, doch daneben lagen drei Handys auf dem Teppich.

Das rosarote Gehäuse des einen und die bunten Aufkleber der anderen beiden deuteten darauf hin, dass es nicht die Handys eines erwachsenen Mannes waren.

52

Daniel ging neben Kyle in die Hocke. »Das gefällt mir nicht.«

»Ja, warum hat jemand ohne Kinder drei Mädchen-Handys in seinem Kleiderschrank versteckt?«

»Da fällt mir nur eine Erklärung ein.«

»Mir auch. Wir müssen mit deinem Vater reden.«

»Was sollen wir ihm sagen? Dass wir bei Mr McKinney eingebrochen sind und drei Handys in seinem Schlafzimmer gefunden haben? Das bringt doch nichts. Es ist kein Verbrechen, alte Handys aufzubewahren.«

»Kommt darauf an, wem die Handys gehörten.«

Daniel begriff plötzlich, dass die Telefone auf dem Boden lagen. »Moment mal. Hast du sie aus dem Karton gekippt oder angefasst?«

Kyle biss sich auf die Lippe. »Mann, ich hab nicht nachgedacht. Ich wollte nur …« Er klang plötzlich sehr ernst. »Jetzt sind meine Fingerabdrücke drauf, oder?«

»Vielleicht, kann sein, ich weiß nicht genau.« Auf jeden Fall war es nicht gut, dass Kyle die Handys angefasst hatte. »Hast du versucht, sie einzuschalten, um festzustellen, von wem sie stammen?«

»Nein.«

Daniel schob die Hand unter die Ecke seines Hemdes,

damit die Finger nicht in direkten Kontakt mit den Handys kamen. Nacheinander drückte er die Einschalttasten an den Seiten und wartete.

Entweder waren die Akkus leer, oder sie waren entfernt worden – keins der Handys ging an.

»Das macht Sinn«, sagte Kyle. »Ich habe gehört, dass Handys selbst dann geortet werden können, wenn sie ausgeschaltet sind.«

Daniel vermied es erneut, die Telefone direkt zu berühren, als er sie in den Karton legte und über alles nachdachte.

Zwar befanden sie sich in Mr McKinneys Haus, aber wenn Kyles Fingerabdrücke an den Handys waren, konnte ihn das belasten. Ein Abwischen der Handys hätte seine Fingerabdrücke zwar entfernt, aber auch die von Mr McKinney, wenn es welche gab, woran Daniel kaum zweifelte.

Ein Anwalt könnte behaupten, dass Kyle die Handys mitgebracht und in den Schuhkarton gelegt hat.

»Soll ich auf das Offensichtliche hinweisen?«, fragte Kyle.

»Es sind drei Handys.«

»Was drei Mädchen bedeutet …«

»Ja.« Daniel blickte in den Schrank. »Hast du sonst noch etwas …«

Er unterbrach sich, als er draußen das Knirschen von Kies hörte. Kurz darauf rasselte das Garagentor.

Mr McKinney war nach Hause gekommen.

53

»Wir verschwinden durch den Keller«, sagte Daniel. »Komm.«

Kyle stellte den Schuhkarton zurück in den großen Schrank, und als er wieder zum Vorschein kam, eilten sie beide zusammen durch den Flur.

Auf halbem Weg zur Küche hörten sie, wie sich das Garagentor zu schließen begann.

Nein, nein, nein!

»Schnell«, flüsterte Daniel.

Sie huschten durch die Küche zur Kellertür. Daniel öffnete sie. Als sie die Treppe erreichten, fiel in der Garage eine Wagentür ins Schloss.

Daniel zog leise die Kellertür zu. Auf Zehenspitzen gingen sie die Stufen hinunter.

Oben öffnete sich die Tür zwischen Garage und Küche. »Hallo?«, rief Mr McKinney ins leere Haus.

Woher weiß er, dass jemand da ist?

Jemand hat euch gesehen und ihn angerufen!

Daniel zählte die Stufen. *Die sechste von unten knarrt!*

Kyle war vor ihm, und Daniel legte ihm die Hand auf die Schulter, um ihn zu warnen. Aber es war zu spät. Kyle setzte den Fuß auf die sechste Stufe und sie knarrte laut.

Daniel blieb fast das Herz stehen.

Kyle und er erstarrten.

Schritte durchquerten die Küche.

»Los.« Daniel versuchte, nicht zu laut zu sprechen.

Sie brachten den Rest der Treppe hinter sich, liefen durch den Keller und dann die Stufen hoch, die nach draußen führten.

»Ist jemand da unten?«, fragte Mr McKinney laut.

Kyle drückte die Kellertür auf und sie kletterten nach draußen. Daniel schloss die beiden Klappen wieder und hörte, wie sich die Küchentür zum Keller öffnete.

Er hoffte, dass Mr McKinney kein hereinfallendes Licht gesehen hatte. Zusammen mit Kyle rannte er über den Hinterhof zum Waldstück, wo sie sich hinter zwei große Eichen duckten und nach Luft schnappten, bevor sie tiefer in den Wald zurückwichen.

Atme, atme, atme.

Daniel fühlte sich von Adrenalin aufgepeitscht, wie bei einem Footballspiel. Das Herz hämmerte heftig in seiner Brust.

Du musst feststellen, ob er euch folgt.

Nein. Warte hier. Bleib stehen, rühr dich nicht …

Er könnte über den Rasen kommen. Du musst das Haus beobachten und herausfinden, ob er dir folgt.

Daniel entschied schließlich, auf die innere Stimme zu hören.

Vorsichtig spähte er hinter dem Baum hervor.

Mr McKinney stand neben der Kellertür und blickte zum Wald, direkt in seine Richtung.

Daniel zog den Kopf sofort zurück.

Nein, nein, nein!

Er hat dich gesehen, er hat dich gesehen!

Nein, es gibt zu viele Schatten hier im Wald, er kann dich nicht gesehen haben.

Doch, er hat dich gesehen!

Er schaute zu Kyle, hob einen Finger vor die Lippen und bedeutete ihm, mucksmäuschenstill zu sein. Dann horchte er nach Geräuschen, die darauf hinwiesen, dass sich jemand näherte: das leise Knacken eines Zweiges, das Rascheln von Laub.

Es blieb alles still.

Es rief auch niemand.

Eine gefühlte Ewigkeit kauerte Daniel hinter dem Baum. Kyle wartete ebenfalls. Beide Jungs rührten sich nicht.

Daniel wollte nicht noch einmal zum Haus blicken, aber er wusste: Um die Flucht durch den Wald fortzusetzen, mussten sie sicher sein, dass Mr McKinney nicht diesen Teil des Waldstücks beobachtete oder sich näherte. Er atmete tief durch und neigte den Kopf ein wenig zur Seite, gerade weit genug, um mit einem Auge zum Haus zu sehen.

Diesmal war der Hinterhof leer.

Mr McKinney war ins Haus zurückgegangen.

Um die Polizei zu rufen?

Um die Schrotflinte zu holen?

»Wir müssen hier weg«, wandte sich Daniel an seinen Freund.

Kyle brauchte keine Extraeinladung – er lief bereits los.

Sie eilten durch den Wald, und niemand von ihnen sprach, bis sie ihre Autos erreichten.

Daniel sah noch einmal zurück und vergewisserte sich, dass ihnen niemand gefolgt war. Es standen keine anderen Fahrzeuge in der Nähe und es ertönte keine Polizeisirene.

»Einer der Nachbarn muss uns gesehen und ihn angerufen haben«, sagte Daniel.

»Entweder das, oder er ist in der Schule früher fertig geworden. Sie ist nicht weit entfernt. Vielleicht hat ihn mein Anruf misstrauisch gemacht.« Kyle dachte darüber nach. »Ich habe von einem ›Sohn‹ gesprochen. Könnte es sein, dass seine Besprechungstermine an diesem Nachmittag nur Mädchen betrafen?«

»Das allein genügt nicht.«

»Wie auch immer, er hat Verdacht geschöpft. Er hat gerufen, als er hereinkam, als hätte er erwartet, dass jemand da ist.«

Daniel berichtete von seinen Entdeckungen. »In seinem Arbeitszimmer habe ich einige Jahrbücher gefunden. Von verschiedenen Schulen in unserem Bezirk.«

Er nannte Schulen und Jahre. »Vielleicht können wir online herausfinden, ob andere Mädchen verschwunden oder ertrunken sind, während Mr McKinney an der entsprechenden Schule unterrichtete.«

»Gute Idee.«

»Ich weiß, dass wir nicht viel in der Hand haben, aber vielleicht sollten wir trotzdem mit meinem Vater reden oder der Polizei zumindest einen anonymen Hinweis geben. Ich meine, wenn Mr McKinney glaubt, dass jemand in seinem Haus war, lässt er vielleicht die Handys verschwinden.« Daniel sah eine Veränderung in Kyles Gesicht und fügte hinzu: »Was ist?«

»Du solltest besser nicht mit deinem Vater reden.«

»Warum nicht?«

»Das wird dir nicht gefallen.«

»Was meinst du?« Daniel befürchtete das Schlimmste – dass Kyle seine Autoschlüssel im Haus zurückgelassen hatte, so was in der Art –, aber ihn erwartete eine große Überraschung.

Kyle griff in die Jackentaschen, holte die drei Handys aus Mr McKinneys Schuhkarton hervor und legte sie auf die Motorhaube seines Wagens.

54

»Du hast die Handys mitgenommen!«, entfuhr es Daniel.

»Ich hab nicht nachgedacht. Meine Fingerabdrücke sind da dran. Ich bin ausgeflippt.«

»Ist dir klar, was du getan hast? Du hast Beweismaterial von einem möglichen Tatort entfernt. Ganz zu schweigen davon, dass du jetzt im Besitz von drei Handys bist, die vielleicht ermordeten Mädchen gehörten.«

»Ja«, erwiderte Kyle leise. »Wie gesagt, ich bin durchgedreht.«

Kyle beobachtete die Nachbarschaft. Als er sah, wie eine Limousine auf die Straße bog, nahm er schnell die Handys von der Motorhaube. »Wenn wir sie Ronnie zeigen, kann er uns sagen, ob eins davon Emily gehörte. Bestimmt liegt noch das Aufladegerät in ihrem Zimmer, meinst du nicht? Wir können das Handy anschließen und feststellen, ob sie Nachrichten von Leuten bekommen hat, mit denen sie sich am See treffen wollte.«

»Was redest du da, Kyle? Und danach? Was dann? Sollen wir uns noch einmal in Mr McKinneys Haus schleichen und die Handys wieder in den Schuhkarton legen? Wenn er vermutet, dass jemand im Haus war, hat er wahrscheinlich schon nachgesehen und weiß, dass die Handys weg sind!«

»Keine Sorge, er ruft bestimmt nicht die Polizei. Ich meine, soll er vielleicht sagen, dass ein unbekannter Einbrecher drei Handys gestohlen hat, die ermordeten Mädchen gehörten?«

»Du hast dich gerade selbst belastet.«

»Das habe ich schon getan, als ich so dumm war, die Handys im Haus anzufassen.«

Daniel wusste nicht, was er sagen sollte.

Kyle schienen ebenfalls die Worte zu fehlen.

»Ich muss zu Rizzo«, sagte er schließlich. »Sprich mit niemandem über diese Sache, okay?«

»Bist du irre? Mit wem sollte ich darüber sprechen?«

»Wir reden, wenn ich mit der Arbeit fertig bin und du das Footballtraining hinter dir hast.«

Kyle fuhr los und Daniel sah ihm ein wenig benommen nach.

Unglaublich.

Was sollten sie jetzt tun?

Beim Training war er nicht richtig bei der Sache. Es gingen ihm zu viele andere Gedanken durch den Kopf. Alles schien sich gleichzeitig zusammenzufügen und zu verheddern.

In Mr McKinneys Haus hatten sie drei Handys gefunden.

Alle drei von Mädchen.

Und Kyle hatte sie mitgenommen.

Wie sollten sie die Polizei dazu bringen, Ermittlungen in Hinsicht auf Mr McKinney anzustellen, wenn Kyle die Handys hatte?

Etwas anderes fiel ihm ein: Bei der Flucht hatte er das Vorhängeschloss nicht wieder an die Kellertür gehängt – ein Beweis für Mr McKinney, dass jemand in seinem Haus gewesen war.

Nach dem Training wies Coach Jostens darauf hin, dass er am nächsten Tag nicht da sein würde. Er gab den Offense-Spielern, unter ihnen Daniel, Übungen, die sie auf das nächste Spiel vorbereiten sollten. »Nach der Schule bin ich noch einige Minuten hier, falls ihr Fragen habt. Keine Sorge, am Freitag zum Spiel bin ich wieder da. Das will ich mir auf keinen Fall entgehen lassen.«

Als Daniel den Umkleideraum verließ, rief er Kyle an und stellte fest, dass er noch arbeitete. »Ich habe ganz vergessen, dass ich heute Abend auf Michele aufpassen muss«, sagte Kyle. »Ich kann nicht rüber zu Ronnie, um ihm die Handys zu zeigen.«

»Seine Mutter wäre sicher nicht sehr begeistert über ein Wiedersehen mit mir. Es hat also keinen Sinn, dass ich bei dir vorbeikomme und die Handys hole. Außerdem: Wenn Ronnies Mutter herausfände, dass wir Emilys Handy haben ... Das könnte zu einigen sehr unangenehmen Missverständnissen führen.«

»Und ob.«

»Ich schicke Ronnie eine SMS. Vielleicht können wir uns morgen in der Schule treffen. Ich bitte ihn, Emilys Aufladegerät mitzubringen.«

»Dann weiß er, dass du Emilys Handy hast«, erwiderte Kyle.

»Ich sage ihm, dass wir vielleicht eine Spur haben. Wenn wir uns in der Bibliothek treffen ... Dort gibt es

Ausgaben der Jahrbücher vor unserer Zeit an der Schule, vielleicht sogar von anderen Schulen. Möglicherweise finden wir etwas in ihnen.«

»Du beeindruckst mich, Kumpel. Offenbar hast du gründlich nachgedacht.«

»Eigentlich habe ich an nichts anderes gedacht. Du weißt doch, wie schnell sich Handys verändern. Ständig kommen neue Modelle auf den Markt. Geh heute Abend online und versuch herauszufinden, wann die drei Handys herauskamen. Vielleicht können wir das Jahr mit Mädchen in Verbindung bringen, die dort starben oder verschwanden, wo Mr McKinney unterrichtet hat.«

»Klingt nach einem Plan.«

Nach dem Telefongespräch mit Kyle fuhr Daniel nach Hause, ging online und suchte nach Stundenplänen aus den Jahren, als Mr McKinney an den anderen Schulen gewesen war. Dann recherchierte er nach Meldungen über verschwundene Mädchen.

Im vergangenen Jahr war eine Schülerin der Roosevelt High an Kohlenmonoxid-Vergiftung gestorben – sie hatte den Motor ihres Wagens in der geschlossenen Garage laufen lassen. Ein weiterer Todesfall lag zwei Jahre zurück und betraf ein Mädchen von der Coulee High – offenbar eine Überdosis Drogen.

Beide waren an Abenden gestorben, als die Footballmannschaft von Beldon High Auswärtsspiele bei den Schulen der betreffenden Mädchen gehabt hatte.

Daniels Puls raste plötzlich.

Erzähl es deinem Vater. Du musst es ihm sagen.

Wirklich? Und was soll ich ihm sagen? Es gibt keinen

Beweis dafür, dass die Mädchen ermordet wurden. Es sind nur Indizien, mehr nicht.

Nein, es genügte nicht. Noch nicht.

Aber morgen, wenn er sich mit Kyle und Ronnie traf … Dann würde er mehr herausfinden.

Anschließend konnte er zu seinem Vater gehen und ihm von den anderen Mädchen erzählen. Und davon, was Mr McKinney mit ihnen gemacht hatte.

55

Am nächsten Tag erwachte Daniel mit Kopfschmerzen.

Starke Kopfschmerzen waren dem Erscheinen von Emily vorausgegangen. Das war also kein gutes Zeichen für den Tag.

Sein Vater hatte den Morgen frei und schlief länger.

Daniel stand auf, zog sich an und frühstückte in der Küche.

Bevor er zur Schule fuhr, schickte er Ronnie eine SMS und bat ihn, das Ladegerät mitzubringen. Sie vereinbarten, sich in der Pause zwischen der fünften und sechsten Stunde in der Bibliothek zu treffen.

Im Lauf des Morgens sah Daniel Stacy zweimal am Ende des Flurs, doch sie mied ihn. Eigentlich kein Wunder, nachdem er ihr erzählt hatte, dass er den Kontakt zur Realität verlor.

Ronnie und Kyle warteten in der Bibliothek auf ihn, in einer stillen Ecke hinter den langen Bücherregalen.

Von den Handys war noch nichts zu sehen – vermutlich wollte Kyle sie erst hervorholen, wenn Daniel eingetroffen war. Daniel fragte sich, wie Ronnie auf ihren Anblick reagieren würde.

Da das Treffen in der Bibliothek stattfand, sprach

Daniel leise und warnte Ronnie davor, sich zu sehr aufzuregen.

»Aufregen worüber?«

»Wir haben etwas gefunden und wissen nicht genau, was es bedeutet.«

»Ihr wolltet, dass ich Emilys Ladegerät mitbringe.« Ronnie klang angespannt und neugierig. »Habt ihr das Handy gefunden?«

»Vielleicht. Ich weiß es nicht.« Daniel nickte Kyle zu, der ein Kopftuch mitgebracht hatte, um weitere Fingerabdrücke zu vermeiden. Damit holte er die Handys aus seinem Rucksack.

»Das ist ihres.« Ronnie deutete auf das ältere Samsung Galaxy im rosaroten Gehäuse. »Mein Vater hat es ihr geschenkt, als er befördert wurde.«

»Schließ das Ladegerät an«, sagte Daniel.

Ronnie fand eine Steckdose an einem der Studientische in der Nähe und verband das Handy mit dem Ladegerät.

Die drei Jungs warteten gespannt, während das Mobiltelefon auflud.

Der Homescreen erschien.

Er zeigte das Bild eines Golden Retrievers.

»Trevor«, flüsterte Ronnie.

Es wurde nicht nach einem Passwort gefragt.

Für einen Moment sprach niemand. Schließlich sagte Kyle: »Er kann dieses Handy auf keinen Fall nur zufällig haben, Daniel.«

»Das denke ich auch.«

»Wer?«, fragte Ronnie ungeduldig. »Bei wem habt ihr es gefunden?«

»Das sagen wir dir später«, erwiderte Daniel. »Wir brauchen …«

»Bei wem? Heraus damit!«

»Pscht. Wir …«

»Augenblick.« Ronnies Augen wurden plötzlich groß. »Warum sind es drei Handys?«

»Wir sind nicht sicher«, antwortete Daniel ehrlich. Er wollte Emilys Telefon nicht anfassen und schützte seine Finger mit dem Tuch, als er auf den Homescreen tippte, um die letzten empfangenen Nachrichten abzurufen.

Am Abend von Emilys Verschwinden hatte ihre Mutter mehrmals per SMS gefragt, wo sie war. Abgesehen davon lautete die letzte Nachricht, die Emily am Freitagnachmittag bekommen hatte: »Wir treffen uns um 18:30 bei Windy P. Kyle G.«

Daniel und Ronnie starrten Kyle fassungslos an.

»Du warst es!«, zischte Ronnie. Zwar war er ein ganzes Stück kleiner, aber er stieß Kyle gegen die Wand.

»Immer mit der Ruhe.« Kyle hielt Ronnie auf Armeslänge von sich. »Die Nachricht stammt nicht von mir. Seht euch die Nummer an. Jemand anderer hat meinen Namen benutzt, um Emily zum See zu locken.«

»Du könntest ein anderes Handy benutzt haben.«

»Leise.« Daniel packte Ronnie an den Schultern und zog ihn von Kyle weg. »Wenn du so weitermachst, kommt die Bibliothekarin hierher. Ruhig Blut. Lasst uns überlegen.«

Ronnie schüttelte Daniels Hände ab, hielt sich aber zurück und begnügte sich damit, einen finsteren Blick auf Kyle zu richten.

Nach wenigen Sekunden hatten sie festgestellt, dass die Nachricht nicht von Kyles Handy gesendet worden war. »Könnte Emily gewusst haben, dass die Einladung nicht von dir stammte?«, wandte sich Daniel an Kyle. »Ich meine, sie hatte doch nicht deine Nummer, oder?«

»Nein, natürlich nicht.«

»Der Absender der Textnachricht muss gewusst haben, dass Emily in dich verknallt war …«

»Sie war in dich verknallt?«, entfuhr es Ronnie.

»Das bedeutet nur, dass jemand Kyle als Köder benutzt hat, um Emily allein zum See zu locken«, sagte Daniel. »Es bedeutet nicht, dass es Kyle war.«

Er scrollte durch die anderen Nachrichten und fand keine mit derselben Nummer. Sie erschien auch nicht bei den ein- und abgehenden Anrufen.

»Es gibt eine Möglichkeit herauszufinden, wem die Nummer gehört.« Kyle hob sein Handy. »Wir rufen an.«

56

Kyle gab die Nummer ein.

Keine Antwort.

Keine Voicemail.

Von wem auch immer die Einladung stammte: Vielleicht hatte er ein Prepaid-Handy benutzt und es anschließend weggeworfen. Oder er – oder sie – reagierte nicht auf den Anruf.

Den drei Jungen blieben nur noch wenige Minuten bis zum Läuten für die nächste Unterrichtsstunde.

Ronnie musste sich auf den Weg machen, denn seine Klasse befand sich im anderen Ende des Gebäudes. Er schien noch nicht von Kyles Unschuld überzeugt zu sein, aber offenbar vertraute er Daniel genug, um die Dinge vorerst ruhen zu lassen.

Für Daniel und Kyle fand der nächste Unterricht in diesem Flügel statt und deshalb konnten sie noch ein paar Minuten erübrigen.

Kyle steckte die drei Handys zurück in den Rucksack. »Bei meinen Recherchen habe ich herausgefunden, dass sie alle recht neu sind. Sie stammen aus den letzten beiden Jahren.«

»Das passt zum Todeszeitpunkt der beiden Mädchen an den anderen Schulen.«

»Es gibt also weitere Todesfälle?«

»Ja. Ein Mädchen starb in ihrem Wagen in der Garage an Kohlenmonoxid-Vergiftung, eine andere an einer Überdosis. Der erste Fall gilt als Selbstmord, der zweite als Unfall.« Nach kurzem Zögern fügte Daniel hinzu: »Beide starben an Abenden, als wir Auswärtsspiele bei den betreffenden Schulen hatten.«

»Vielleicht hat Mr McKinney bei den Spielen zugesehen«, erwiderte Kyle. »Und wenn er Mädchen in anderen Orten umbrachte ... Wer würde ihn als Täter verdächtigen?« Er deutete auf ein nahes Bücherregal. »Komm, lass uns nachschauen, ob es Bilder von den Spielen gibt.«

Rasch blätterten sie in den Jahrbüchern von Beldon High, und zwar in den Ausgaben der beiden Jahre, in denen die Mädchen gestorben waren.

Sie fanden Fotos von beiden Footballspielen.

Auf dem Bild, das der Schulfotograf von dem Spiel bei der Roosevelt High gemacht hatte, erkannte Daniel eine der Cheerleaderinnen – sie war auch auf dem Foto vom Mathe-Klub, das er in Mr McKinneys Haus gesehen hatte.

Sie befand sich im Hintergrund und ging gerade an Coach Jostens vorbei.

»Das ist das Mädchen mit der Überdosis«, sagte Daniel leise.

Es läutete. Rasch verließen sie die Bibliothek und verabredeten sich für den Abend, so bald wie möglich nach Daniels Footballtraining.

Die Kopfschmerzen begleiteten Daniel während des

restlichen Schultages, und es fiel ihm immer schwerer, sich zu konzentrieren.

Er versuchte, alle Mosaiksteine, die sie bisher gefunden hatten, zu einem Bild zusammenzufügen, das einen Sinn ergab.

Die Footballspiele.

Drei tote Mädchen.

Drei Handys in Mr McKinneys Kleiderschrank.

Er ist mit Coach Jostens befreundet und Lehrer. Es ergibt also durchaus einen Sinn, dass er die Spiele besucht.

Nach dem Unterricht, auf dem Weg zum Footballtraining, begegnete er Nicole. Sie schenkte ihm ein warmes Lächeln. »Danke, Daniel.«

»Wofür?«

Sie musterte ihn erstaunt. »Du weißt schon.«

»Tut mir leid, ich …«

»Die Halskette, Dummkopf.«

»Wovon redest du?«

Nicole hob die Hände und löste die Halskette, die sie trug.

Es war die Kette, die Emily auf den Fotos bei der Trauerfeier getragen hatte. Die Kette, die sie sich bei ihrem Erscheinen während des Footballspiels durch den Hals gezogen hatte.

»Woher hast du die?«, brachte Daniel mühsam hervor.

»Sie lag in meinem Spind.«

»Sie ist nicht von mir.«

»Natürlich ist sie das.« Nicole öffnete das Medaillon der Halskette.

Es enthielt ein Bild von Daniel. Er erkannte es von dem Zeitungsartikel über das Spiel in der vergangenen Woche und starrte darauf.

»Nein, Nicole …«

»Willst du behaupten, dass jemand anderer dein Bild ins Medaillon getan und mir anschließend die Kette in den Spind gelegt hat? Wer denn? Das ergibt doch überhaupt keinen Sinn.«

Mr McKinney.

Er hat die Kette durch den Lüftungsschlitz oben im Spind fallen lassen.

Aber warum Nicole?

Der Ball. Er stand am Tisch mit der Bowle und kann gesehen haben, wie du mit ihr gesprochen hast. Vielleicht hat er sogar beobachtet, wie ihr losgefahren seid. Außerdem kommen Lehrern gewisse Dinge zu Ohren. Möglicherweise hat er gehört, dass Nicole dich mag.

Er weiß Bescheid.

Er hat ihr Emilys Halskette zugespielt.

Er bereitet eine Falle für dich vor …

Mr Reicher, Rektor der Schule, kam durch den Flur und näherte sich ihnen.

»Hier stimmt was nicht, Nicole«, sagte Daniel. »Ich möchte, dass du sofort nach Hause fährst.«

»Was ist denn los?« Die Sorge in ihrem Gesicht verwandelte sich in Furcht. »Hat es etwas zu tun mit …«

Der Rektor erreichte sie, bevor Nicole den Satz beenden konnte. »Könnte ich Sie bitte sprechen, Daniel?«

»Äh, natürlich.« Er nickte Nicole zu. »Ich melde mich bei dir.«

»In Ordnung.«

Daniel hatte keine Ahnung, worum es ging, nahm aber an, dass der Rektor in seinem Büro mit ihm reden wollte. Stattdessen führte er ihn in den Umkleideraum der Jungen.

Dort zogen sich einige Schüler für das Football- und Crosslauftraining um. Sie sahen neugierig auf, als ihr Quarterback mit dem Rektor hereinkam.

Die beiden Trainer Coach Warner und Coach Jostens warteten bei Daniels Spind.

Und auch sein Vater.

57

»Könntest du den Spind bitte für uns öffnen, Dan?«, fragte sein Vater.

»Was ist los?«

»Wir haben erfahren, dass sich in Ihrem Spind etwas befinden soll, das nicht Ihnen gehört«, sagte Mr Reicher.

Wir haben erfahren – was soll das denn heißen? Und warum haben sie deinen Vater angerufen?

»Nein.« Daniel bekam ein flaues Gefühl in der Magengegend, als er an Nicole dachte, die Emilys Kette in ihrem Spind gefunden hatte. »Ich habe niemandem etwas weggenommen.«

»Würdest du bitte den Spind öffnen?«, wiederholte sein Vater.

Daniel gab die Zahlenkombination ein und zog die Tür auf.

Sein Vater trug dünne Latexhandschuhe, wie man sie an einem Tatort verwendete. Er nahm Daniels Footballsachen heraus, einen Gegenstand nach dem anderen. Er betrachtete jedes Objekt, bevor er es beiseitelegte und nach dem nächsten griff.

Es dauerte nicht lange, bis er etwas fand, das sich eigentlich nicht in dem Spind befinden sollte.

Ein Brillenglas.

Das Glas, das in Emilys Brille fehlte.

Sein Vater hob es hoch.

»Ich weiß nicht, wie das in den Spind gelangt ist«, sagte Daniel mit plötzlich rauer Stimme.

Aber vielleicht wusste er es doch.

Ja.

Mr McKinney.

Daniels Blick glitt zu den Lüftungsschlitzen seines Spinds.

Ja, genau wie bei Nicole. Er hat das Brillenglas durch den Schlitz fallen lassen!

»Woher kommt das?«, wandte sich Rektor Reicher an Daniels Vater.

»Das wird sich herausstellen.«

Coach Warner sah sie verwundert an. »Was geht hier vor?«

»Jemand hat es durch den Lüftungsschlitz fallen lassen«, verteidigte sich Daniel. Er schrie die Worte fast.

»Es tut mir leid, aber Daniel wird heute nicht am Footballtraining teilnehmen«, teilte sein Vater den beiden Trainern mit.

Coach Warner wirkte besorgt, was unter den gegebenen Umständen durchaus verständlich war. »Geben Sie uns Bescheid, wenn wir irgendwie helfen können.«

Es gefiel Daniel nicht, wie das klang. Vielleicht bedeutete es, dass er morgen Abend nicht würde spielen können.

Sein Vater sah sich die anderen Dinge im Spind an, fand aber nichts Ungewöhnliches mehr.

Wortlos legte er die Gegenstände zurück und bedeutete Daniel dann, ihm zu folgen. Coach Jostens, der auf der anderen Seite des Zimmers stand, sah ihnen nach, als sie zur Tür gingen.

»Du hast behauptet, du hättest das fehlende Brillenglas nicht gefunden«, sagte Daniels Vater leise.

»Das ist die Wahrheit. Er hat es mir in den Spind gelegt. Er will mich belasten.«

»Wer will dich belasten?«

»Mr McKinney.«

»Wie meinst du das?«

Sein Vater kannte Mr McKinney natürlich, wusste aber nichts von den Handys. Daniel begriff, dass ihm nichts anderes übrig blieb, als zumindest einen Teil der Wahrheit preiszugeben, auch wenn es bedeutete, dass er in Schwierigkeiten geriet, weil er sich in Mr McKinneys Haus geschlichen hatte.

Er erzählte seinem Vater von Emilys Handy, ohne Kyle zu erwähnen.

»Und woher weißt du, dass es ihr Handy war?«

Daniel hielt es nicht unbedingt für eine gute Idee, Ronnie und das Aufladegerät zu erwähnen. »Äh …«

»Was verschweigst du mir?«

Schließlich begriff Daniel, dass er ganz offen sein musste. »Kyle hat es. Er fand es in Mr McKinneys Schlafzimmer, zusammen mit den Handys von zwei anderen Mädchen, von denen wir glauben, dass Mr McKinney sie getötet hat.«

Daniel fragte sich, ob er auch die Textnachricht erwähnen sollte, die Emily zum Windy Point gelockt hatte und angeblich von Kyle stammte.

Er beschloss, alles zu sagen.

Sein Vater hörte stumm zu. Daniel rechnete mit einem Riesendonnerwetter dafür, dass sie praktisch bei Mr McKinney eingebrochen waren, aber stattdessen fragte er nach den Handys. »Und du bist sicher, dass Kyle sie hat?«

»Ja. Er konnte nicht klar denken und hat sie mitgenommen.«

Keine Reaktion. »Sind deine Bücher im Flurspind?«

»Hast du gehört, was ich gesagt habe?«

»Ja, ich habe dich gehört. Sehen wir uns deinen Spind im Flur an.«

»Warum?«

Daniels Vater antwortete nicht. »Komm.«

Sie fanden jedoch nichts Außergewöhnliches in Daniels Flurspind. Sein Vater forderte ihn auf, die Bücher mitzunehmen, die er für Hausaufgaben am nächsten Tag und am Montag brauchte.

»Was ist los, Dad?«

Die Schüler, die noch im Flur waren, versuchten nicht zu gaffen, beobachteten aber sehr aufmerksam, wie der Sheriff in voller Uniform seinen Sohn zum Ausgang führte.

Unterwegs schickte Daniel Nicole eine Nachricht – sie sollte nicht nach Hause fahren, sondern in der Schule bleiben, bei Kyle.

Sie antwortete nicht.

Daniels Vater wartete, bis sie außer Hörweite der anderen Schüler waren, bevor er sagte: »Als du am See warst … Du hast erzählt, dass du dort Aufschluss gewinnen wolltest.«

»Ja. Ich wollte mir darüber klar werden, was gerade passiert.«

»Eben hast du gesagt, dass Kyle die Handys in Mr McKinneys Haus gefunden hat.«

»Ja.«

»Warst du vor ihm im Schlafzimmer?«

»Was?«

Daniels Vater blieb stehen und sah ihn an.

»Bist du vor ihm hineingegangen, Dan?«

»Ja, aber nur für einen Moment. Ich habe mich hauptsächlich in Mr McKinneys Arbeitszimmer umgesehen.«

Sein Vater schwieg.

Neue Sorge keimte in Daniel auf.

Weshalb hat er dich danach gefragt?

»Warum fährst du nicht mit mir?«, sagte sein Vater – es klang nicht nach einer Frage. Er ging auf die Tür zu. »Wir holen deinen Wagen später.«

Nein, nein, nein.

Er glaubt, dass du etwas mit dieser Sache zu tun hast.

Das war absurd.

Du hast nichts getan.

Aber er hat recht. Du bist vor Kyle im Schlafzimmer gewesen. Du könntest die Handys dort platziert haben.

Nein, daran würdest du dich erinnern.

Und was ist mit dem Verschwimmen? Wenn du bei einem Gewitter schlafwandeln kannst, ohne dich daran zu erinnern, könntest du auch …

Nein.

Ausgeschlossen.

Du kennst Details über Emilys Tod, von denen sonst

niemand etwas weiß. Du wusstest von Trevor, von der Brille. Du hast von ihrem Tod geträumt.

Ein schrecklicher, ein entsetzlicher Gedanke: War es ein Traum oder eine Erinnerung?

Ein Albtraum oder Realität?

Gefangen zwischen Schwarz und Weiß.

Zwischen Gut und Böse.

An dem Abend, als es Ty und seine Kumpel auf Nicole abgesehen hatten … Er sagte, er hätte dich am See gesehen. Meinte er vielleicht nicht Samstagmorgen, sondern den Abend, als Emily starb?

Nein.

Das Brillenglas lag in deinem Spind.

Du bist bei ihrer Trauerfeier in Ohnmacht gefallen. Sie ist dir mehrmals erschienen. Geh dieser Sache nach. Such die Wahrheit. Finde heraus, was geschehen ist.

Die Wahrheit …

Nein.

Die Kopfschmerzen wurden so stark, als versuchte etwas, ihm den Kopf zu zerreißen. Heiße Nadeln bohrten sich ihm durchs Gehirn.

Das Verschwimmen …

Alles verschwamm.

Die Barriere ist verschwunden, wie du es Stacy gesagt hast.

Fantasie vermischte sich mit Realität. Beides floss zusammen und ließ sich nicht mehr voneinander unterscheiden.

Es gab kein Footballspiel an dem Abend, als Emily starb.

Du hattest frei und konntest …

Sie erreichten die Tür. »Ich habe etwas in meinem Spind vergessen, Dad.« Daniel versuchte, beiläufig zu klingen. »Ich hole es schnell, in Ordnung?«

Sein Vater zögerte kurz. »Na schön. Ich warte hier.«

Daniel eilte benommen durch den Flur.

Er musste mit Kyle reden.

Als er seinen Spind erreichte, vergewisserte er sich, dass ihm sein Vater nicht gefolgt war, bevor er durch einen Seitengang huschte und das Schulgebäude durch einen Hinterausgang verließ. Draußen rief er seinen Freund an.

»Daniel? Wo bist du? Ich habe eine Nachricht von Nicole erhalten. Warum hast du ihr gesagt, dass sie zu mir kommen soll?«

»Ist sie da?«

»Nein, ich bin bei Mia und habe ihr gesagt, dass sie hierherkommen soll. Wir warten noch auf sie.«

Wenigstens ist sie unterwegs.

»Hast du dich jemals gefragt, ob du zu etwas Schrecklichem imstande bist?«, fragte Daniel.

»Was redest du da?«

»Ich meine, man hört immer wieder davon. Jemand schnappt über und läuft an einer Schule Amok. Oder ein Vater bringt seine ganze Familie mit der Axt um. Oder eine Mutter fährt mit ihren kleinen Kindern auf dem Rücksitz von einem Kai ins Meer.«

»Meine Güte, jetzt jagst du mir tatsächlich Angst ein, Kumpel.«

»Ich wollte nur fragen: Hast du dich jemals gefragt,

ob du einmal einen Punkt in deinem Leben erreichst, an dem du zu allem fähig bist?«

»Nein, habe ich nicht. Manche Leute rasten einfach aus.«

So wie ich.

Seit einer Woche bin ich nicht mehr ganz dicht.

Seit dem ersten Verschwimmen.

Die Kopfschmerzen ließen nach, aber es war nur eine kurze Verschnaufpause. Offenbar zogen sie sich nur zurück, um ihre Kräfte zu sammeln und dann noch stärker zu werden als vorher.

»Woher willst du wissen, dass es dir nicht eines Tages ebenso ergeht?«

Kurze Stille. »Warum fragst du das?«

»Weil ich vielleicht etwas Schreckliches getan habe«, sagte Daniel.

»Was?«

»Vielleicht habe ich Emily Jackson umgebracht.«

58

»Warum solltest du so etwas auch nur denken?«

»Die beiden anderen Mädchen starben an den Abenden, als wir Auswärtsspiele hatten. Ich habe gespielt, ich war da und könnte …« Daniel holte tief Luft. »In letzter Zeit habe ich Gedächtnislücken. Sie betreffen zum Beispiel die Sache mit Akiras Grab. Vielleicht bin ich es gewesen, der Blumen auf die Gräber gelegt hat.«

»Nein, das ist doch …«

»Wieso weiß ich mehr darüber als alle anderen?«

»Darüber haben wir bereits gesprochen. Dein Unterbewusstsein verknüpft einzelne Informationsbrocken, du …«

»Im Traum habe ich sie umgebracht.«

»Seit ein paar Tagen vermuten wir, dass sie einem Verbrechen zum Opfer gefallen ist. Das hat dich beschäftigt.«

»Was ist mit Trevor? Und der Brille? Wieso habe ausgerechnet ich sie gefunden? Es waren nur meine Fingerabdrücke darauf.«

Kyle zögerte. »Wo bist du? Bleib dort. Ich komme zu dir. Wir klären das.«

»Ich bin hinter der Schule. Aber ich glaube, mein Vater verdächtigt mich. Er wird mich suchen, also solltest du besser nicht hierherkommen. Kennst du den Wald hier bei der Schule? Wir treffen uns auf der anderen Seite, am River Drive.«

Das war eine stille Straße mit wenig Verkehr. Niemand würde sie dort sehen.

Als Daniel fortschlich, hörte er eine Polizeisirene, die sich der Schule näherte.

Ja, sein Vater suchte ihn.

Und er hatte bereits Verstärkung angefordert.

59

Daniel hatte den Wald gerade erreicht, als er hörte, wie jemand seinen Namen rief. Aber es war nicht sein Vater, der ihn aufforderte, stehen zu bleiben.

»Daniel, warte!«

Er drehte sich um und sah Stacy, die auf ihn zulief.

»Nicht jetzt, Stacy.«

»Es ist wichtig. Ich muss dir etwas Wichtiges sagen.«

Daniels Handy klingelte, es war sein Vater. Er nahm nicht ab. »Ich muss los. Lass uns später miteinander reden.«

Aber sie blieb nicht stehen. Ihr Gesicht wirkte seltsam. Vielleicht lag Furcht darin. Vielleicht …

Ihm fiel etwas ein. Es war Stacy gewesen, die ihm am See gezeigt hatte, wo Emilys Leiche gefunden worden war. Sie hatte fast die gleichen Worte benutzt wie Ronnie, als er von seinem Verdacht in Hinsicht auf Emilys Tod gesprochen hatte.

Nur Kyle und du waren da, als Ronnie davon sprach, dass jemand seine Schwester unter Wasser gedrückt hat.

Daniel wich einen Schritt zurück.

Was ist real?

Und was nicht?

Grauland.

Alles verschwimmt.

Stacy wohnt in der Nähe der Jacksons, beim Lake Algonquin.

Sie hat vorgeschlagen, du solltest herausfinden, wer am See war, als Emily starb.

Daniels Handy vibrierte. Eine Textnachricht.

Stacy kam näher.

»Warte«, sagte er. »Wo warst du an dem Abend, als Emily starb?«

Das Handy hörte auf zu vibrieren.

»Was?«

»Warst du am See?«

»Hör mir zu, Daniel.« Stacy stand nur noch zwei Meter entfernt. »Das ist sehr wichtig.«

Verschwommen.

Alles ist verschwommen.

Geh dieser Sache nach. Such die Wahrheit. Finde heraus, was geschehen ist.

Er sah aufs Display seines Handys und stellte fest, dass die Nachricht von Nicole stammte: »Wolf Cave. 30 Minuten.«

Was?

Er richtete den Blick wieder auf Stacy.

Sie kam noch einen Schritt näher und streckte die Hand aus. »Ganz ruhig, Daniel. Du musst …«

Er wollte sie zurückstoßen, sie auf Abstand halten, aber seine Finger strichen durch leere Luft.

Zuerst dachte er, dass sie den Arm zurückgezogen hatte, bevor er sie berühren konnte, aber das war nicht der Fall.

Nein.

Der Arm …

… war noch immer da.

Seine Hand war durch den Arm gegangen, als existiere er überhaupt nicht. Daniel versuchte, Stacys Handgelenk zu ergreifen, aber er fühlte … nichts, nur leere Luft.

Er wankte zurück, als sie einfach nur dastand und ihn ruhig beobachtete.

Nein, das kann nicht sein.

Seine Gedanken wirbelten durcheinander, jeder von ihnen bemüht, Aufmerksamkeit zu gewinnen. Sie stiegen in ihm auf und wichen dann wieder fort, wie von Wind erfasste Nebelschwaden.

Stacy war nicht real.

Sie …

Du warst jedes Mal allein, als du mit ihr gesprochen hast: nach der Schule, bei dir zu Hause, in deinem Zimmer.

Sie wollte sich nicht helfen lassen, als sie durch dein Fenster kletterte. Sie wollte nicht, dass du sie berührst. Sie wusste, wo du wohnst und dass du am Montag beim Arzt warst, obwohl du nur Kyle und Nicole davon erzählt hast.

Sie hatte nie auf Telefonanrufe oder SMS reagiert.

Weil es sie gar nicht gibt.

Sie ist nicht real.

Er blickte auf seine Hände hinab. Sie zitterten.

»Daniel«, sagte sie. »Sieh mich an. Es wird Zeit, ihn aufzuhalten. Es ist nicht der, den du in Verdacht hast.«

Die Kopfschmerzen wurden noch stärker.

Er sah ihr in die Augen.

Mia konnte niemanden finden, der sie kennt.

Nicole war verwirrt, als du ihren Namen nanntest.

Stacy hatte keine Facebook-Seite.

Bei der Google-Suche nach ihr hatte sich nichts ergeben.

Es war alles eine Illusion. Ein Traum.

Ein Verschwimmen.

Das größte von allen.

Stacy Clern existierte nur in seiner Einbildung.

Oder sie ist ein Geist.

Vielleicht …

»Die Auswärtsspiele«, sagte sie. »Die anderen Mädchen. Das ist der Schlüssel. Wer war bei den Footballspielen? Denk an die Fotos, an die Mädchen. Geh dieser Sache nach. Such die Wahrheit. Finde heraus, was geschehen ist. Gib nicht auf.«

Sie veränderte sich, während sie diese Worte sprach. Ihre Haut wurde fleckig, das dunkelbraune Haar blond, die trockene Kleidung nass. Tang vom Grund des Sees erschien im Haar, so wie bei Emily in der Kirche.

Auch das Gesicht veränderte sich und wurde zu dem eines anderen Mädchens.

Vor Daniel stand nicht mehr Stacy Clern …

… sondern Emily Jackson.

Wie erwacht man aus einem Traum? Indem man sich zwickt?

Daniel versuchte es damit. Er zwickte sich in den Arm, wie bei der Trauerfeier, als sich Emily in ihrem

Sarg aufgerichtet hatte. Die Fingernägel bohrten sich ihm in die Haut, doch das Bild vor seinen Augen verschwand nicht.

Du bist wach. Das geschieht tatsächlich.

Stacy.

Emily.

Geh dieser Sache nach. Such die Wahrheit. Finde heraus, was geschehen ist.

Stacy Clern.

Ihr Name.

Nein, nein, nein, nein, nein!

Das konnte nicht sein.

Und doch …

Sie löste sich auf. Zeit und Raum verschwammen, die Erinnerungen an Stacy und an Emily – sie konzentrierten sich auf diesen Moment, wurden ein fester Bestandteil davon.

Das Bild verblasste, bis nur noch die Umrisse eines Mädchens zu sehen waren.

Sie verschwanden ebenfalls.

Eine weitere Textnachricht traf ein.

Wieder von Nicoles Handy.

Daniel schauderte, als er die Worte las. »Komm allein. Ich habe sie.«

Nein!

Stacy hat dir gesagt, dass die Fotos der Schlüssel sind.

Die Fotos.

Er ging mit seinem Handy online und sah sich noch einmal die Zeitungsartikel an, die vom Tod der beiden anderen Mädchen berichteten. Auf den Pressefotos trugen sie beide eine Halskette mit herzförmigem Medaillon.

Er hat jedem Mädchen eine Halskette geschenkt.

Auch Nicole hat eine bekommen.

Sie ist das nächste Opfer.

Wolf Cave.

Du musst dorthin.

Sofort!

Los!

Bei der Schule suchte die Polizei nach ihm – seinen eigenen Wagen konnte er also nicht benutzen.

Daniel eilte durch den Wald, dorthin, wo er sich mit Kyle verabredet hatte.

60

Mia und Kyle standen neben dem Mustang und warteten, als Daniel aus dem Wald gelaufen kam.

»Nicole ist in Schwierigkeiten!«, rief er.

»Ich glaube, jemand ist uns gefolgt«, erwiderte Kyle.

»Was? Wer?«

»Ein Pick-up.«

Ty?

Seine Kumpel?

Wie aufs Stichwort kam ein kastanienbrauner SUV vor ihnen um die Ecke. Der gleiche Wagen, den Daniel am See gesehen hatte, als er mit Stacy dort gewesen war.

Nein, als du allein dort gewesen bist.

»Wir müssen los.« Um ihn herum schien die Realität zu bröckeln. »Er hat Nicole und Stacy gibt es gar nicht.«

»Was redest du da?«, fragte Mia. »Wer hat Nicole? Und was meinst du damit, dass es Stacy gar nicht gibt?«

Sie drehten sich um, als sie das laute Grollen eines Motors hörten. Ein Pick-up bog hinter ihnen auf die Straße.

Daniel hatte den Wagen, mit dem Ty und seine Kumpel am Samstagabend unterwegs gewesen waren, nicht besonders gut gesehen, aber er hätte gewettet, dass es derselbe war.

»Stacy Clern«, wandte er sich an Mia. »Wenn man

den Namen langsam spricht und an den richtigen Stellen Pausen macht: Stay. Seek. Learn. Dabei bleiben. Suchen. Herausfinden. *Geh dieser Sache nach. Such die Wahrheit. Finde heraus, was geschehen ist.* Das hat sie mir immer wieder gesagt.«

Er wollte Kyle sagen, wo sich Nicole befand, doch dann fiel ihm ein, dass die Textnachricht ihn aufgefordert hatte, allein zu kommen.

»Du hast gesagt, dass er Nicole hat«, sagte Kyle. »Wer? Mr McKinney?«

»Ja. Glaube ich. Aber …«

SUV und Pick-up kamen schnell näher.

Kyle öffnete die Beifahrertür seines Wagens. »Steig ein, Daniel. Wir holen Nicole. Wir kümmern uns um alles. Vertrau mir.«

Daniel starrte ihn an.

Er möchte, dass du ihm vertraust.

Er …

Die gesamte Realität, all das, was Daniel für wirklich und real hielt … Es schien in einem Meer aus Fragen und Zweifeln zu versinken.

Kyle hat die Handys gefunden.

Er hat sie mitgenommen, als ihr aus dem Haus geflohen seid. Vielleicht hat er sie auch hineingebracht.

Daniel stand reglos.

»Was ist mit dir?«, fragte Kyle. »Was ist los?«

Der SUV hielt vor ihnen und der Pick-up versperrte den Rückweg. Sie saßen zwischen ihnen fest.

»Wir müssen weg von hier, Daniel«, drängte Kyle.

Von ihm stammt der Vorschlag, das Grab zu besuchen.

Er wusste, dass Mörder die Gräber ihrer Opfer besuchen. Er könnte die Blumen dorthin gelegt haben.

Emily war in ihn verliebt.

Im Text, der sie zum See einlud, stand sein Name.

Er deutete an, dass Ty dahinterstecken könnte – um den Verdacht auf jemand anderen zu lenken?

Er könnte den Umkleideraum betreten und das Brillenglas in deinen Spind gelegt haben. Und vielleicht stammt die Halskette in Nicoles Spind von ihm …

Stacy hat gesagt: Es ist nicht der, den du in Verdacht hast.

»Du?«, sagte Daniel leise zu seinem Freund.

»Was?«

»Woher wusstest du, dass jemand Emilys Notizbuch in ihrem Spind gefunden hat?«

»Wie gesagt, ich hab's in der Schule gehört.«

Daniel blickte zum SUV. Die Scheiben waren getönt; er konnte nicht erkennen, wie viele Personen in dem Wagen saßen.

»Lass uns losfahren«, sagte Kyle.

Ty und einer seiner Freunde stiegen aus dem SUV. Zwei andere kamen aus dem Pick-up.

»Byers und Goessel!«, rief Ty. »Ich habe gehofft, dass sich unsere Wege diese Woche kreuzen würden. Und sieh mal einer an, die kleine Mia ist auch dabei. Das wird ein echter Spaß.«

Mia zeigte ihm den Stinkefinger.

Gedanken flogen durch Daniels Kopf.

Das Jahrbuch.

Die Mädchen.

Es ist nicht der, den du in Verdacht hast.

Die anderen Mädchen hatten Halsketten.

Sie starben an den Abenden eurer Auswärtsspiele.

Die Halsketten.

Die Fotos in den Jahrbüchern.

Die in den Zeitungen.

Die Mädchen starben während der vergangenen beiden Jahre.

Nein, Kyle hatte den Führerschein noch nicht lange genug.

Er war es nicht. Nein, unmöglich. Er konnte es nicht gewesen sein.

Wie konntest du ihn verdächtigt haben?

Wie …

Ty näherte sich.

Daniel dachte an Nicole in Wolf Cave. In der Textnachricht war die Rede von dreißig Minuten. »Ich habe für so was keine Zeit, Ty.«

»Es wird nicht lange dauern.«

Kyle warf Daniel die Schlüssel zu. »Fahr los. Ich kümmere mich um diese Sache.«

»Ach, tatsächlich?« Ty und seine Freunde lachten.

»Ja, tatsächlich«, sagte Mia und trat neben ihren Freund.

Daniel rang mit sich. Sollte er wirklich allein losfahren?

Ty öffnete sein Schnappmesser.

»Was Besseres hast du nicht?« Mia hielt plötzlich ein Butterflymesser in der Hand und schwang es geschickt.

Okay, das war eine Überraschung.

Aber keine besonders große, wenn man Mia kannte.

Tys Kumpel wichen einige Schritte zurück, und was Daniel in ihren Gesichtern sah, teilte ihm mit, dass er sich keine Sorgen um Kyle und Mia machen musste.

»Los«, sagte Kyle. »Finde sie.«

Der Mörder hat Nicole.

Du musst ihn aufhalten.

Doch als er sich dem Wagen zuwandte, griff Ty an. Er stieß mit dem Messer zu, und Daniel sprang zur Seite, aber die Klinge streifte seinen linken Arm und ritzte ihm die Haut auf. Der Schnitt war nicht tief, aber er veränderte etwas in Daniel. In der Schule und auf der nächtlichen Straße zusammen mit Nicole hatte er es vermieden, sich auf eine Schlägerei mit Ty einzulassen.

Jetzt gab er seine Zurückhaltung auf.

Er holte mit der Linken aus, um seine rechte Wurfhand zu schonen, und traf den Kiefer seines Widersachers. Ty taumelte, fing sich aber sofort wieder und ging erneut mit dem Messer auf ihn los.

Daniel ballte die Fäuste und schlug so nach Tys Hand, wie es ihn sein Vater gelehrt hatte. Wenn man die Nervenenden trifft, öffnet sich die Hand, und genau das geschah – das Messer fiel runter und rutschte über den Asphalt.

Sofort schlug Daniel noch einmal zu und schickte Ty mit einem Aufwärtshaken zu Boden.

Fahr los. Finde Nicole.

»Mach dich auf den Weg!« Kyle nahm das Messer, bevor Ty danach greifen konnte. »Wir kommen schon zurecht.«

Daniel sprang in den Wagen und startete den Motor.

Um an dem SUV vorbeizukommen, musste er halb auf den Randstreifen, den anderen Wagen seitlich rammen und ihn ein Stück zur Seite schieben. Genau das tat er – ihm blieb keine Zeit für Rücksichtnahme.

Ty sprang auf, verfluchte ihn wegen des SUV und lief sogar ein Stück hinterher.

Pech für ihn.

Daniel rief seinen Vater an und sagte ihm, wo Kyle und Mia waren und dass sie Hilfe brauchten.

»Bist du bei ihnen?«

Er antwortete nicht und unterbrach die Verbindung.

Der River Drive war nicht weit von der Schule entfernt. Daniels Vater würde in einigen Minuten zur Stelle sein und bis dahin konnten Kyle und Mia auf sich aufpassen.

Sein Vater rief zurück. Daniel achtete nicht darauf.

Auf dem Weg nach Wolf Cave kam er an seinem Haus vorbei, und Daniel fiel ein, dass er eine Taschenlampe brauchen würde, wenn Nicole und ihr Kidnapper in der Höhle waren. Er hielt zu Hause an, holte seine Stirnlampe und die Höhlenausrüstung und fuhr dann weiter nach Osten, in Richtung Wolf Cave.

61

Es gab keinen offiziellen Parkplatz vor der Höhle, nur einen kleinen Kiesplatz am Ausgangspunkt des Wanderweges.

Als Daniel näher kam, sah er dort einen Wagen, den er nicht kannte.

Die Höhle war ein gefährlicher Ort. Es gab keine Lampen in ihr, keine befestigten Wege, nichts dergleichen.

Manche Stellen waren sehr eng, an anderen musste man auf loses Gestein achten. Es mangelte nicht an Gruben und steilen Abhängen. Einer führte mehr als vierzig Meter in die Tiefe – die Jugendlichen nannten ihn »Teufelsschlund«. Ein unterirdischer Bach schlängelte sich durch den westlichen Teil der Höhle. All der Regen der letzten Tage hatte ihn vielleicht über die Ufer treten lassen.

Es war keine sanfte, freundliche Höhle.

Es war eine zornige Höhle.

Daniel parkte.

Und sah durchs Fenster des anderen Wagens. Ja. Hundehaare überall auf den dunklen Stoffsitzen. Er hatte den Wagen bei der Kirche gesehen, ihn kurz zur Kenntnis genommen. Jetzt erinnerte er sich daran und stellte die Verbindung her.

Trevor war in dem Wagen. Das hatte Emily gesagt.

Der Typ hat den Hund in seinen Wagen gesperrt, als er mit Emily zusammen war. Er wusste vielleicht nicht, dass sie ihren Hund mitbringen würde, und er wollte mit ihr allein sein.

Zwar wies die von Nicoles Handy versendete Textnachricht darauf hin, dass er allein kommen sollte, aber Daniel wusste, dass er schließlich die Hilfe seines Vaters nötig hätte, der jedoch eine Weile brauchen würde, um herzukommen. Daniel schrieb ihm eine kurze Mitteilung und nahm dann seine Höhlenausrüstung.

Von der Straße waren es zehn Gehminuten bis zur Höhle.

Aber Daniel ging nicht.

Er lief und dachte während des Laufens noch einmal über alles nach.

Es hatten Blumen auf Emilys und Grace McKinneys Gräbern gelegen.

Aber du weißt nicht, ob Mr McKinney sie dorthin gelegt hat.

Stacy sagte, dass es nicht der ist, den du in Verdacht hast.

Aber Stacy existierte gar nicht. Sie war ein Hirngespinst, eine Erfindung seines Unterbewusstseins, das versuchte, ihm Antworten auf seine Fragen zu geben. Er musste versuchen, einen Sinn in diesen Antworten zu erkennen.

Die Mädchen starben an den Abenden der Auswärtsspiele. Der Mörder musste vor Ort gewesen sein. Also …

Daniel erreichte den Eingang zu den Höhlen und blieb stehen.

Vor ihm gähnte ein dunkles Loch, das in die Tiefe führte.

Während er noch versuchte, wieder zu Atem zu kommen, fühlte er Luft, die ihm aus der finsteren Öffnung entgegenwehte.

Daniel wusste, dass es Luftströmungen in der Höhle waren, die hier draußen in der Sonne auf wärmere Luft trafen, aber es fühlte sich nach einem großen Geschöpf an, das sich irgendwo dort unten verbarg und dessen Atem er spürte.

Er schaltete seine Stirnlampe ein und begann mit dem Abstieg.

62

Der Weg nach unten war schlammig und von moosbedeckten Steinen übersät. Daniel musste bei jedem Schritt aufpassen, dass er nicht den Halt verlor.

Zweimal geriet er ins Rutschen, als er tiefer in die Dunkelheit der ersten Höhlenkammer vorstieß.

Der Sonnenschein, der hinter ihm durch den Höhleneingang fiel, war nicht länger warm, sondern wich der Kälte.

Einer feuchten Kälte.

Es roch nach Flechten und Schimmel.

Daniel wusste, dass es drei Hauptkammern gab, aber auch zahlreiche Seitentunnel, von denen einige angeblich bis zum unterirdischen Fluss reichten, der den Lake Algonquin speiste.

Wer ist es? Wer hat Nicole?

Wo befand sie sich?

Die Fotos in Mr McKinneys Flur hatten zwei verschiedene Höhlenkammern gezeigt und Daniel kannte sie beide.

Die erste war nah, auf der linken Seite.

Um sie zu erreichen, musste er durch einen relativ kleinen Raum, etwa so groß wie zwei Minivans. Eine schmale Passage zu beiden Seiten führte in eine der größten Höhlenkammern, in eine Kaverne, die fast dreißig Meter lang und fünf breit war.

Daniel kletterte durch den kleinen Raum und erreichte den großen.

Stalagmiten und Stalaktiten ragten vom Boden auf oder hingen schwer an der Decke. Einige von ihnen hatten sich vor langer Zeit getroffen und bildeten Säulen.

Jemand hatte hier Kerzen auf einem Felsen brennen lassen. Geschmolzenes Wachs war an den Seiten heruntergelaufen und bildete sonderbare Muster.

»Ich bin hier!«, rief Daniel. Die Antwort bestand nur aus dem Echo der eigenen Stimme. »Ich bin allein!«

Allein … allein … allein …, antwortete die Höhle.

»Wo ist sie?« Die Worte hallten gespenstisch durch die Dunkelheit. »Ich weiß, dass ihr hier seid.«

Hier seid … hier seid … hier seid …

Als die Echos verklangen, hörte Daniel nur noch das Zischen seines Atems, das leise Pochen der Wassertropfen, die von der Decke fielen, und das Rauschen des Baches, der durch eine Nebenkammer floss, bevor er in den unerforschten Tiefen der Höhle verschwand.

Na schön. Hier schienen sie nicht zu sein. Vielleicht befanden sie sich in der anderen Höhlenkammer von den Fotos.

Daniel zwängte sich durch einige enge Stellen, die weiter in die Tiefe führten.

Wenn der Kidnapper Nicole hierhergebracht hatte … Das war der gefährlichste Teil der Höhle, der Teil, der im Teufelsschlund endete.

Zweimal hatte sich Daniel mit seinem Vater dorthin

abgeseilt und beim zweiten Mal hatten sie unten die Reste eines Waschbären gefunden. Es war unwahrscheinlich, dass sich ein Tier im Dunkeln so weit ins Innere der Höhle verirrte. Daniel hatte sich gefragt, ob jemand den bereits toten Waschbären hereingebracht und in die Tiefe geworfen hatte.

Er erinnerte sich an den Schimmel auf dem Kadaver. Es war nicht leicht gewesen, das Tier zu identifizieren, denn der Aufprall auf dem felsigen Boden hatte es regelrecht zerschmettert.

Daniel rückte seine Stirnlampe zurecht und bahnte sich einen Weg durch den schmalen Tunnel.

Einige dünne Stalaktiten zeigten sich an der Decke, nicht länger als dreißig Zentimeter. Hier gab es keine großen Kalksteinformationen.

Das Geräusch des Baches wurde leiser und leiser, als die Entfernung wuchs.

Auf Händen und Knien kroch er durch eine weitere enge Stelle. Von hier aus war es nicht mehr weit bis zur Kammer mit dem Teufelsschlund. Nur noch etwa fünfzehn Meter.

Wieder dachte Daniel daran, was seit der Trauerfeier in der Kirche geschehen war.

Die Mädchen auf den Fotos trugen Halsketten mit herzförmigen Medaillons.

Vielleicht hast du ihre Bilder in den Nachrichten gesehen, nach ihrem Tod. Vielleicht haben sie sich deinem Unterbewusstsein eingeprägt, wie der Hinweis auf Trevor. Und als du von Emilys Tod gehört hast, fügte sich alles zusammen.

Vielleicht …

Es heißt, das menschliche Gehirn nimmt alles auf. Daniel hatte immer ein besonderes Auge für Details gehabt, die anderen Menschen entgingen. Es hing mit seiner Gabe zusammen, Dinge zu berechnen …

Deshalb hat Emily dir bei dem Spiel die Halskette gezeigt. Weil du bereits gewusst hast, dass sie der Schlüssel ist.

Daniel erinnerte sich an das Foto, das den Offense-Coach in der Nähe eines der toten Mädchen gezeigt hatte.

Er dachte an die Fotos der Footballspiele.

Wer von der Schule war dabei?

Die Mannschaft. Die Trainer.

Roosevelt High.

Coulee High.

Die Pressefotos der Mädchen …

Wer konnte sich Zugang zu deinem Spind im Umkleideraum verschaffen?

Wer könnte gesehen haben, wie du mit Kyle Mr McKinneys Haus betreten hast, während alle Lehrer wegen des Elternsprechtags in der Schule waren?

Die Lehrer schon, aber nicht …

Oh.

Ja.

Daniel wusste plötzlich Bescheid.

Er war beim Homecoming-Ball gewesen. Er kann gesehen haben, wie du mit Nicole losgefahren bist.

Er ist die ganze Zeit unter Schülern und kann sich ein Bild davon machen, wer wen mag. Vielleicht hat er gehört, dass sich Emily in Kyle verliebt hatte.

Er kann die Schulen betreten und verlassen, ohne dass jemand Verdacht schöpft.

Natürlich.

Und er musste bei den Spielen zugegen sein. Das war sein Job.

Daniel leuchtete nach vorn.

Er hatte fast die Höhle mit dem Teufelsschlund erreicht.

Football.

Ja, die Jahrbücher, die Footballspiele und die Fotos – alles deutete auf eine Person hin.

»Ich bin hier!«, rief Daniel, als er das Ende der Stelle erreichte, wo man nur kriechen konnte. »Ich weiß, wer Sie sind!«

»Ach, tatsächlich?«, ertönte die Stimme eines Mannes.

Tatsächlich? … Tatsächlich? … Tatsächlich? … hallte das Echo. Die besondere Akustik der Höhle verzerrte die Stimme und machte es unmöglich, sie zu identifizieren.

Aber das spielte für Daniel keine Rolle.

Er wusste bereits, wer in der Höhlenkammer vor ihm wartete.

Ja, der Offense Coach Jostens war bei allen Spielen zugegen gewesen.

Aber nicht er war der Täter, sondern der Mann, der ihn neben dem Mädchen von Roosevelt High fotografiert hatte, das später ermordet worden war.

»Ja, ich weiß, wer Sie sind!«, rief Daniel. »Und ich rate Ihnen, Nicole kein Haar zu krümmen, Mr Ackerman!«

63

»Komm hierher, wo ich dich sehen kann!«, rief der Fotograf.

Daniel kroch in die Höhlenkammer, stand auf und richtete das Licht seiner Stirnlampe in Richtung der gegenüberliegenden Wand. Innerhalb von ein oder zwei Sekunden nahm er alles in sich auf.

Vor ihm erstreckte sich eine Kaverne, die etwa sechs Meter breit und über zwanzig Meter lang war. Sie enthielt keine sanft geschwungenen Formationen, sondern nur scharfkantige Felsen und Geröll.

Der Teufelsschlund erstreckte sich am Ende der Kammer, ein vier Meter breiter Riss im Boden, der wie eine klaffende Wunde aussah.

Eine natürliche Felszunge reichte über die andere Seite, etwa drei Meter über dem Boden, auf dem Daniel stand. Sie war breit genug, dass fünf Personen Schulter an Schulter auf ihr stehen konnten. Einige große Felsbrocken lagen dort.

An der rechten Seite des Teufelsschlundes bot ein schmaler Vorsprung Höhlenkletterern die Möglichkeit, auf die andere Seite zu gelangen. Jemand hatte ein dickes Seil um einen der Felsen geschlungen, damit Wagemutige nach oben gelangen konnten.

Das Seil wies Knoten auf, die zusätzlichen Halt gaben. Dennoch war der Weg sehr gefährlich – Daniel war ihn schon zweimal gegangen.

Als er noch etwas näher kam, erreichte das Licht seiner Stirnlampe Nicole und Ackerman auf der anderen Seite des Teufelsschlundes. Der Fotograf stand hinter Nicole und hielt sie fest.

»Nicole!«, rief Daniel. »Ist alles in Ordnung mit dir?«

»Ja! Verschwinde von hier, Daniel. Er will, dass du ...«

Ackerman unterbrach sie. »Komm hierher, Daniel.«

»Geh solange du noch kannst«, stieß Nicole hervor. »Er will ...«

Ackerman grub ihr die Hand ins Haar und zog. »Sei still.«

»Au!«

»Lassen Sie Nicole in Ruhe!«

Ackerman trug eine Stirnlampe, Nicole nicht. Dadurch hatte er sicher sein können, dass sie nicht weglief, als sie hierhergekommen waren. Ohne Licht hätte sie sich bei einem Fluchtversuch in völliger Finsternis verirrt.

Daniel ging durch die Höhlenkammer und überlegte, wie er ihr helfen konnte.

Komm schon, denk nach! Was kannst du tun? Du musst sie aus seiner Gewalt befreien!

»Du hast eben meinen Namen genannt«, sagte Ackerman. »Woher wusstest du, dass ich es bin?«

»Die Pressefotos der Zeitungsartikel über die toten Mädchen. Auf den Bildern trugen die Mädchen die gleiche Art von Halskette. Das konnte kein Zufall sein.

Die Fotos stammen von Ihnen. Nur Sie wussten, dass die Mädchen solche Ketten tragen würden. Sie fanden eine Möglichkeit, ihnen die Halsketten zu geben. Außerdem musste der Mörder bei unseren Auswärtsspielen gewesen sein. Sie haben uns begleitet, um Fotos für die Zeitungen zu machen.«

Daniel erreichte den Rand des Teufelsschlundes.

»Das genügt nicht«, sagte Ackerman.

»In Mr McKinneys Flur hing ein Bild von Ihnen beiden in dieser Höhle. Die Handys sind der Schlüssel. Jemand hat sie in den Kleiderschrank gelegt. Mr McKinney ist Ihr Freund. Sie gehen gemeinsam auf Höhlenerkundung. Sie haben die Handys im Schrank platziert. Vielleicht waren Sie bei ihm zu Besuch, oder Sie haben sich durch den offenen Kellerzugang geschlichen – ich weiß es nicht. Ihr Fotostudio befindet sich ganz in der Nähe, nicht wahr? Dadurch haben Sie gesehen, wie wir das Haus betraten.«

»Nicht übel.«

»Und dann? Sind Sie an jenem Abend bei ihm gewesen, um nach den Handys zu sehen?«

»Ja, du hast recht. Und da wurde mir klar, dass ich das zu einem Ende bringen muss.«

»Geh, Daniel!«, schrie Nicole.

»Still!« Ackerman zog sie näher zum Rand des Teufelsschlundes.

»Nein!«, rief Daniel.

Du musst Zeit gewinnen, bis dein Vater da ist. Sorg dafür, dass er redet.

»Sie haben mit Absicht Schulen ausgesucht, an denen

Mr McKinney unterrichtet hat, damit Sie ihm die Schuld geben können«, sagte Daniel. »Sie haben das jahrelang geplant. Warum?«

»Um dafür zu sorgen, dass der Verdacht auf jemand anders fällt und nicht auf mich.«

Warum sagt er dir das? Das ist kein gutes Zeichen. Er geht davon aus, dass du das hier nicht überlebst.

»Aber warum haben Sie die Handys ausgerechnet jetzt bei ihm platziert, in dieser Woche?«

»Ich hörte, dass dein Vater gründlichere Ermittlungen in Hinsicht auf Emilys Tod anstellt. Das war für mich Grund genug.«

Daniel setzte seine Ausrüstung ab. »Gibt es noch mehr als diese drei Mädchen?«

»Nein, nur sie. Aber es *wird* noch mehr geben. Wenn man einmal damit begonnen hat …« Ackerman seufzte zufrieden. »Dann ist es schwer, damit aufzuhören. So, und jetzt …«

»Aber warum?« Daniels Stimme klang rau, als er an die schrecklichen Verbrechen dachte, die Ackerman begangen hatte. »Warum haben Sie die Mädchen getötet?«

»Der Nervenkitzel. Die Herausforderung. Das Adrenalin. Du kennst das sicher von den Footballspielen. Es kann richtig süchtig machen, oder? Bringen wir es hinter uns. Siehst du den Felsvorsprung rechts von dir?«

Daniel richtete den Blick darauf.

Hüfthoch. Nicht sehr groß.

Nicoles Handy lag zwischen einigen Steinen. Der kleinste von ihnen war etwa so groß wie ein Softball, der größte wie eine Bowlingkugel.

»Was ist mit Mrs McKinney?«, fragte Daniel. »Sind Sie auch für ihren Tod verantwortlich?«

»Das war eigentlich ein Unfall. Und deshalb habe ich beschlossen, dass Emily durch Ertrinken sterben soll. So passte alles gut zusammen. Genug Gerede. Wirf dein Handy in den Schlund.«

Daniel hatte noch immer einige Fragen, aber Ackerman schien alles gut durchdacht zu haben, und er musste sich jetzt ganz auf Nicoles Rettung konzentrieren – die restlichen offenen Punkte konnte er später klären.

Wenn es ein Später gab.

»Wirf das Handy weg«, wiederholte Ackerman.

Daniel warf sein Handy in den Teufelsschlund.

Es stieß mehrmals gegen die Wände, und dann, nach gefühlten Minuten, prallte es tief unten auf den Boden und zerbrach.

»Nimm jetzt Nicoles Handy. Du wirst ein Geständnis schreiben, und außerdem ein paar Worte zum Abschied.«

»Was?«

»Du hast Emily zum See gelockt und sie dort ertränkt. Von Schuldgefühlen geplagt bist du bei der Trauerfeier in Ohnmacht gefallen. Nicole ist dir auf die Schliche gekommen und deshalb musstest du auch sie töten. Deshalb hast du sie hierhergebracht. Und dann, überwältigt von Reue, hast du beschlossen, deinem Leben ein Ende zu setzen.«

»Nein. Das wird niemand glauben.«

Aber Daniel musste sich eingestehen: Vielleicht wären die Leute doch bereit, eine solche Geschichte zu glauben. Sein Vater verdächtigte ihn bereits. Er hatte ihm von den Erscheinungen erzählt, vom Verschwimmen der Realität, und sein Vater wusste nicht nur von der Sache mit Akira, sondern auch von seinem Interesse an Emilys Tod, dem Brillenglas im Spind und seinen Fingerabdrücken an der Brille.

Daniels Handy war zerstört. Wenn Ackerman die letzten von Nicoles Telefon gesendeten Textnachrichten gelöscht hatte und wenn bei der Telefongesellschaft keine Kopien davon gespeichert waren … Dann gab es nicht den geringsten Beweis dafür, dass es eine SMS gewesen war, die Daniel zu den Höhlen geführt und dass er Nicole *nicht* unterwegs abgeholt hatte …

»Was ist mit Ihrem Wagen?«, fragte Daniel. »Er steht dort draußen.«

»Ich bin hierhergefahren, um dich aufzuhalten, aber leider bin ich zu spät gekommen – ich konnte euch beide nicht mehr retten.«

Nein, das kauft dir niemand ab.

Oder?

»Ich vertraue dir, Daniel!«, rief Nicole.

»Ich …«, begann Daniel.

»Nimm ihr Handy!«, befahl Ackerman. »Ich sage dir, was du schreiben sollst.«

Er wird sie in jedem Fall umbringen!

Du brauchst ein Druckmittel. Etwas, das …

»Ich vertraue dir!«, rief Nicole erneut.

Sie blickte dorthin, wo ihr Handy zwischen den Steinen lag.

Meint sie ihr Telefon oder …

Er beobachtete, wie sie das Bein zwischen zwei Felsen schob, um mehr Halt zu haben.

Nein, sie meinte nicht das Handy.

Sie meint die Steine.

»Nimm das Handy, Daniel«, sagte Ackerman noch einmal.

»Na schön.« Er hob die Hände, um ihm zeigen, dass er keinen Widerstand leisten wollte. »Ich nehme es. Lassen Sie Nicole los.«

Nur Ackermans Schultern und sein Kopf waren zu sehen. Er hielt Nicole wie einen Schild vor sich.

Er ist neun Meter entfernt. Du könntest sie treffen.

Nein. Du triffst auf doppelte Entfernung mit einem Football – du kannst Ackerman mit einem Stein außer Gefecht setzen.

Er sah Nicole an und sie machte das Okay-Zeichen mit den Fingern.

Versuch es.

Daniel streckte die Hand nach dem Telefon aus, nahm stattdessen den Stein in der Größe eines Softballs und wirbelte zu Ackerman herum. Innerhalb eines Sekundenbruchteils berechnete er Geschwindigkeit, Flugbahn, Muskelspannung, das Gewicht des Steins und die Entfernung – sein Unterbewusstsein schätzte alles ab, wie auf dem Spielfeld oder bei einer Mathematik-Aufgabe.

Er warf und zielte auf Ackermans Kopf.

Der Mann duckte sich instinktiv und ließ dabei Nicole los, die die Gelegenheit nutzte und zur Seite sprang.

Der Stein traf die Höhlenwand, prallte ab und verschwand im Teufelsschlund.

Wenn die anderen Steine klein genug gewesen wären, hätte Daniel es noch einmal versuchen können. Aber sie waren zu groß.

Ihm blieb keine Wahl. Er musste Nicole so schnell wie möglich in Sicherheit bringen, weg vom dunklen Abgrund des Schlundes. Sie war in Gefahr, solange sich Ackerman in ihrer Nähe befand, und deshalb …

Ein lautes Klacken erklang, als der Stein tief unten den Boden des Teufelsschlundes erreichte.

Vor Daniel zog sich der fast vier Meter breite Riss durch den Boden.

Auf der anderen Seite baumelte das Seil. Wenn er es bis dorthin schaffte, konnte er sich daran festhalten. Es würde allerdings bedeuten, dass er mit ziemlicher Wucht gegen die Wand prallte.

Es dauert zu lange, um den Riss herumzulaufen und so auf die andere Seite zu gelangen. Wenn du Ackerman erreichst, hat er Nicole längst in den Abgrund gestoßen.

Aber wenn du springst, darfst du auf keinen Fall das Seil verfehlen.

Eine zweite Chance bekommst du nicht.

Los!

Daniel wich zurück, um Anlauf zu nehmen, lief dem vierzig Meter tiefen Loch im Boden entgegen, sprang und streckte die Arme dem Seil auf der anderen Seite entgegen.

64

Die Zeit schien zu kriechen, als Daniel über den Teufelsschlund flog, so wie beim Footballspiel, als ihm Emily erschienen war. Er sah, wie Nicole zur Seite kletterte, möglichst weit weg von Ackerman, er sah den Zorn im Gesicht des Mannes und das Seil, das schnell näher kam …

Mit beiden Händen griff er danach. Die linke griff ins Leere, aber die rechte schloss sich darum und hielt es fest umschlossen. Daniel drehte sich, um die Wucht des Aufpralls mit der Seite abzufangen, konnte aber nicht verhindern, dass er mit dem Knie gegen die Felswand stieß.

Adrenalin dämpfte den Schmerz für einen Moment, doch dann schoss er durchs Bein.

Fast hätte Daniel losgelassen. Die Hand rutschte, bis sie den nächsten Knoten erreichte, und das Seil schabte ihm die Haut ab.

Feuer brannte in Hand und Arm, aber Daniel hielt sich weiterhin fest. Er griff auch mit der anderen Hand zu und versuchte, nicht auf den Schmerz zu achten, als er sich mit den Füßen in Felsritzen abstützte und nach oben kletterte.

Wenige Sekunden später war er aus dem Loch, stand auf felsigem Boden und wandte sich Ackerman zu.

Das Verhalten des Mannes hatte sich verändert – er war zu etwas Dunklem und Dämonischem geworden, als hätte das Böse in ihm die letzten Reste des Guten überwältigt. Er schien jemand anderer zu sein: die Augen zusammengekniffen, die Fäuste geballt, die Zähne gefletscht. Ein grimmiges, wildes Geschöpf stand dort vor ihm.

Du bist die größere Gefahr.

Er wird zuerst dich töten und Nicole anschließend in die Tiefe stürzen.

Nein.

Das wird er nicht.

Das verletzte Bein drohte unter ihm nachzugeben, aber Daniel versuchte sich nichts anmerken zu lassen. »Keine Sorge, Nicole. Es ist alles in Ordnung.«

»Man wird eure Knochen unten im Schlund nicht auseinanderhalten können«, sagte Ackerman kalt.

Er sprang Daniel entgegen, der wie auf dem Footballfeld zur Seite wich. Doch das verletzte Bein ließ sich nicht so belasten, wie er es gewohnt war, und er ging zu Boden. Bevor er wieder aufstehen konnte, gab ihm Ackerman einen Tritt in die Rippen.

Neuer Schmerz durchzuckte Daniel, nur mit Mühe hielt er einen Schrei zurück.

Vielleicht hast du eine gebrochene Rippe.

Ja, und wenn schon. Darum konnte er sich später kümmern.

Ackerman trat erneut nach ihm, aber Daniel rollte zur Seite, bekam einen Felsblock zu fassen und zog sich daran hoch.

Der Fotograf holte aus und schlug zu, Daniel schützte sich mit gehobenem Arm. Die Wucht des Schlages stieß ihn gegen den Felsen. Er setzte sich zur Wehr und schwang die Faust, aber Ackerman duckte sich viel schneller, als Daniel erwartet hatte – der Schlag ging ins Leere, und er verlor das Gleichgewicht.

Hinter Ackerman griff Nicole nach dem Seil. Sie zog es hoch, schlang es um einen Felsen und spannte es zwischen ihnen, etwa in Kniehöhe hinter Ackerman.

»Los!«, rief sie.

Ackerman ging erneut auf ihn los, traf Daniel im Gesicht und trieb ihn zur Seite der Höhle.

»Jetzt!«, rief Nicole.

»Sag auf Wiedersehen, Daniel«, zischte der Fotograf.

Daniel stützte sich an der Wand ab, hob das linke Beine und trat Ackerman gegen die Brust, wodurch er zum Seil taumelte.

»Auf Wiedersehen.«

Der taumelnde Ackerman stieß gegen das Seil, das Nicole straff gespannt hielt, und fiel.

Direkt am Rand des dunklen Loches ruderte er mit den Armen, und für einen Augenblick schien es, als könne es ihm gelingen, das Gleichgewicht wiederzugewinnen. Dann kippte er nach hinten und stürzte in die Tiefe. Das Licht seiner Stirnlampe tanzte durch die Finsternis, und ein Schrei erklang, hallte von den Wänden wider.

Der Schrei fand ein plötzliches Ende, als Ackerman tief unten auf den Boden prallte, und das Licht verschwand – der Teufelsschlund hatte den dreifachen Mörder verschlungen.

Doch Daniels Aufmerksamkeit galt etwas anderem.

Als Ackerman gegen das Seil gestoßen war, hatte Nicole den Halt verloren.

»Daniel!«, rief sie, als sie rutschte. Die Beine hingen bereits über dem Rand des Loches und der Rest von ihr drohte zu folgen.

Nein!

Daniel warf sich nach vorn, dem finsteren Abgrund entgegen, und landete auf dem Bauch.

Gerade als Nicoles Arm über dem Rand verschwand, griff Daniel zu und bekam ihr Handgelenk zu fassen. Ihr Gewicht zog ihn nach vorn, bis er mit Kopf und Schultern über der schwarzen Tiefe hing. Er hielt Nicole mit einer Hand.

»Ich habe dich! Es ist alles in Ordnung!«

Zieh sie schnell hoch. So kannst du sie nicht lange halten. Du musst …

Jemand rief etwas auf der anderen Seite der Höhle. Zuerst wusste Daniel nicht, wer es war, aber als er den Kopf drehte, sah er im Licht der Stirnlampe seinen Vater, der gerade aus der engen Stelle kroch.

Er rief ihnen zu, dass sie durchhalten sollten, kam auf die Beine und lief am breiten Riss im Boden entlang. Daniel war klar, dass er nicht warten konnte, bis sein Vater diese Seite des Teufelsschlundes erreichte. Er musste Nicole *jetzt* retten.

Er schloss die freie Hand um ihr anderes Handgelenk und schaffte es, sie so weit hochzuziehen, dass sie sich am Rand festhalten konnte, während er sich in eine bessere Position brachte, um ihr ganz nach oben zu helfen.

»Du schaffst das«, sagte er.

»Lass mich nicht fallen«, flehte Nicole.

»Keine Sorge.«

Als ihre Hände Halt gefunden hatten, drehte sich Daniel ein wenig zur Seite, griff erneut zu und zog sie weiter nach oben.

Nicole schwang die Beine über den Rand, rollte auf den Felsvorsprung und sank in Daniels Arme.

Für einige lange Sekunden sprach niemand von ihnen. Sie atmeten schwer und zitterten, steckten noch immer voller Adrenalin.

»Das war eine gute Idee«, sagte Daniel schließlich. »Das mit dem Seil.«

»Es war ein guter Wurf«, erwiderte Nicole. »Der Stein, meine ich.«

»Ich hätte dich treffen können.«

»Ja, und das hätte mir gar nicht gefallen.«

Es dauerte eine Weile, bis sie wieder zu Atem gekommen waren, und daraufhin wichen sie ein wenig voneinander fort. »Ich muss dir etwas über Stacy sagen.« Ob das der passende Zeitpunkt war oder nicht, Daniel musste es hinter sich bringen.

»Nein, es ist ...« Nicoles Stimme schien plötzlich aus der Ferne zu kommen. »Es ist in Ordnung. Ich ...«

»Es gab nie jemanden zwischen uns.«

»Wie meinst du das?«

»All die Gefühle, die ich ihr entgegengebracht habe ... Nun, ich kann ganz ehrlich sagen, dass sie Einbildung waren.«

Nicole sah ihn neugierig an. »Bist du sicher?«

»Ja. Ich habe nicht vor, sie jemals wiederzusehen. Wenn ich dich ansehe, ist mir so, als hätte sie nie existiert.«

Ein Lächeln erschien in Nicoles Gesicht. »Wirklich?«

»Ja.«

Dann rief Daniels Vater erneut, dass sie bleiben sollten, wo sie waren, während er zur anderen Seite des Loches kletterte.

Daniel hielt die Arme um Nicole geschlungen.

Er fühlte ihr Herz schlagen.

Kein Geist.

Kein Verschwimmen.

Ein Mädchen aus Fleisch und Blut. Und eins, das er schon viel früher in die Arme hätte nehmen sollen.

65

Der nächste Tag

Daniel dachte zuerst daran, die Schule am nächsten Tag ausfallen zu lassen, aber er entschied sich dagegen.

»Nun, Mr Byers«, sagte Miss Flynn, als der Unterricht begann, »ich weiß, dass es Ihnen nicht gefällt, vor der ganzen Klasse zu sprechen, aber wir alle möchten wissen, was in der Höhle geschah. Zumindest diejenigen von uns, die die Einzelheiten noch nicht kennen.«

Am vergangenen Abend, nach dem Verlassen der Höhle, hatten Daniel und Nicole Kyle und Mia alles erzählt.

»Kyle ist ein weitaus besserer Geschichtenerzähler als ich«, sagte Daniel. »Vielleicht könnte er …«

»Ich weiß Bescheid, Teach«, wandte sich Kyle an Miss Flynn. »Kein Problem.«

Er trat vor die Klasse und begann damit, die Ereignisse zu schildern. Die Ermittlungsdetails, die vertraulich behandelt werden mussten – darauf hatte Daniels Vater deutlich genug hingewiesen –, ließ er aus. Er erwähnte auch nicht, dass sie zunächst Mr McKinney für den Mörder gehalten hatten.

Kyle sprach auch nicht davon, dass er selbst in Verdacht geraten war und sich Daniel während eines schrecklichen Moments selbst für den Mörder gehalten hatte. Da sie übereingekommen waren, mit niemandem über Daniels »Verschwimmen« zu reden, blieb dieser Teil der Geschichte ebenso unerwähnt wie Stacy.

Dadurch blieb eigentlich nicht mehr viel übrig, das Kyle der Klasse präsentieren konnte, doch mit seinem erzählerischen Geschick gelang es ihm, aus den wesentlichen Fakten ein Paket zu schnüren, das der Wahrheit in fast allen Punkten gerecht wurde.

Als er fertig war, bedrängten die anderen Schüler ihn, Daniel und Nicole mit Fragen. Einige beantworteten sie, anderen wichen sie aus.

Brad Talbot fragte Kyle: »Dein Mustang ist beschädigt worden? Mann, das tut mir leid. Deine Karre ist echt super.«

»Tys SUV ist es schlimmer ergangen als meinem Mustang.«

»Und du hast dich mit ihm geprügelt?«

»Na ja, den größten Teil davon hat Daniel erledigt. Aber einer seiner Kumpel hat Mia auf eine Weise angelächelt, die mir nicht gefiel, und da bin ich in Versuchung geraten, ihm das Lächeln aus dem Gesicht zu schlagen.«

»Und dann?«

»Ich habe der Versuchung nachgegeben.«

»Krass.«

Ty und seine drei Freunde hatten sich auf und davon gemacht, bevor Daniels Vater den River Drive erreichte, und sie waren an diesem Tag nicht zur Schule erschienen. Daniel hatte Ty vor den anderen entwaffnet und damit seinen Stolz verletzt, was sicher nicht ohne Folgen bleiben würde. Früher oder später, befürchtete Daniel, kam es vermutlich zu einer neuen Konfrontation.

Als alle Fragen gestellt und viele beantwortet waren, sagte Miss Flynn: »Ich möchte Ihnen noch ein Gedicht mit auf den Weg geben, bevor es läutet.«

Sie las:

Und hier ist die Wahrheit, aus der alle anderen wachsen;
    Hier ist der Quell, aus dem alles fließt:
    Bald werde ich tot sein.
Bald, gemessen an Sternstaub und Zeit.
Bald, gemessen an Kometen und Träumen.
Bald. Bald.
Bald werde ich tot sein.
Und hier ist die Frage, die alles entscheidet:
    Was tue ich, bis es so weit ist?

Die Bedeutung des Gedichts war nicht schwer zu erraten.

Bald werde ich tot sein.

Was tue ich, bis es so weit ist?

Die Antwort war klar und hallte durch Daniels Bewusstsein: *Lebe jeden Moment, jeden kostbaren Moment, den du hast. Lebe jeden Moment so, als sei es der letzte. Und der erste.*

Miss Flynn gab noch die Hausaufgaben auf und dann endete der Unterricht. Als die Schüler ihre Sachen zusammenpackten, bat sie Daniel um ein kurzes Gespräch.

Sie wartete, bis sich außer ihnen niemand mehr im

Raum befand. »Ich wollte mit Ihnen kurz über Ihren Blogeintrag von letzter Woche reden.«

Oh, darum ging es. Bisher hatte ihn Miss Flynn noch nicht darauf angesprochen. Daniel wusste nicht einmal, ob sie ihm eine Note dafür gegeben hatte.

»In Ordnung«, erwiderte er mit einem Hauch Unbehagen.

»Sie haben über Geier geschrieben, die das faulige Fleisch dunkler Träume fressen. Erst das und dann die Sache mit Mr Ackerman und die tragischen Ereignisse in der Höhle. Ich habe mich gefragt … Nun, wie es Ihnen geht.«

»Es geht mir gut.«

»Sind Sie sicher?«

Nein, aber vielleicht geht es mir besser, wenn ich vom Verschwimmen verschont bleibe.

»Ich denke schon.«

Die Lehrerin zögerte und schien nicht recht zu wissen, was sie von dieser Antwort halten sollte. »Wie Sie meinen. Übrigens, ich habe Ihnen die Bestnote dafür gegeben, eine eins.« Miss Flynn zögerte erneut. »Denken Sie daran, an der einen Sache festzuhalten, die die Geier nicht fressen können, es sei denn, Sie geben ihnen Gelegenheit dazu.«

»Und das wäre?«

»Dieser Moment.«

Kyle wartete im Flur auf ihn.

An diesem Morgen hatten sie vor der Schule keine Gelegenheit gehabt, miteinander zu reden, und so fragte

Kyle: »Was hat der Coach über das Spiel heute Abend gesagt?«

Daniel hob die verbundene, vom Seil verletzte Hand. Außerdem trug er einen elastischen Verband am Knie und humpelte ein wenig. Wenigstens schloss die am letzten Abend vorgenommene Röntgenuntersuchung eine gebrochene Rippe aus und der von Tys Messer stammende Schnitt war nicht schlimm. »Es ist nur eine Fleischwunde«, hatte Kyle mit seinem besten Monty-Python-Akzent gesagt.

»Seine Worte lauteten: ›Kommt nicht infrage‹«, erwiderte Daniel. »Diesmal muss ich ihm zustimmen. Wahrscheinlich könnte ich gar nicht richtig werfen.«

»Nächste Woche?«

»Da bin ich auf jeden Fall mit dabei, das steht fest.«

Sie gingen durch den Flur. »Und deine Mutter?«

»Kommt morgen zu uns. Als sie hörte, was geschehen ist, wollte sie auf jeden Fall kommen, ganz gleich, was ich dazu sage.«

»Und was hast du dazu gesagt?«

»Dass ich mich darauf freue, sie wiederzusehen.« Daniel legte eine kurze Pause ein. »Mal schauen, was daraus wird.«

»Kommt sie das erste Mal zu Besuch? Seit sie euch verlassen hat, meine ich.«

»Ja.«

Schweigend gingen sie ein Stück, und dann sagte Kyle sanft: »Dein Vater weiß jetzt alles über das Verschwimmen.«

»Ja, und er macht sich Sorgen, das spüre ich. Als ich

ihm sagte, wie mir die Spezialisten dabei helfen würden, alles zu klären … Da hat er geantwortet, er müsse darüber nachdenken. Ich weiß nicht, wohin es führt. Wenigstens hat er mich nicht mehr in Verdacht. Übrigens, tut mir leid wegen gestern, als ich dich in Verdacht hatte, ein Serienmörder zu sein.«

»Schon gut. Du hast dich ja auch selbst verdächtigt. Und Stacy, die nie existiert hat. He, das ist wirklich ein bisschen verrückt. Na ja, immerhin bin ich in guter Gesellschaft, denke ich.«

»Wie geht es Mia heute?«

»Steht noch immer unter Dampf.«

»Wieso hielt sie plötzlich ein Butterflymesser in der Hand?«

»Mia steckt voller Überraschungen.«

»Genau die Richtige für dich.«

»Kann man wohl sagen.«

Daniel bekam eine SMS von Nicole, und als Kyle zu seinem nächsten Unterricht ging, beschloss Daniel, einen Tadel wegen Verspätung zu riskieren und sich mit Nicole bei den »glänzenden Automaten« zu treffen, von denen Emily auf dem Zettel geschrieben hatte, der aus ihrem Notizbuch gefallen war.

Er begrüßte Nicole und ertappte sich dabei, wie er an ihr vorbei zu den Automaten sah und an Emilys Worte über die »Beliebten« dachte, die sie beobachtet, verachtet und beneidet hatte.

Die Worte schienen sich ihm eingebrannt zu haben, in jene geheimnisvolle Ecke seines Geistes, die alles zur Kenntnis nahm und sich in letzter Zeit immer mehr öffnete – vielleicht zu sehr. Daniel hörte die Worte von Emilys Sehnsucht so deutlich, als würden sie von ihr vorgelesen: »Ich beobachte, wie die Beliebten miteinander reden. Ich beobachte, verachte und beneide sie, und gleichzeitig hasse ich mich, weil ich so sein möchte wie sie.«

»Daniel?« Nicole winkte mit der Hand vor seinem Gesicht.

»Was?« Daniel blinzelte verwirrt. »Ja?«

»Alles in Ordnung? Du warst gerade weggetreten.«

»Entschuldige, ich habe mich an etwas erinnert …«

»Woran?«

»An etwas, das Emily geschrieben hat.«

»Worüber hat sie geschrieben?«

»Darüber, wie gern sie dazugehört hätte.«

Nicole dachte darüber nach. »Ich schätze, das gilt für uns alle.«

Niemand sollte abseits stehen.

Es war leicht, sich jemandem wie Emily zu verschließen. Viel schwerer war es, sich zu öffnen.

Aber man sollte es zumindest versuchen. Diesen Weg wollte Daniel gehen, das hatte er sich vorgenommen.

»Was hast du gesagt, als ich ›weggetreten‹ war?«, fragte er Nicole.

»Es gibt da immer noch eine Sache, die ich nicht verstehe.«

»Welche?«

»Die Druckstellen an deinem Arm. Haben deine Gedanken sie geschaffen? Weil du davon überzeugt gewesen bist, dass Emily dich berührt hatte?«

»Ich weiß nicht. Vielleicht finden die Spezialisten es

nächste Woche heraus. Am Mittwoch habe ich einen Termin bei einem Gehirnklempner. Hoffentlich kann er feststellen, was mir fehlt.«

»Vielleicht fehlt dir gar nichts.«

»Wie meinst du das?«

»Ich meine, du hast da diese Gabe, dieses Talent, ich weiß nicht, wie man es nennen soll. Es hat dir geholfen, das alles zu lösen. Vielleicht ist es nicht etwas, das diagnostiziert und behandelt werden muss, sondern etwas, mit dem du umzugehen lernen solltest.«

»Ich weiß nicht. Vielleicht ist das mit dem Verschwimmen jetzt vorbei. Ich sehe nichts Übernatürliches mehr, hoffentlich bleibt es dabei.«

Daniel behielt für sich, was er an jenem Abend in seinem Zimmer Stacy erklärt hatte, dass die Barriere zwischen Realität und Irrealem für ihn nicht mehr existierte. Es hätte Nicole nur beunruhigt.

Das letzte Läuten erklang.

»Das ist mein erster Verspätungstadel in diesem Jahr«, sagte Nicole und seufzte.

»Ich habe schlechten Einfluss auf dich.«

»Ich denke, damit kann ich leben.«

Daniel dachte an die Ereignisse der vergangenen zwei Wochen. In gewisser Weise erinnerten sie ihn an die Themen der Geschichten und Gedichte, die Miss Flynn bevorzugte, an die Texte, die sich ums Leben drehten, oder um den Tod – es kam darauf an, aus welchem Blickwinkel man sie betrachtete.

Bald, gemessen an Sternstaub und Zeit. Bald, gemessen an Kometen und Träumen.

Bald. Bald.

Bald werde ich tot sein.

Und hier ist die Frage, die alles entscheidet: Was tue ich, bis es so weit ist?

Ja, darauf kam es an. Man musste erkennen, dass es nicht um Träume und Tod ging.

Es ging vielmehr um Träume und Leben.

Daniel nahm Nicoles Hand. Als er mit ihr durch den Flur ging, berechnete er die Minuten seines Lebens, unterbrach sich aber sofort und konzentrierte sich stattdessen auf den Moment.

Mit besonderem Dank an
Eden, Pam, Trinity, J. P., Randy, Liesl,
Todd, Tiffany, Amy und Larry

Quellenverzeichnis

Zitate Kapitel 8:
Richard Brautigan: Revenge of the Lawn. Im Deutschen erschienen unter dem Titel »Die Rache des Rasens«, Kartaus-Verlag 2007, übersetzt von Günter Ohnemus.

Chris Ryan

Agent 21

Band 1 –
Im Zeichen des Todes
320 Seiten,
ISBN 978-3-570-30835-6

Band 2 –
Reloaded
320 Seiten,
ISBN 978-3-570-30836-3

Band 3 –
Codebreaker
320 Seiten,
ISBN 978-3-570-30984-1

Band 4 –
Survival
336 Seiten,
ISNB 978-3-570-31021-2

Band 5 –
Dead End
ca. 320 Seiten,
ISBN 978-3-570-31128-8

Agent 22 –
Undercover
304 Seiten,
ISBN 978-3-570-31070-0

30151_6